译文纪实

ルポ　産ませない社会

小林美希

[日] 小林美希 著　　　　廖雯雯 译

不让生育的社会

上海译文出版社

前　言

　　自民党成员、厚生劳动大臣柳泽伯夫（时任）曾在一次讲话中（2007年）宣称"女性是生育机器"，从而引发社会问题。6年以来，当时的政府接连提出堪称时代错误的政策。

　　2013年5月，为推行少子化对策而采用并发行的"生命与女性的手账"（"女性手账"）成为讨论的话题。为减缓愈演愈烈的晚育风潮，"女性手账"的发布对象甚至扩展到了10多岁的年轻女孩，并试图对她们普及关于妊娠的生理知识，帮助她们规划人生、制订生育计划。然而，女性之所以选择晚育，与工作环境、社会环境等因素也有关系。若无视这些问题，女性即便达到医学上的适龄期，也不可能为生育而生育。此外，安倍晋三内阁也将消除待机儿童①作为核心政策予以宣扬。其中一项措施是，将原本仅适用于公务员的长达3年的育儿假政策推行到民营企业。在男性很难取得半年、1年育儿假的当下，假设女性能够取得3年育儿假，会很大程度固化"3岁儿神话②"之类的性别角色分工理论。

　　只要整个社会保持这样的认知，孕妇差别待遇便会继续在职场泛滥，而已经做了母亲的女性则不得不退出劳动市场，越发孤立无援。不得不承认，这种状况与其说是女性想要小孩却

"无法生育"，不如说是社会"不让生育"。

　　本书首先在第一章指出，很多人"为何无法成为父母"。究其原因可谓多种多样，比如无法积极面对妊娠与生育、即便内心渴望却苦于没有合适的大环境，等等。近30年来，几乎一成不变的现实是，家里第一个孩子出生后，有六至七成女性面临失业。与从前相比，如今的育儿状况发生了怎样的改变？女性不仅置身于只有丈夫和子女的核心家庭中，而且由于工作时间过长导致"父亲缺席"，每3位母亲中就有1人面临"孤独育儿"的现状，由此可见，现代育儿已被逼向多么孤立的境地。

　　接下来，第二章从妇产科医生与助产士等医师资源紧缺的问题切入，明确阐述了分娩现场日渐"流水线化"的真实情况、人手不足却被要求高质量完成的产科医疗矛盾。医师与护士废寝忘食工作，拼命支撑着生育事业，但另一方面，我们也应当注意到人手不足招致的弊病。问题已不仅是无法为孕妇与产妇提供随时随地的看护服务，并非必要的剖宫产手术也在增多，一些服务质量很差的分娩设施机构照样可以维持经营，给不少孕产妇带来糟糕的体验。

　　妊娠、分娩之后便是育儿。第三章针对"被剥夺的孩子的幸福"着重展开探讨。出生后的婴儿若罹患疾病，负责照顾他们的便是NICU（新生儿重症监护室）与医院的儿科。在那里工作的医务人员同样忙得分身乏术。医师资源稀缺的儿科医生遭遇"妊娠解雇"，护士耗尽心力却感受不到工作价值，对于上述种种情况，本章节都进行了如实描绘。让医务人员感到痛苦

---

① 待机儿童：即便递交了入所申请，却由于设施条件限制、人手不足等原因没法进入托儿所的婴幼儿。［本书脚注皆为译注］
② 3岁儿神话：认为在孩子3岁之前，如果母亲不专注在育儿上，就可能会对孩子的成长造成不良影响的一种理论。

的不只是身体的疲劳。有些经由他们抢救的孩子，出院后却遭受虐待，几乎丢掉性命，被再次送回了医院。此外，有的孩子罹患重病或身有残疾，其后果是他们的父母（尤其是母亲）因此丢掉工作，而孩子则被托儿所及幼儿园拒之门外，诸如此类来自社会的冷遇也是问题所在。

最后一章通过发生在各个现场的真实事例，介绍奋斗在生育第一线的诊所、医院为"创造良好的生育环境"所采取的措施。每个孩子的出生本来就应得到周围人的祝福。在此记录一些长年任职于产科、儿科领域，坚持直面每条生命的医生和护士所留下的温暖话语，为希望营造良好育儿环境的家庭提供参考。

如今，谈及生育这件事，大家的心态为何变得如此消极？本书的宗旨便是正视摆在我们这代人眼前的现实课题，思考能够做出哪些积极的改变。

目 录

第一章　为何无法成为父母

眼下，为何一旦成为父母就会被孤立

　　以生下头胎为契机，有四成女性会选择"生育离职"，合计有七成女性处于待业状态。根据国立社会保障及人口问题研究所的《第14回出生动向基本调查》（夫妇调查，2010年）所示，这一状况已持续近30年，从未改变（图1—3）。这是构建出"不让生育的社会"的根本原因。

　　此外，她们在待业之前面临的错综复杂的情况也是一大问题。当然，有的女性出于专心育儿的考虑，自愿离职，还有不少女性却是为"妊娠解雇""育儿离职"所迫，不得已退出劳动市场。根据三菱UFJ调研咨询株式会社《关于两立支援①诸问题的综合调查研究》（2008年，厚生劳动省委托调查）显示，关于"按拥有孩子前就业形态的不同，妊娠或生育前后离职的理由"，公司正式员工中，每4人里有1人回答"虽然很想继续工作，但工作和育儿实在难以兼顾，因此选择离职"（26.1％），每10人里有1人是"被解雇、被劝退"（9％）。考虑受雷曼事

■正规职员　■临时工、派遣员工　⊠个体经营者、家族企业、副业　□无业、学生　⊠不详

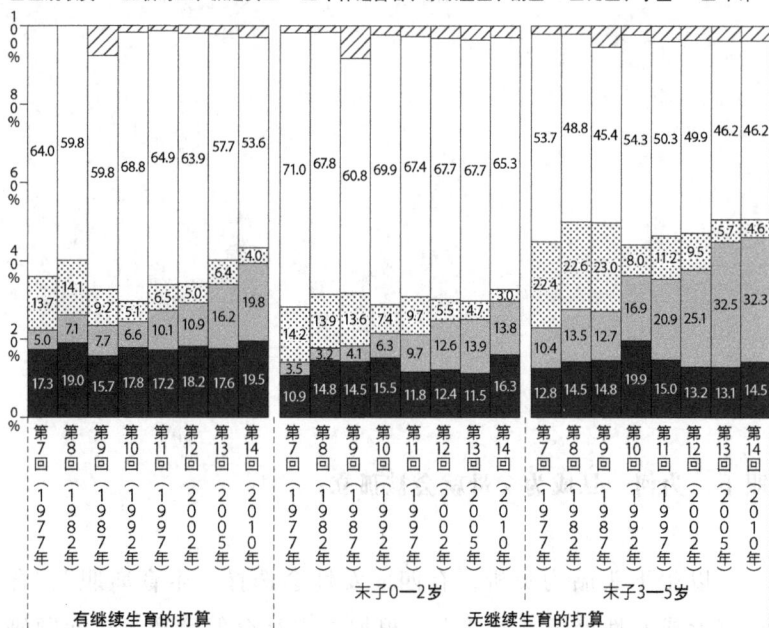

有继续生育的打算
	第7回(1977年)	第8回(1982年)	第9回(1987年)	第10回(1992年)	第11回(1997年)	第12回(2002年)	第13回(2005年)	第14回(2010年)
无业、学生	64.0	59.8	59.8	68.8	64.9	63.9	57.7	53.6
个体经营者等	13.7	14.1	9.2	5.1	6.5	5.0	6.4	4.0
临时工、派遣员工	5.0	7.1	7.7	6.6	10.1	10.9	16.2	19.8
正规职员	17.3	19.0	15.7	17.8	17.2	18.2	17.6	19.5

无继续生育的打算　末子0—2岁
	第7回(1977年)	第8回(1982年)	第9回(1987年)	第10回(1992年)	第11回(1997年)	第12回(2002年)	第13回(2005年)	第14回(2010年)
无业、学生	71.0	67.8	60.8	69.9	67.4	67.7	67.7	65.3
个体经营者等	14.2	13.9	13.6	7.4	9.7	5.5	4.7	3.0 / 13.8
临时工、派遣员工	3.5 / 3.2	4.1	6.3	9.7	12.6	13.9		
正规职员	10.9	14.8	14.5	15.5	11.8	12.4	11.5	16.3

无继续生育的打算　末子3—5岁
	第7回(1977年)	第8回(1982年)	第9回(1987年)	第10回(1992年)	第11回(1997年)	第12回(2002年)	第13回(2005年)	第14回(2010年)
无业、学生	53.7	48.8	45.4	54.3	50.3	49.9	46.2	46.2
个体经营者等	22.4	22.6	23.0	8.0	11.2	9.5	5.7	4.6
临时工、派遣员工	10.4	13.5	12.7	16.9	20.9	25.1	32.5	32.3
正规职员	12.8	14.5	14.8	19.9	15.0	13.2	13.1	14.5

调查年份/继续生育打算、末子年龄

*调查对象为拥有一个孩子及以上的初婚夫妇(目前怀孕中的妻子除外)。无继续生育打算的夫妇，按末子年龄不同，分别统计结果。

(国立社会保障及人口问题研究所《第14回出生动向调查》)

图1　按调查分娩后人生阶段不同，统计妻子的就业状态构成

件②的影响，上述比例还会增加，而紧随其后摆在我们面前的现实便是“孤独育儿”。

御茶水女子大学受文部科学省委托，曾做过“协调对性别差异敏感的工作方式与生活”项目中《关于工作与生活的平衡调查》(2011年)。据调查显示，尽管大学毕业后成为公司正

---

① 两立支援：帮助被雇用者兼顾工作与家庭的支援措施及政策等。
② 雷曼事件：因美国第四大投资银行雷曼兄弟公司破产造成的世界性金融危机事件。

図2 / 図3 数据

左图（结婚年份）各层数值（自上而下）：
- 不详：2.0　3.6　3.6　3.4　4.2
- 结婚前起无业：1.1　4.1　5.8　7.3　7.7
- 结婚后就业：1.0　1.2　1.2　1.5
- 结婚离职（无育儿假）：37.3　34.5　31.2　25.6　25.6
- 继续就业（有育儿假）：56.6　56.9　58.3　62.4　61.0

横轴：1985　1990　1995　2000　2005
1989年　1994年　1999年　2004年　2009年
结婚年份

图例：不详／结婚前起无业／结婚后就业／结婚离职（无育儿假）／继续就业（有育儿假）

右图（头胎出生年份）各层数值（自上而下）：
- 不详：3.1　3.4　3.8　4.1　5.2
- 妊娠前起无业：35.5　34.6　32.8　28.5　24.1
- 分娩离职：37.4　37.7　39.3　40.6　43.9
- 继续就业（无育儿假）：18.3　16.3　13.0　11.9　9.7
- 继续就业（有育儿假）：5.7　8.1　11.2　14.8　17.1

横轴：1985　1990　1995　2000　2005
1989年　1994年　1999年　2004年　2009年
头胎出生年份

图例：不详／妊娠前起无业／分娩离职／继续就业（无育儿假）／继续就业（有育儿假）

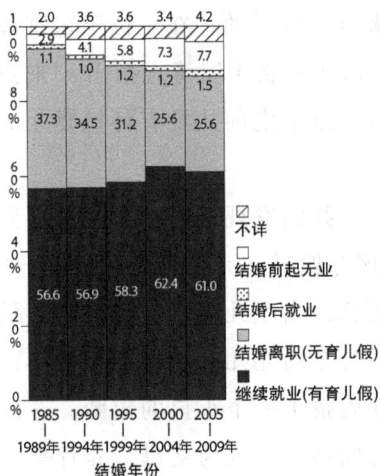

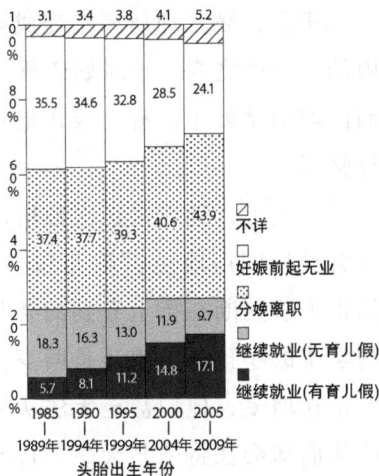

*调查对象为初婚夫妇。结婚前后的调查对象含第11回、第13回、第14回调查中婚后未满15年的夫妇（人数10 764）。分娩前后的调查对象含第12回至第14回调查中头胎在1岁以上但不满15岁的夫妇（人数9 933）。

(国立社会保障及人口问题研究所《第14回出生动向调查》)

图2　按结婚年份不同，统计结婚前后妻子的就业变化　　图3　按头胎出生年份不同，统计头胎出生前后妻子的就业变化

式员工的女性达到75.4%，婚后这一数值却降至66.3%，生育前1年继续降至41.4%，而产子1年后甚至降到21.3%。由此可见，从就职到产后1年的这段时间，多达五成的正式员工从公司辞职。大学毕业生中，女性待业比例为2.8%，结婚时为5.9%，产后1年则大幅攀升，达到57.4%。无论哪份调查，所示结果都大同小异，即有六至七成女性在产后短时期内处于待业状态。孕妇与产妇（怀孕中与产后不足1年的女性）的离职，也为职场带来某些变化。原本一天中大部分时间都应待在职场的孕妇、产妇及哺育婴儿的"新手妈妈们"，这时却从职场回归家庭，她们的同事、后辈也由此失去了学习妊娠、分娩、育儿等基本知识的机会。

于是，婴儿理所当然变成来自异世界的存在。位于东京都内的"府中之森　土屋妇产科"诊所所长土屋清志指出："来我们医院的孕妇中，有六成在抱自己孩子之前从没有怀抱婴儿的经验。"

事实上，随着采访次数增加，我们发现二三十岁的单身男女会异口同声地说："婴儿和小孩好像异次元世界的生物。"他们也无法判断在街上看到的婴儿已经出生几个月，无法判断蹒跚学步的小孩是一岁还是两岁。与婴幼儿几乎没有接触的年轻人正在增多，他们甚至无法从外表猜想一个小孩的年龄。这样的他们却会在将来某天生下自己的孩子，成为父母，养育来自未知世界的"婴儿"。然后，他们中那些失去工作、遭受孤立的女性，几乎承担起养育孩子的全部重任。

这里有一份颇为有趣的报告。虽然是10年前的调查，但据结果显示，当时每3位母亲里已经有1人面临孤立无援的状况。

专攻幼儿、青春期领域的大阪人间科学大学副校长、精神科医生原田正文曾在被称为"大阪报告""兵库报告"的两份调查中总结过日本母亲身处的状态。"大阪报告"是以1980年出生的孩子为调查对象的育儿实态调查，"兵库报告"是2003年进行的同规模调查。99％的参与调查者都是母亲。从调查中我们得知，这23年间，育儿状况发生了很大改变。

针对"在自己的孩子出生前，你曾有过喂其他小孩吃饭、换尿布的经验吗"这一问题，1980年阶段的调查里，约38.8％的母亲回答"没有"，而2003年这样的回答超过半数，增加到55.5％（图4）。另一方面，回答"经常有"的人从21％下降到16.9％，回答"有少数几次"的人从35.4％下降到26.8％（剩下的回答不明）。这意味着，对婴幼儿全然陌生却直接成为父母

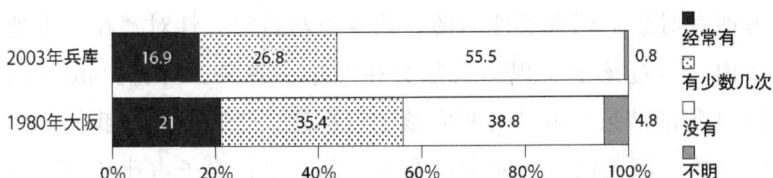

	经常有	有少数几次	没有	不明
2003年兵库	16.9	26.8	55.5	0.8
1980年大阪	21	35.4	38.8	4.8

(原田正文《如今急需的"亲子养育"计划的实践》)

图4 在自己的孩子出生前，你曾有过喂其他小孩吃饭、换尿布的经验吗

的年轻人数量激增。

这份调查还指出了母亲被孤立的现象，将其称为"母子的胶囊化"。针对"邻居中平时有人与你闲话家常，聊各自的孩子吗"这一问题，在孩子出生4个月后进行体检的时期，回答"没有"的人从15.5%倍增至34.8%，回答"数名"的人从44.7%减少到30.6%（图5）。

此外，倍乐生下一代育成研究所的《妊娠、生产、育儿基本调查》曾在2006年与2011年以妊娠期至孩子2岁时的父母

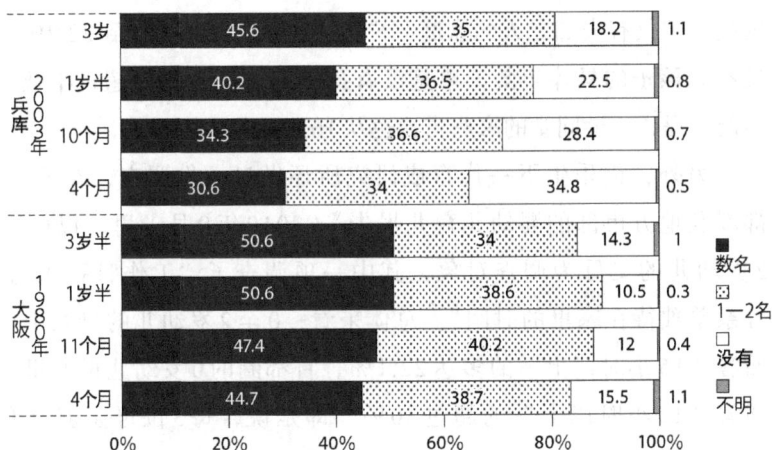

		数名	1—2名	没有	不明
2003年兵库	3岁	45.6	35	18.2	1.1
	1岁半	40.2	36.5	22.5	0.8
	10个月	34.3	36.6	28.4	0.7
	4个月	30.6	34	34.8	0.5
1980年大阪	3岁半	50.6	34	14.3	1
	1岁半	50.6	38.6	10.5	0.3
	11个月	47.4	40.2	12	0.4
	4个月	44.7	38.7	15.5	1.1

(原田正文《如今急需的"亲子养育"计划的实践》)

图5 邻居中平时有人与你闲话家常，聊各自的孩子吗

为调查对象，调查了他们的育儿意识与行动。针对"在一定地区内，通过孩子实现的人际交往"这一现象，对比2006年与2011年的结果，就"对我家孩子很在意，于是主动跟我们打招呼"这一问题回答"完全没有人"的人里，妻子占比从15.5%上升到21.9%，丈夫占比从24.8%上升到33.6%。丈夫那边的比例上升了近10个百分点。另外，就"让孩子们一起玩耍，彼此的父母站在一旁闲聊"这一问题回答"从未"的人里，妻子占比从25.6%上升到34.3%，增加近10个百分点，丈夫占比从51.8%上升到56.3%，超过半数。

当然，在少子化的影响下，自家周围拥有孩子的家庭数量减少也是原因之一。厚生劳动省发布的《国民生活基础调查》显示，"拥有儿童的户数"占比从1975年的53%减少到2010年的25.3%。也就是说，曾经超过半数的家庭拥有小孩，而现在却有超过七成的家庭没有小孩。同时，单身户家庭的户数占比从18.2%上升到25.2%，即四分之一的家庭实际上只有一个"单身贵族"。"仅有夫妇二人的家庭"户数占比从11.8%增加到22.7%。且不论孩子的具体年龄，单是没有孩子的家庭占比就超过半数。顺便一提，三世同堂的家庭占比也从16.9%减少到7.4%。

另外，倍乐生下一代育成研究所还做过一份调查，在《首都圈及地方市部的婴幼儿育儿报告》（2010年9月）里，以0至2岁幼儿的父母为调查对象，其中一项调查了"工作日孩子与母亲单独待在家里的时间"。总体来看，0至2岁幼儿的母亲中，回答"15小时以上"的多达22.1%，首都圈的0岁幼儿母亲里，回答"15小时以上"的超过30%，即是说，每3位母亲就有1人过着整天与自家小孩单独相对的生活。回答"10小时至15小时以下"的占34%，合计约六成的母子长时间单独待在家里。

不过，由于丈夫（孩子的父亲）的平均下班回家时间，首都圈为晚上9时26分，地方市部为晚上8时37分（全体平均时间为晚上9时01分），因此出现这些现象也是理所当然的吧。

前文提到的原田氏报告显示，针对"感觉婴儿（孩子）可爱吗""和孩子在一起觉得开心吗"的问题，两份调查里答案几乎都是肯定的，然而因为育儿负担增大，"对育儿感到焦虑吗"这个问题的回答出现了显著分歧（图6）。1980年回答"是"的人里，10.8%拥有1岁半的孩子，16.5%拥有3岁的孩子。2003年回答"是"的人明显增多，其中32.6%拥有1岁半的孩子，46.3%拥有3岁的孩子。顺便一说，3岁孩子的父母之所以占比增加，是因为孩子到了3岁，自我开始萌芽，导致育儿问题变得越发棘手。与此前相比，待孩子3岁时，在育儿中感到不安的父母会增加3倍。

"兵库报告"以来的10年间，受雷曼事件等的影响，经济停滞不前，出现解雇派遣员工的浪潮。在雇用环境恶化的今天，如果我们进行同样内容的调查，也许会发现育儿女性的"孤立

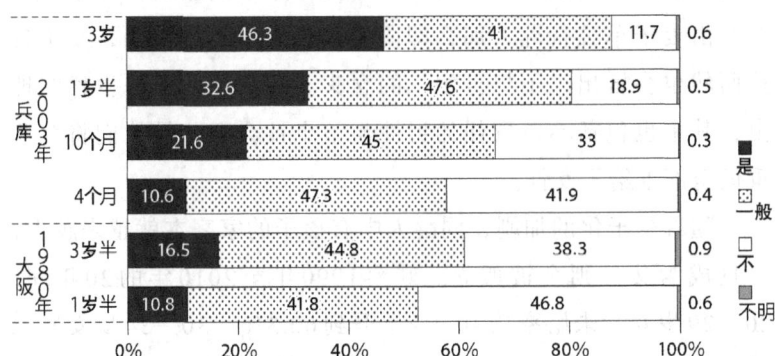

(原田正文《如今急需的"亲子养育"计划的实践》)

图6　对育儿感到焦虑吗

化"倾向更加显著吧。

原因何在呢？这是由于经济萧条之下，一旦企业前景堪忧，会率先裁掉怀孕中或处于育儿期无法正常工作的年轻女性员工，以及不具备即战力的应届毕业生。

在因妊娠或育儿被解雇后，找不到能与自己轻松交谈的对象，那么容身之处就只剩自己的家庭了。这样的女性，若是置身于只有丈夫、子女的核心家庭中，当丈夫需要长时间工作时，家里必然就看不到"父亲"的身影。当丈夫是公司的非正式员工而收入较低的话，他不得不同时兼两份、三份的工。如此看来，即便拥有丈夫或伴侣，女性实际上仍是置身于母子家庭中，独自担负"孤独育儿"的任务。

此种现实下，女性会消极对待结婚、生子也就不足为奇了。专攻家族心理学、性别问题领域的东京女子大学名誉教授柏木惠子曾指出："相比在职母亲，没有工作的全职主妇在育儿过程中，会承受更多的不安和压力。"此外，柏木氏更愤然指出："很明显，因工作导致的'父亲缺席'，以及由此发生的'孤独育儿'现象，会造成女性的育儿不安。产下头胎后，如果孩子总是由妻子单独抚养，那么即便丈夫想要第二个孩子，妻子自然而然也会冒出'不想再生'的念头。细数女性无法生育的理由，其中也包括不负责任的男性与整个社会吧，是他们将育儿重任全部推给了女性。"

随着少子化的加剧，同龄人中有孩子的家庭本就越来越少，一旦成为父母则会被孤立。观察1990年至2010年的20年间，20—29岁女性未婚率从40.2%上升到60.3%，30—34岁女性未婚率则从13.9%上升到34.5%。女性的平均初婚年龄也年年增长，2011年东京都的这一数据达到30.1岁，首次突破30岁关卡，晚婚化现象迈上新台阶（全国平均29岁）。据同年份统计，女性的初产平均年龄也达到了30.1岁。这样的背景中，个人价值观与生活方式的改变诚然是原因之一，而劳动环境的变化无疑带来了更为巨大的影响。

2004年笔者就职于《经济学人》杂志编辑部，曾在杂志中做过关于非正式年轻员工问题的特辑，这在主流杂志尚属首次。读者对于特辑"爸爸和妈妈知道吗 儿子与女儿的'悲惨'就业"（2004年5月4日、11日合刊号）反响十分强烈，同年11月做了"无法生育的职场的现实"特辑，翌年2月做的是"无法结婚的男性的现实"。总之，笔者以"就业不稳定对结婚与生育造成的影响"为主题，接连做了几次特辑。那时候，"啃老族"之类的词汇还很流行，指的便是与父母同住，以便任性挥霍自己工资的年轻人，他们又被称为寄生虫。然而，就业环境的恶化已经是不可避免的社会问题，是非常严峻的事实。在那之后，特辑"女儿、儿子的悲惨职场"成为一个系列，至今共出8期，指出了职场环境对年轻人的就业情势、结婚、生育所造成的影响。

第一期特辑做完10年后，现实情况越发不容乐观。虽然公司中男性的非正式员工比例基本低于女性，但和过去的数据相比仍有显著上升。比如，25—34岁的男性非正式员工比例，1990年仅占3.2%，2012年增加近5倍，达到15.9%。

根据内阁府《关于结婚及家族形成的调查》（2011年）显示，就业形态和年收入对于男性的结婚选择有较大影响。报告书里还显示，"已婚"男性在20—39岁且年收入不足300万日元的人群中占比最低，为8%—9%；年收入在300万日元以上的人群中约占25%—40%，比例上与前者明显拉开差距。按就业形态不同，在20—39岁且为正式员工的男性里，"已婚"人数占比27.5%，与之相对，在非正式员工的男性里，"已婚"人数仅到4.7%便不再上升。"有恋人"的20—39岁男性在正式员工中占比27.2%，在非正式员工中则只有15.3%（图7）。女性在妊娠、分娩、育儿期，非正式员工比例比正式员工高，其中25—29岁女性占比38.1%，30—34岁女性占比46.2%，35—39岁女性占比54.2%，超过半数，可见年龄越大，非正式员工比例越高。

从前的企业，一般职位由女性担任，综合职位①由男性担任，一旦选择"职场结婚"，有不少女性也会随之辞职，如今一般职位大多改由派遣社员等非正式员工担任。于是，"因结婚而辞职"可以说变成了"妊娠解雇"。1986年，《男女就业机会均等法》施行后，女性的就业出口得以拓宽。然而，因为《劳动者派遣法》也在同年施行，所以即便女性的就业机会有所增加，她们最初也只能选择非正式员工的道路。而且，一旦作为非正式员工参加工作，哪怕调职，也难以改变非正式员工的命运，这一规则几乎很难打破。被报酬甚少的工作折磨得精疲力竭，她们中的一些人便选择与在接受派遣服务的公司遇见的男性结婚，然后离职。

国立社会保障及人口问题研究所每5年会进行一次"全国家庭动向调查"。尽管赞成"丈夫在外工作，妻子专心做全职主妇"的人数一直有下降的趋势，但这一数据在第4回（2008年）的调查中出现变化，与第3回调查相比，上升了3.9个百分点，达到45%。这与就业环境的恶化是一致的。有些女性是因为在

---

① 综合职位负责公司的核心业务，有较多晋升空间，工资也相对较高；与之相应的一般职位则负责辅助性质的工作，基本没有升职的可能，工资也较低。

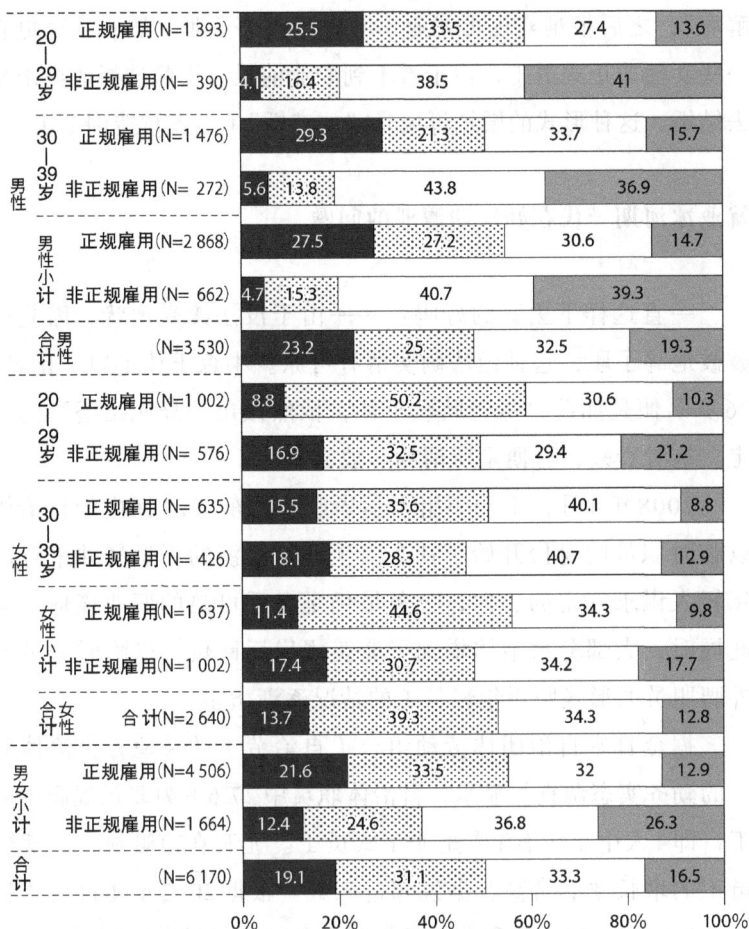

■已婚　▨有恋人　□无恋人　▨无交往经验

		已婚	有恋人	无恋人	无交往经验
男性 20—29岁	正规雇用(N=1 393)	25.5	33.5	27.4	13.6
	非正规雇用(N= 390)	4.1	16.4	38.5	41
30—39岁	正规雇用(N=1 476)	29.3	21.3	33.7	15.7
	非正规雇用(N= 272)	5.6	13.8	43.8	36.9
男性小计	正规雇用(N=2 868)	27.5	27.2	30.6	14.7
	非正规雇用(N= 662)	4.7	15.3	40.7	39.3
合计男性	(N=3 530)	23.2	25	32.5	19.3
女性 20—29岁	正规雇用(N=1 002)	8.8	50.2	30.6	10.3
	非正规雇用(N= 576)	16.9	32.5	29.4	21.2
30—39岁	正规雇用(N= 635)	15.5	35.6	40.1	8.8
	非正规雇用(N= 426)	18.1	28.3	40.7	12.9
女性小计	正规雇用(N=1 637)	11.4	44.6	34.3	9.8
	非正规雇用(N=1 002)	17.4	30.7	34.2	17.7
合计女性	合计(N=2 640)	13.7	39.3	34.3	12.8
男女小计	正规雇用(N=4 506)	21.6	33.5	32	12.9
	非正规雇用(N=1 664)	12.4	24.6	36.8	26.3
合计	(N=6 170)	19.1	31.1	33.3	16.5

0%　20%　40%　60%　80%　100%

* "正规雇用"指"雇员(公司正式员工)"以及"雇员(公务员、国企与事业单位等的正式员工)"的合计。

* "非正规雇用"指"临时工、派遣员工等非正式雇员"。* "已婚"占比里，职业指的是婚前职业。

* "有恋人""无恋人"以及"无交往经验"者里，职业指的是目前职业。* "已婚"指结婚时间在3年以内。

(内阁府《关于结婚及家族形成的调查》2011年)

图7　按就业形态不同，统计婚姻及交往状况（对象：职业为"正规
　　　雇用""非正规雇用"）

职场心力交瘁，主动选择成为全职主妇；有些则是遭遇"妊娠解雇"，之后很难实现再就业，不得已成为全职主妇；甚至更有一些女性非正式员工，由于看不到职业前景，干脆选择放弃未来去结婚，这种形式的婚姻可说是"放弃婚"（笔者自造词）了。

就业冰河期一代在妊娠期遭遇的问题

一直这样下去真的好吗？——由于没法接受现状，因此气鼓鼓地辞了职，这种做法确实情有可原。小森千佳小姐（化名，26岁）便是如此，尽管耿耿于怀，依然做出"辞职结婚"的决定。笔者看来，这便是所谓的"放弃婚"。

2008年4月，千佳小姐大学毕业，在东京23区内的自治体以临时职员的身份开始了社会人生涯。经济的不景气并未打击年轻人谋求安定的志向，公务员仍是炙手可热的职业憧憬，与此同时，大部分自治体增加了非正规雇用岗位，以临时职员或外聘职员的形式聘用年轻员工的情况逐渐增多。

据全日本自治团体劳动组合（自治劳）的《地方自治体职员的勤务实态调查》显示，自治体职员中27.6%为非正规雇用员工，即4人中至少有1人是非正式员工。尤其在市町村，这部分员工的增长率非常高，据说超过三成。根据2012年《自治体临时及外聘职员的薪酬和劳动条件制度调查结果报告》显示，非正规雇用占比33.1%，较此前增加到3人中有1人是非正式员工。地方行政改革的趋势，直接反映在了地方公务员的名额削减上。

千佳小姐从学生时代便积极参加志愿者活动和地方性活动，她表示自己"想做与教育或地方相关的工作"，因此应征了"社会教育主事辅"，这个职位是隶属于自治体教育委员会的"社会教育主事"的助理，作为临时职员予以聘用，每年更新劳动契约，最多续约5年。月薪是税后17.7万日元，没有奖金。因为她与父母同住，所以勉强能够维持生活。尽管工作不久她便从中感受到了自身的价值，然而毕竟是有时限的岗位，不经意想到将来，她便有些忧郁。无论多么努力，无论获得怎样的好评，5年后都将面临失业的事实。

千佳小姐的工作任务，主要是企划运营由教育委员会主办的面向市民的学习会。她认为，通过工作增进自己与地方居民的交流是天职。走在街区里，研讨会上认识的老年人会跟她寒暄："千佳，有好好工作吗？""下一次研讨会是啥内容呀？"她与上司、同事的相处也很融洽，有时还能聊聊私生活话题。如果自己是正式职员，那么简直没有比这里更好的职场环境了。

千佳小姐决心"参加公务员考试，应聘社会教育主事，成为正式职员"。然而，就单位的全体岗位来看，专业职位的公务员年年都在遭遇裁员，新的职位迟迟不见招聘，可谓前景黯淡。包括托儿所、学童保育在内，除去这些作为公职、握有发放许可证与认可证权力的职位，其他领域的岗位都很容易被替换为非正式岗位。夏季预算编制的讨论展开后，千佳小姐周围的正式职员都在私下议论"下一年度这项事业会不会被废止"之类的话题。倘若与自己切身相关的教育事业预算不足，那么她都不必等到被解雇，便会直接失业了。

在此期间，她开始烦恼："就这样继续做5年的外聘工作真的好吗？能够跳槽吗？"此时距离她参加工作已过去两三年，雇用期的年数上限被撤销。即便工作满5年，哪怕办理了离职手续，只要这个岗位继续招人，她就能再次参加招聘考试。"这样看来，能继续留在职场。"想着想着，她便有些开心。"不过要是岗位被撤，又该怎么办呢？"千佳小姐转念一想，脸上再次阴云密布。

此前她便决定与交往已久的男朋友结婚。因为他频繁调动工作，所以两人始终保持异地恋。原本他们计划在一年后的冬天举行婚礼，可千佳小姐的单位规定，职员须在每年12月递交次年度的劳动契约更新申请。结婚事宜定下后，千佳小姐便犹豫着是否应该更新劳动契约。

男友的下一个调职地点在千叶县。从家里去公司，路上大约要花一个半小时到两小时，这段路程并非不可忍受，可对于平日晚上10点下班、双休日经常加班的千佳小姐而言，"这样下去，只能牺牲二人生活了。将来有了小孩，恐怕很难兼顾吧？"她有些迷茫。

当她表示不再与单位续约后，上司出言挽留，建议道："至少先更新劳动契约，工作到结婚前最后一天怎么样？"千佳小姐表示，"年中辞职的话，无法确保有人及时接手自己的工作，会给大家添麻烦的"，终究没有续约。

更主要的原因是，她认为，"作为外聘职员，有必要紧抓着这个岗位不放吗？"刚开始工作的那一年，她的月薪是17.7万日元，在公务员人员开支削减政策的冲击下，她的收入年年都在减少，目前只有17.2万日元，依然没有奖金。原本收入就很少，一下子砍去5 000日元，打击着实大了些。于是，她还去小学兼职学习指导员等外聘临时岗位，每月赚取4万到5万日元。

辞职后不久，她便去男友的调任地找工作，不料只能应聘公司非正式员工或雇用时间上有期限的职位。千佳小姐感慨道："唉，难道这就是'无法挣脱的非正式职员命运'吗？哪怕换工作，我也只能从非正式职员跳到非正式职员吗？"

千佳小姐向来喜欢小孩，对于什么时候要孩子，她是顺其自然的。然而，这样一来，假如顺利应聘到正式职员，那么很有可能在试用期或刚刚转正后便怀孕。"刚入职就请产假或育儿假，自己怕是不好意思开口，面试时提及这一点也会被公司嫌弃。"她表示。在想怀孕的时期换工作或再就业的确难度不小。如果经济景气，企业尚有雇用余力，参加应聘相对容易，就不会像眼下这么困难。

本来，从生物学上看，女性最适宜怀孕的时期是20—29岁。随着年龄增加，怀孕难度增大，相反地，流产率却会增高。与20至30岁相比，35岁时的受孕概率将下降二分之一。日本产科妇人科学会将35岁以上的初产妇定义为高龄产妇。对高龄产妇而言，成为高危孕妇的可能性非常高，一旦罹患妊娠高血压，便伴随着死亡的危险。医学上的妊娠适龄期，恰恰是千佳小姐这样以社会人的身份在职场上勇往直前的时期，因此她的怀孕心愿很难实现。

退一步来讲，即便有机会怀孕、分娩，并申请到育儿假，也未必能继续留在公司。育儿假取得率整体看来年年有所上升，1996年至2011年间，女性占比从49.1%升至87.8%，男性占比从0.12%升至2.63%。不过，这种统计无非是从拥有5人以上员工的民营企业获取的抽样数据。人数在那以下的小微企业还有很多，由于员工较少，每个人肩负的责任都很重大，女性员工很难取得育儿假。

而且，育儿假取得率的计算方式是，"将调查前一年度一年内的生产人数（男性员工的话，以其成为产妇的配偶者为准）"作为分母，"将到调查时间点为止，开始休育儿假的人数（包含申请并打算休育儿假的人）"作为分子。因此，这个数据不过来自妊娠中或产后尚未辞职的在职人员，即就业竞争中的"获胜组"。进一步来看，由于将打算休育儿假的人也计算在内，因此这个数据也包含了取得育儿假前已经辞职的人。正因为算上妊娠中或育儿假前辞职的人，可以说这个数据根本未能正确捕捉育儿假取得率的现实情况。如果严格除开中途辞职的人，那么育儿假取得率会大幅度降低吧？

比如，作为分母的生产人数是100人，作为分子的享受育儿假的人数是50人，育儿假取得率即为50%。然而，若是享受育儿假后中途辞职，或是有请育儿假打算，却在开始休假前辞职的人数是10人，育儿假的实际取得率便下降到了40%。

倘若女性在希望怀孕的时期是公司的非正式员工，想要继续就业会变得难上加难。据国立社会保障及人口问题研究所《第14回出生动向基本调查》显示，按结婚、分娩年份为2005—2009年的案例来看，假如怀头胎前是公司非正式员工（临时工、派遣员工），享受育儿假并确保继续就业的比例仅为4%。根据厚生劳动省统计的数据，非正式员工的育儿假补助金的初回享受人数，按该制度得到认可的第一年即2005年来计算，合计2 242人，2008年合计4 823人，2011年增加至7 102人，但从非正式员工的增长趋势来看，其占比依然有限。

果然，对签约条件模棱两可的非正式员工来说，要满足《育儿及看护休假法》所规定的申请条件，难度很高。其条件如下："① 在同一用人单位持续工作满1年；② 孩子满1岁（生日前一日）后，能与用人单位续约（孩子满1岁后的1年内，劳动契约期限届满，明确不再续约的员工不包含在内）"。像千佳小姐那样，自己能否被雇用取决于项目预算和事业实施是否顺利，这种工作方式要想取得育儿假几乎是不可能的。

综上所述，当前女性员工取得育儿假的难度并未降低。

以妊娠为由实行的解雇

在东京都内的公益法人工作的石野惠子小姐（化名，34岁），2002年3月从大学毕业。2003年，她与学生时代交往的男朋友结婚，育有二子。虽然顺利请到产假，但她表示："想取得育儿假，几乎是梦中之梦。"

结婚那会儿，丈夫正在攻读研究生，为此，两人已经做好过苦日子的心理准备。惠子小姐当时在中央官厅担任临时职员，婚后很快换了工作，顺利应聘为正规雇用的非编制职员。月薪为税后20万日元。接着，她便在有着30年筑龄、约6张榻榻米①大小的单间公寓里与丈夫开始了新婚生活。

惠子小姐在试用期时怀孕，总务人事科告诉她："从未有过员工还没入职就怀孕的先例。你靠丈夫的收入无法维持生计吗？"事实上就是向惠子小姐提出劝退。更有甚者，人事科还给惠子小姐远在九州的老家打去电话，向她尚未退休的双亲表示，倘若想继续留在单位，惠子小姐必须"将孩子寄养在父母家，否则就辞职吧"。总之，提出的皆是强人所难的要求。

好在直属上司对惠子小姐竭力袒护，她才没有遭到辞退，却不得不工作到产前第4周（法定产前6周即可申请产假），产后也仅仅取得了8周的产后休假，便迅速回归职场。惠子小姐表示："如果可以，当然希望能取得育儿假。"然而自己是家庭的支柱，要是不出去工作，全家人的生活便无法维持。试用期

---

① 1张榻榻米大小约1.62平方米。

怀孕一事让她遭到同事的排挤，甚至被人在背后议论"派不上用场""没有战斗力"，这些闲言碎语很快传入惠子小姐的耳朵，大环境如此，她根本没法申请育儿假。自那以后，单位招聘职员，对女性员工的试用期延长到半年至一年。惠子小姐认为："这样一来，如果试用期怀孕，单位便能轻易辞退女性员工了。"

顺便一提，根据厚生劳动省雇用均等及儿童家庭局的规定："无论员工是否处于试用期，以妊娠为由实行的解雇均被视为违反《男女雇用机会均等法》。若男女员工均以正式职员身份获得录用，且隶属同一部门，试用期限却不一致，也被视为违反《男女雇用机会均等法》。"根据《男女雇用机会均等法》第九条规定，禁止以妊娠、分娩为理由对女性施行不公平待遇，包括禁止解雇、降薪以及将雇用形式由正式职员调整为非正式职员等。

丈夫取得硕士学位后，虽然顺利就职，但是高强度的工作将他逼到过劳死的边缘。惠子小姐怀孕期间，他曾三次在公司昏倒，被送到医院抢救，接受住院治疗，并被医生命令在家休养。丈夫离职后，尝试攻读原本已经放弃的博士学位。毕业后，他找到一份外聘讲师的工作，于是留下妻儿，独自前往关西地区。

很长一段时间，惠子小姐都过着既要工作又要育儿的"单身母亲"生活。6年后，她怀上第二胎。怀孕期间，丈夫已经离家，去了关西地区工作，偿还奖学金的同时，每月给惠子小姐寄来10万日元的生活费。分居两地的生活导致他们很难再有积蓄。惠子小姐选择了分娩费用较为低廉的都立医院，甚至一次次对腹中的宝宝说："深夜或双休日麻烦医生的话，会增加住院费用，你要在工作日的白天出生哦。"

她为第一个孩子选择的是公设民营的幼托联合型"认定幼儿园"。寄养婴幼儿的机构，分为文部科学省管辖的幼儿园，厚生劳动省管辖的托儿所，以及两省共同设立的认定幼儿园。幼儿园侧重对幼儿的教学启蒙，孩子每日在园时间较短，母亲多为全职主妇；托儿所允许孩子留至晚间，不过教学质量相对较差，孩子的父母也几乎都有工作，无暇照顾小孩。由于托儿所的待机儿童很多，惠子小姐费尽周折，总算把孩子送进了认定幼儿园。认定幼儿园与普通幼儿园很像，基于"孩子应该尽量和母亲待在一起"的理念，常在工作日的白天举行监护人集会。为此，惠子小姐很快将带薪假期用完。孩子进入小学后，放学时间变得更早。在此基础上，想要带着孩子复归职场完全是不可能的。然而，如果申请育儿假，收入就会减少，生活将无法维持下去。一时之间，惠子小姐陷入进退维谷的境地。

"今后如果没有加薪的希望，又找不到寄养孩子的机构，仅靠我一个人，实在无法抚养两个孩子。"于是，惠子小姐怀上二胎后，便把远在九州老家的母亲叫了过来，产后第8周回到职场。入园费便宜的认定幼儿园已经招收了很多待机儿童，就算能找到别的地方寄养孩子，也只能选择每月费用超过10万日元的认定外机构。行政支援中，也有由"保育妈妈"提供的家庭保育服务事业，可以将孩子寄养在符合标准的保育妈妈家里，另外，若监护人需要常去医院，或参加冠婚葬祭等红白喜事，家中无人照顾孩子时，也可以选择"临时寄养"的方式。然而，惠子小姐与丈夫分居两地，又有全职工作，保育妈妈服务的利用时间段和利用次数都很受限，思来想去，她只好请母亲从老家赶来为自己照顾小孩。惠子小姐的母亲为了支持女儿，提前退休，搬来东京，与女儿住在一起，专心照顾孙儿。即便国家出台保育制度，现实中也一定会发生各种各样的意外，无法回回按制度办事。惠子小姐深有感触地说："生下孩子后，要想兼顾育儿和工作，比起行政支援，自己母亲的存在才是必不可少的。"

据国立社会保障及人口问题研究所《第4回全国家庭动向调查》显示，是否与父母同住会改变女性产后的就业率。与父母同住的"就业继续型"女性（指不受结婚生育影响持续工作的女性）的产后就业率为30.7%，而不与父母同住的女性，其产后就业率只有17.7%。后者中，若自家与父母家相距不足1小时路程，产后就业率为19.4%；超过1小时路程，则产后就业率下降到12.8%。总之，"再就业型"（因结婚生育而离职，待小孩成长到一定年龄复归职场）占比未曾超过50%。至于"离职型"（因结婚生育而辞职，此后不再工作），与父母同住并离职的女性占比14%；分居并离职的占比21.1%；自家与父母家相距1小时以上的占比27.4%，即是说每3人中就有1人不得不完全退出劳动市场。当前，拥有两立支援意识的企业数量稀少，社会公共基础设施尚不完善，对既想工作又想成为父母的人而言，能否依靠自己的父母便是问题的关键所在。

年年增多的35岁以上高龄产妇

"现在怀孕的话，会很头疼，等这项工作做完后……"

就职于东京都内某咨询公司的槌田宽美女士（化名）说，虽然她也想要小孩，但是工作迟迟无法告一段落，就这样跨入了40岁。

宽美女士的主要工作是企业顾问，涉及企业经营的高效化与宣传。平时，由她负责的企业大约有30家，有制造业，也有饮食、服务业。对各个业界进行分析当然是工作的一环，此外也需要关注同行业竞争对手的动向。20多岁时，她被任命为组长助理。30岁结婚，但那正是她感受到工作乐趣的时期。她的想法始终是："生孩子这种事，根本没时间考虑。"

自己的提案获得实现，在客户那里业绩有了增长后，她对工作越发精益求精，33岁时成为公司里最年轻的组长。她沉迷于工作，毫不排斥在公司加班留宿。年长她5岁的丈夫想要小孩，宽美女士总是说："手头一个重要项目正在收尾阶段，等告一段落再……"对于怀孕始终举棋不定。完成一个项目，短则半年，长则一两年。"我是项目负责人，不能半途而废。"她表示，于是一再回避怀孕。

公司是风险企业，创立者就是社长。员工以二三十岁的年轻人居多。通常3至4人为一组展开工作。其他小组有位20多岁的女性员工怀了孕，由于孕吐，迟到早退频繁。待孕吐现象减退，为了补上之前落下的进度，她拼命工作，却险些流产，很快住院。为了堵住突然出现的漏洞，全组同事忙得叫苦不迭。不久后，她出院回到自己的岗位，对于无法竭尽全力工作，大家都加班到快赶不上末班车，自己却率先下班这一点，她内心很是愧疚。

同组的一位单身女性员工对宽美女士抱怨道："就因为她工作时间太短，害得大家都很辛苦。我们又不能当着她摆脸色，压力好大。"并且怒气冲冲地说："听说她还想休1年的产假，都不知道自己给小组添了多少麻烦吗？"另外，也有男性员工冷淡地说："不能对自己的工作负责的话，还是拜托她辞职吧。"

如果无法找到人手接替正休育儿假的员工，那么在她们复归前，那部分工作就需要全组共同承担，显然大家为此将持续超负荷工作。若是谁都能胜任的任务，可以暂时雇用派遣社员应急。要是遇到无人可替的工作，而组内刚好有可以接手的人才，公司就不会招聘新人，而是要留下来的人咬牙坚持。针对任务繁重的员工予以相应的薪酬奖励，倒还能够平息他们的不满，宽美女士所在的公司却没有这样的薪酬机制。

其他小组怀孕的女性员工察觉到公司的气氛，便考虑只休一下产假便回来工作，然而产后身体恢复不佳，托儿所里待机儿童已经收满，她又没和父母住在一起，于是一边等待托儿所空出名额，一边休了将近一年的育儿假。公司里，没有一位员工真心祝贺她怀孕生子，其他已到结婚生育适龄期的女性员工还有很多，大家都私下猜测："下一个怀孕的又是谁呢？"

面对这种状况，宽美女士不由得想："考虑到产后的种种情况，我也无法依靠娘家。如果要怀孕，必须等到重要的工作有了眉目再说。"她经常同时负责好几个大型项目，之后还有源源不断的工作在等着。她几乎每周都会出差，在日本全国飞来飞去。业绩优良的宽美女士在38岁那年又获得了升职。她也常常会想："照这样的状况，我什么时候才能怀孕呢？"越是努力，越是从成就满满的工作中感受到无穷乐趣。在女性周刊杂志或电视节目中目睹女性接受不孕治疗时的艰辛，她也总觉得事不关己，只要自己愿意，很快就能怀上。既是上司也是负责人的女同事在42岁时接受体外受精怀孕，然后分娩。由于是领导，公司里没人说她坏话。在此期间，她甚至被宽美女士视作榜样。

以40岁生日这天为界，宽美女士觉得"差不多该认真考虑怀孕这件事了"，便去了某家妇科诊所。然而，光是检查是否患有不孕症以及进行排卵预测就必须跑好几次医院。每当医生告诉她："请于这天来医院。"她都会瞪着日程计划，说："那天约了客户商谈……不行，这个月都没空。下个月的话，勉强能够……"这种情况反复出现多次，焦躁归焦躁，她却想着："反正40岁怀孕已经晚了，再拖延一两个月也没什么差别。"根本不放在心上。后来医生忠告她："35岁已经很难怀孕，流产率也会提高，40岁更不必说了。如果你真的想要怀孕，工作必须适可而止。"于是，她不得不在工作与怀孕之间做出抉择。

像宽美女士这样，40多岁才来妇科诊所就诊的女性并不少。广尾淑女医院（HiROO LADiES）院长、妇产科医生宗田聪著有《31岁开始的子宫教科书》（Discover 21出版社）一书，听说有不少像宽美女士一样将怀孕往后推迟的女性去他那里问诊。

"一些42至43岁的女性，抱着'今后打算生小孩'的想法前来咨询，觉得职场前辈45岁仍旧怀孕生子，自己也得抓紧时间才行。不过聊了一番下来，她们却说，'工作太忙，今年或明年都不行，两年后才有时间怀孕'。如果身边有比自己年长的人怀孕生子，她们就认为自己也没问题，虽然现在女性推迟怀孕的案例日渐增多，但请大家不要忘记，怀孕是存在适龄期的。"

35岁以上的高龄生产年年增长。厚生劳动省人口动态调查显示，出生时母亲年龄在35岁以上的孩子，2000年合计141 659人，2011年增加10万多人，合计259 552人，分别占出生总人口的12%、25%。现在，每4人里就有1人是高龄产妇。不久之前，35岁以上孕妇病历卡上的"高"字会被小心翼翼地标上圆圈，如今这样的情况已很常见。出生时母亲年龄在50岁以上的孩子，1985年只有1位，2011年却达到41位（图9）。

导致晚育的最大因素也许是孕妇差别待遇在职场的泛滥。

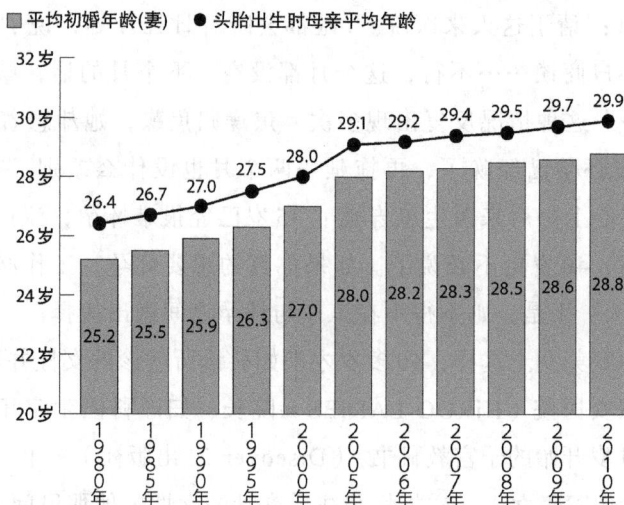

平均初婚年龄(妻) ● 头胎出生时母亲平均年龄

(厚生劳动省《人口动态统计》2010年)

图8 平均初婚年龄与母亲平均生产年龄的逐年趋势

母亲年龄	1985年	1995年	2000年	2005年	2008年	2009年	2010年	2011年
总 数	1 431 577	1 187 064	1 190 547	1 062 530	1 091 156	1 070 035	1 071 304	1 050 806
14岁以下	23	37	43	42	38	67	51	44
15—19	17 854	16 075	19 729	16 531	15 427	14 620	13 495	13 274
20—24	247 341	193 514	161 361	128 135	124 691	116 808	110 956	104 059
25—29	682 885	492 714	470 833	339 328	317 753	307 765	306 910	300 384
30—34	381 466	371 773	396 901	404 700	404 771	389 793	384 385	373 490
35—39	93 501	100 053	126 409	153 440	200 328	209 706	220 101	221 272
40—44	8 224	12 472	14 848	19 750	27 522	30 566	34 609	37 437
45—49	244	414	396	564	594	684	773	802
50岁以上	1	—	6	34	24	20	19	41

*总数中部分人口的母亲年龄不详。

(厚生劳动省《人口动态统计》2011年)

图9 按母亲年龄（每5岁为一阶段）、出生顺序统计出生人口

日本劳动组合①总联合会（联合）在2013年5月进行了一项关

---

① 劳动组合：相当于中国的工会组织。

于"孕妇差别待遇"的意识调查,受害女性占比上升到25.6%,而上一年这一数据为17%。遭受孕妇差别待遇的女性里,有五成选择"不求助咨询,忍气吞声"。在引发孕妇差别待遇的各项原因中,排第1位的是"男性员工对怀孕生育不够理解,也不够配合",占所有原因的51.3%。

年近40岁的助产士

"25至29岁是结婚高峰期。或许我们这代人是反面教材吧。"

年近40岁的助产士加藤美幸女士(化名)心境颇为复杂。美幸女士说,自己做了10年的助产士才能独当一面,工作向来兢兢业业。等她回过神来看看周围的同期和前辈,发现大家依然单身。女性为主的职场本就很少遇到交往对象,后辈们说着"看来还是早点结婚比较好",纷纷结婚生子。

高龄分娩年年增加,40多岁迎来头胎的女性并非少见。来妇产科就诊的病人中,有些夫妇简单地认为,治好不育症就能怀上小孩。每当这时,助产士都会告诉他们:"怀孕分娩受年龄影响很大,想法这么天真可不行。应该趁早调理身体,保持健康,尽量注意饮食搭配与运动。"她们一方面这样指导病人,一方面也被迫注意到一个矛盾,即她们自己既没有恋人又没有结婚,即便年龄大了,也照样抱着"能正常怀孕生子"的错觉。

美幸女士觉得,只要有合适的对象,自己很愿意结婚生子、抚养小孩。然而,她工作负担太大,根本无暇顾及这些。在围产期工作现场,由于人手不足,无法妥善安排员工值夜班,只能连续实行两班倒的制度。每日工作时间长达16小时,加班3小时,次日中午前都不得空闲,同事们经常一整天在住院部疲于奔命。

夜班一多，即便感觉倦意，神经高度紧张之下人也容易失眠。大家往往带着通宵达旦的疲倦，继续值夜班。难得的休息日，短到只来得及让精疲力竭的身体稍微喘口气。有的同事直接累倒，感觉"再也无法工作了"。有的同事则患有慢性头痛、胃痛、胃溃疡等疾病。不少人选择辞职，或转做没有夜班的上门看护服务。

除了身体疲倦，精神上也很痛苦。注意力无法集中时，谁都有可能犯错。而这里却在人员紧缺的情况下要求大家不出一点差错。在忙到没时间喝水的职场追求高质量的服务，这种进退两难的局面，让后辈目睹前辈如何错过婚龄，并且很自然地冒出"趁早结婚然后辞职"的念头。千辛万苦培养出来的后辈说走就走，这种现象变成前辈们的又一烦恼，也造成了恶性循环，有段时期，大家都沦陷在"工作太忙，早结束早省事"的氛围中，有很多骨干员工由于感受不到工作价值，辞职去了别家医院。

每年，美幸女士都会被问及下一年度人事安排方面的希望，也会被问有无怀孕计划或参加研修的打算。每到这时，她都很烦恼，"将来的事毫无头绪"，考虑辞职。美幸女士认为，虽然医院的业务覆盖面很广，让自己受益匪浅，但是作为助产士，要开拓大显身手的领域，或许还是去地方上转做协助妊娠、生育一类的工作更好。

变成消费品的"相亲""备孕"

反映晚婚、晚育等社会风潮的"相亲""备孕"等词如今十分流行，与之相伴出现的，是面向结婚、妊娠等服务的产业化、消费化。

据矢野经济研究所相关报告显示，含结婚情报服务在内，包括婚礼、传统婚宴、新式婚宴、婚庆珠宝等六大分支的婚庆相关市场的规模，从2006年的2兆7 410亿日元扩展到2008年的2兆8 021亿日元高峰。预计2013年为2兆5 900亿日元，虽然与巅峰时期相比，总销售额有所减少，但考虑到结婚适龄期人口的减少与经济衰退，或许仍可视其为平稳上升。

仅就婚介服务市场规模来看，2003年据说达到300亿日元，当时，有不少人对该市场规模的扩展寄予厚望。经济产业省为实现婚介服务产业化，曾进行过市场调研。该省《关于少子化时代结婚产业理想状态的调查研究》（2006年），清晰显示了婚介服务的使用实态。

随着市场规模的扩大，同行业者犹如雨后春笋般出现，由于担心服务质量低劣的经营者增多，婚介认证服务制度的创设显得十分必要。2008年，服务产业生产性协议会的品质认证委员会制定出台《关于婚姻介绍服务业认证制度指导方针》。方针出台的前一年，经济产业省商务情报政策局服务产业科股长原口博光从经济产业省辞职，进入2007年设立的NPO法人[①]日本生活设计咨询协会，担任事务局局长。该NPO法人是专为市场上可靠可信的婚姻介绍所提供CMS认证的机构。公务员将婚介服务作为自己的改行目标，予以极大关注，足以见得婚庆市场多么繁荣。

据三菱UFJ调研咨询株式会社的《服务产业生产性向上支

---

① NPO法人：致力于公益事业的民间非营利组织。NPO即"Non-Profit Organization"的缩写。

援调查事业 婚姻咨询、婚姻介绍服务业界统计》（2010年2月）显示，仅是婚姻介绍服务的市场规模就达到400亿至500亿日元，可知近10年来市场规模扩大了100亿至200亿日元。顺便一提，拥有400亿至500亿日元市场规模的还有偶像市场、电子漫画市场、cosplay服装市场等，虽然小众，但内部存在较多的稳定细分市场。根据前述调查，关于相亲风潮对市场的影响，有四成经营者认为没有影响，也有经营者认为"会员增加"（19%）、"营业额增加"（9.4%），还有经营者认为"申请资料、前来咨询的客户增加"（25.3%）、"竞争对手增加"（33.9%），可见同行的增多致使行业内的竞争日益激烈。

婚姻咨询、婚介服务的客户数量占婚庆行业全体的5%。其中，约超过半数的人通过婚介服务与认识对象展开交往，约两成的人走入婚姻或实现订婚。男性平均入会经费为54 002日元，女性为47 604日元。只要参加咨询、相亲活动或宴会，都会被要求交纳一定的经费，若能成功走进婚姻或实现订婚，作为报酬的完婚经费男性是254 093日元，女性是216 093日元。也有人会因完婚、恋爱而申请退会，退会前享受的服务时间平均约为16.1个月，经费总额为41.4万日元。比较2006年度经济产业省的调查和2009年度三菱UFJ社的调查可知，经费总额逐年增高，男性从32.5万日元增至41.4万日元。从业人员人均完成销售额大多在500万日元以上。

行业中有七成是个体经营者，可以说入行门槛较低，一些追赶潮流的经营者和胡乱设立的NPO法人遭到不少顾客的投诉。国民生活中心指出，最近几年，他们收到过大约3 000起投诉。具体包括，解约时被要求支付合同上并未写明的违约金；申请一个月后，依然不为客户介绍对象；抓住父母忧心子女婚姻的弱点，强迫对方签约，等等。

有人瞄准为少子化对策而愁眉不展的自治体，乘机占便宜。某位女性经营者（60多岁）坦言："我只是想赚点小钱，设立NPO法人的话，很容易获得行政委托费。"她以自治体为对象，设立NPO法人，提供婚姻咨询等服务。

结婚是人生大事，如果遇到能提供优质服务的婚介所还好，一旦被服务质量低劣的经营者盯上，便会走上远离婚姻与生育的不归路。

"女性杂志风"的育儿误区

结婚、妊娠等神圣的领域被商业化后，存在极大的弊端，因为那些对当事人有害的信息已在不知不觉中泛滥且难以分辨。

当前，在女性杂志或相关书籍中四处可见诸如"35岁开始的妊娠""年近40的安产""时髦的职妈（职业母亲的略称）"等醒目的标题。很明显，想要提升杂志销量，出版方当然得这么做。对于"高龄妊娠、分娩也没关系""成为职场上的时髦妈妈"等观点，不应片面予以否定。然而，我们必须看到，这种以某些名人、大企业成功人士为范本，巧妙利用读者心理需求进行的宣传，不过是商业手段。

杂志中经常报道并美化艺人、名人在35岁以后40岁之前，甚至40多岁时纷纷产子，产后很快复出的事件，普通女性深受这类大众媒体的影响，自觉"我也没问题吧"。然而，不能忽略的是，高龄分娩的最大风险是母子生命同时受到威胁。

处于产后育儿期的女性，都会经历谈不上时髦或漂亮的时期。然而，优雅的母亲形象备受追捧，一些父母显然将孩子视为时尚的一部分。即便只是买件衣服，考虑的也不是宝宝或小孩穿着是否舒适开心，而是一味将自己的喜好强加给他们，并用名牌予以强化。家里有了小孩后，此前的生活也为之一变。本来我们应该重点考虑与孩子的共同生活，也必须思考如何维系以孩子为轴心的、父母与孩子能够共同成长的家庭与社会，时下却出现了将孩子放在次要地位，视母亲为主角的支援育儿期女性的NPO法人。

这些NPO法人的设立宗旨是专门支援产后女性。LOGO上设计有外国人模样的母子，穿着高跟鞋的母亲陪在宝宝身边。以"美丽的母亲"为主题，在全国展开宣传，取得名企支持，同时举办面向职场母亲的沙龙，与妇产医院、助产院合作，开办瑜伽教室等，总之广泛开展了各项事业。

它们的主要项目是健身课程，即针对产后喜欢待在家里的女性进行形体恢复训练。一套课程含4次训练，约2万日元。此外，母亲可带上宝宝参加"产后教室"的课程，这项课程最多可同时接收10组母子。

笔者为收集素材而体验了"产后教室"课程。当天，教室里有3组母子。其中两人自愿做全职主妇，剩下一位是教员，取得了长达3年的育儿假。她们都住得与娘家很近，可谓备受眷顾，据说还同时参加了肚皮舞教室。由于是需要使用较大平衡球进行的有氧运动，得完全调动平时不怎么运动的肌肉，因此人人都大汗淋漓，一边笑着一边体味健身的爽快感，然而这种氛围始终令笔者感到别扭。

如果宝宝出生超过210天，母亲就不能带着宝宝参加健身课程了。产后211天以后，绝对禁止带宝宝上课。该NPO法人的宣传负责人解释了原因："当宝宝开始牙牙学语后，带着他们上课会很危险。宝宝出生211天后，希望妈妈们将宝宝寄养在可靠的人家，独自来上课。虽然第一次寄养宝宝，多少会有些不安，但宝宝也有宝宝的私密时间，不能总是被大人占用。"总之规定便是如此，严格禁止出生211天后的宝宝跟着妈妈来上课。

倘若患上育儿神经衰弱或产后抑郁，母亲需在一定时期内与孩子分开生活，上述规定大体上情有可原，但是，能够在白天将孩子寄养在别人家里，参加健身课程的母亲，只限于所谓的"获胜组"罢了。事实上，为了证明这个推测，笔者询问了不少参加者，果然她们基本都是家境优渥的女性。

如今，不懂得如何和婴幼儿相处的母亲本就在增加，这是一个更容易遭遇母子孤立的时代，因此确保母亲带着孩子享受愉快的时间，花心思为她们提供细致周到的支援显然更有必要，不是吗？单纯将母亲和孩子进行隔离的支援方式，任何人都能提供。实际上，所谓的为职场母亲提供支援的宗旨，已经与能够参加NPO法人开办活动的母亲们相去甚远。作为NPO法人举办的活动，听起来似乎不错，而作为民营企业，难道不应该避免把招揽顾客和销售作为活动的目的，努力为那些被挤出消费群体的职场母亲提供支援吗？上面一类NPO法人并非个例，翻开育儿杂志，会发现有不少关于宝宝手语会、宝宝按摩、宝宝香熏疗愈的指南和课程介绍。从宝宝0岁开始教授英语会话的课堂或补习班也很常见。

针对这类现象，圣玛丽安娜医科大学名誉教授堀内劲（新生儿科医生）提出忠告："受杂志影响的父母所培养出的'跟风宝宝'正在增多，这种方式是无法培养出孩子的自尊的。"堀内教授表示，所谓的"韧性"，是指当人置身逆境时克服困难的力量、承受压力的力量、积极接受人生描绘未来的力量、灵活调整情绪的能力，以及对外界保持多样化的趣味与关心，它的培育需要婴幼儿与特定他人进行相互交流，置身于通过身体接触实现的"接触爱"的世界，建立能够获取关爱的关系，他还强调："脱离了婴幼儿自身意志的早期英语教学等方式，对韧性的培育并无益处。"

当前，我们能够从充斥着各种信息的网络、育儿书籍、杂志等获得育儿知识，为此不少妇产科医生与儿科医生提醒说："包括不孕、孕期生活相关常识在内，网上的信息大多不足为信。与育儿有关的杂志，多是以贩售婴幼儿用品为目的，各位妈妈千万不要盲信。"

满足自我的妊娠

一直以来，人们便认为孩子不是"天赐"的，而是"制造"的。对期待孩子却很难受孕的夫妇来说，生殖辅助医疗无疑带来一线光明。这一想法的另一面便是使部分人错误地认为，借助人工授精（AIH）或体外受精（ART）的方式，便能"轻松怀孕"。

爱育医院前院长、性心理治疗医师堀口贞夫（妇产科医生）表示："我与前来治疗不孕不育症的女性患者聊天，她们说自己基本不过性生活。有不少夫妇虽然想要小孩，却没有正常的夫妻生活。为治疗性交障碍，夫妻关系的修复很有必要，但是一些夫妇认为，与其花时间接受麻烦的治疗，不如选择体外受精来得轻松。"堀口医生在妇产科工作近60年，至今仍供职于东京都四谷主妇会馆内的"主妇会馆诊所"，在那里看门诊。这些夫妇之中，有的是苦于丈夫不愿过性生活，有的是妻子对性生活态度消极，还有的则是纯粹性冷淡。堀口医生指出，夫妇之间的沟通交流非常重要。然而，很多夫妇的现状是，工作太忙，回到家往往各自睡觉。双休日的休息也只是为了缓解平日工作的疲劳。此外，堀口医生还说："维持适当的性生活，不仅能够满足男性的性欲求，还能让双方跨越性别差异，学习重建良好的两性关系。"

对妊娠期结束后的育儿阶段不加思考，单纯将妊娠视为终点的行为是危险的。

如前所述，当今社会已出现明显的晚育化倾向。根据厚生劳动省人口动态调查所示的出生人口数来看，母亲在34岁以前生产的婴儿逐年减少，而母亲在35岁以后生产的婴儿却逐年增多。对比2008年与2011年的出生人口，母亲在40至44岁之间生产的婴儿约增加1万人，合计约37 437人。母亲在45至49岁之间生产的婴儿约增加200人，合计802人。母亲在50岁以上高龄生产的婴儿，从24人大幅增加到41人（图9）。

在这样的状况下，妇产科医生每天都要被迫面对社会的矛盾。患者里既有不注意避孕、十多岁怀孕前来做人工流产手术的年轻女孩，也有进入四五十岁后，接受不孕不育治疗的女性。患者有各自的理由，不少妇产科医生都感到，"绕开性生活实现的妊娠含有感染疾病等各种风险，必须趁早告诉这些年轻男女，女性是存在妊娠适龄期一说的"。

在埼玉县某医院工作的某妇产科医生（40多岁）表示，有一位孕妇让自己很是难忘。这位女性年龄已经超过45岁，接受了强度极高的不孕治疗，产下双胞胎。尽管此前已被告知，接受不孕治疗后产下双子的概率较高，她仍旧表示，"只有余力抚养一个小孩，无法公平地二选其一"，于是将两个孩子都寄养在了孤儿院。这位医生十分感慨地说："明明花了这么大力气接受治疗，好不容易生下宝宝，却将他们'弃之不顾'，说实话这种做法让人伤心。"

在东海地区某医院工作的资深助产士愤愤地说："最近，有位年龄过了45岁的女性接受体外受精后怀孕，做羊水检查时发现胎儿异常，立刻表示自己不要这个孩子，要放弃这次的受精卵，因为她还有其他备用冷冻卵子。这种违背自然规律的做法，无视了生命的重量。"

据说在首都圈某家医院，一位50岁的女性产下一子。她曾长年接受不孕治疗，却始终没能怀孕，和丈夫聊起老后话题，觉得将冷冻保存的卵子扔掉太可惜，便去医院将其重新注入子宫，后来竟意外怀孕。这个事实完全颠覆了她的认知。由于孕吐现象很严重，她几乎无法接受自己怀孕的事实。做完剖宫产手术的第二天，她手足无措地说，没想到生小孩这么痛，没想到小孩会哭成这样。助产士很担心她今后的生活，这位女性完全没有见识过育儿的困难就生下了小孩，并且认为："婴儿不都是喝完母乳就会睡上3个小时的吗？"

某位助产士说："将分娩视为终极目标，身体自然不会分泌母乳。哺乳也是不孕治疗的一环。她们往往以为，每3小时喂一次奶还不错呢，把哺乳行为看作机械操作。当然，有些人连婴儿从什么都不会到能抓取东西、自己吃饭的发育过程也无法接纳，会觉得非常麻烦。"育儿过程十分艰辛，不可能完全按照育儿手册进行。此外，若将不孕治疗按年龄段划分，那些认为45岁还能努力治疗的女性，即便在45岁生日当天也不愿放弃，不惜花光存款，支付高昂的治疗费用，勉强维持治疗。

东海地区某家实施生殖辅助医疗的医院曾接收一位高龄孕妇，这位女性经由某家提供不孕治疗服务的诊所介绍，预约分娩后转院过来。明知这样怀孕有很大概率罹患恶性子宫肌瘤，她依然义无反顾地怀了双胞胎，可惜孩子终究没能保住。见此情形，助产士极不赞同地表示："那种不孕治疗诊所，是以孕妇实际怀孕与否作为业绩考核的。既然本人也强烈希望怀上小孩，诊所当然不会考虑高龄产妇的风险成本，直接将两颗受精卵注入子宫了事，毕竟能够孕育受精卵，在诊所看来就算万事大吉。"

"健美沙龙渡部"的渡部信子院长拥有多年助产士经验，曾为孕妇与产妇提供理疗服务，并开发了骨盆护理器具"TOCOCHAN腰带"。渡部院长表示："不孕治疗诊所以妊娠率为竞争目标。明明患者身体已经疲倦至极，不适宜怀孕，诊所依然让她们勉强接受治疗，使其怀孕。这样一来，即便侥幸怀孕，也会面临流产，或导致胎盘机能不全，最终孕妇只能选择剖宫产，而紧随其后的便是产后抑郁等一系列连锁反应。有种观点认为'通过不孕治疗怀上小孩的女性，以分娩为终极目标，毫不关心育儿'，事实上，这是因为她们根本不具备快乐育儿的精力，加上疼痛和身体不适，对于哭泣不止的婴儿只会无法理解，并耗尽耐心。我们鼓励女性保持适宜怀孕的身体，但不希望她们为如何及时追赶不孕治疗或备孕的潮流感到焦虑。"

另外，让医生们忧心的是，有些母亲无法面对"历尽千辛万苦生下的孩子，却没有按照自己的心愿成长"的事实，从而虐待孩子，并且这种现象与日俱增。

日本红十字会医疗中心顾问杉本充弘（妇产科医生）指出："有些女性仅仅是为满足自己的私欲而祈祷怀孕，并擅自以为生下的孩子能够如她所愿。孩子根本没有人权，会被母亲虐待也不足为奇。"

应该注意的事实是，孕妇心理年龄已经出现低龄化倾向。

广尾淑女医院院长宗田聪表示："现在有些孕妇真是让人担心，就那样成为母亲真的没问题吗？"听说一位28岁左右的未婚女性从商店里买了妊娠检测的药品，判断自己怀孕后，便去诊所检查。确诊怀孕后，她嘟囔说："怎么办，这下会被妈妈骂死的。"在她们眼里，怀孕这种重大事件，必须征求父母的意见。

针对这种现象，宗田院长认为："这与学校对于面临人生选择的高中生的升学指导不无关系。很多高中为实现大学升学率，不会考虑学生的将来，而是让学生报考擅长的学科，仓促决定专业，并尽力让她们被成功录取。这样教出的是一批无法独立思考、无法独立决断的所谓'精英'，即便她们从考试、就职活动中脱颖而出，进入知名外企工作，也不一定会培养起承担烦恼、做出抉择的能力。面对怀孕等重大事件，即便年近30，来到诊所后，她们也认为自己需要征求父母的意见。"

如今无论哪个年龄层，社会风险较高的孕妇都在增多。究其原因，从劳动环境到教育环境都有不可推卸的责任。

与"生命拣选"密切相关的产前诊断

随着不孕治疗技术的提高，高龄怀孕的概率也相应增加。与此同时，孕妇年龄越高，她们产下罹患唐氏综合征的婴儿的可能性也越大。比如，据国外研究显示，25岁的孕妇中，产下唐氏综合征婴儿的概率为1 352人有1人；30岁的孕妇中为910人中有1人；35岁的孕妇中为385人中有1人；40岁的孕妇中为113人中有1人。为此，希望接受产前诊断的夫妇人数也在增加。

唐氏综合征等疾病的染色体异常，代表遗传基因发生改变，具体是指46条染色体数量上的增加或形状上的变化。通常染色体都是成对的，异变后会出现三体（某染色体有三条）状态或单体（某染色体只有一条）状态。唐氏综合征系21号染色体三体，此外也有18号染色体三体的爱德华综合征，13号染色体三体的帕陶综合征。唐氏综合征存活者伴随有明显的智力落后、运动能力低下、先天性心脏病等其他畸形。18号染色体三体与13号染色体三体存活者常伴有心脏、肝脏、中枢性神经致死性畸形，九成婴儿在1岁前死亡。除生长发育障碍，还会表现出智力发育严重落后。此外可能伴有自发呼吸困难，须接受人工辅助呼吸；缺乏咀嚼食物能力，须在胃上开孔，人工注入营养液，等等。总之治疗过程中必须借助医疗之力。

产前诊断主要是通过超声波引导，观察孕妇腹中胎儿器官有无异常，以"唐氏筛查"为代表的母体血清标志物检查，只需对孕妇进行采血分析，即可判断胎儿是否罹患唐氏综合征。唐氏筛查准确率达到80%至90%。筛查结果中胎儿患病率为1/500。若其结果显示胎儿罹患唐氏综合征、18号染色体三体综合征的可能性较高，则需做羊水检查确诊。羊水检查多在妊娠15至18周期间进行，通过羊膜穿刺术，采取羊水进行检查。300至500名孕妇中，会有1例出现流产或胎儿死亡现象。顺便一说，产前诊断无法使用医保，属于自费诊疗，费用因医院而异。一般来说，唐氏筛查花费2万日元，羊水检查花费10万日元左右。

2012年9月，日本医学界展开采用新型产前诊断的讨论，2013年4月开始实行"无创产前基因检测（NIPT）"，对接受基因检测咨询的机构、接受检查对象等均有所规定，如孕妇需为35岁以上高龄孕妇或有过产下染色体异常婴儿的先例。该检查在国立成育医疗研究中心、昭和大学医院、东京女子医科大学医院、横滨市立大学附属医院等全国18所机构实施（截至2013年度末）。由于可从孕妇血液中检测出胎儿染色体异常，且在妊娠10周后进行，因此精确度高，检查费用在20万日元左右。每年接受羊水检查的孕妇约2万人，有流产或胎儿死亡案例，因此相比羊水检查，这项检查安全度更高。若发现胎儿染色体异常，可立刻进行早期治疗，而弊病在于选择放弃治疗继而轻易接受人工流产手术，即所谓"生命拣选"的孕妇可能不在少数，由此形成的涟漪正在扩大。

据《读卖新闻》《朝日新闻》等媒体报道，日本妇产科医学会与横滨市立大学附属医院曾做过一项调查，约330家医疗机构接受调查。因胎儿异常而选择人工流产手术的案例，1985年至1989年间约800件，1995年至1999年间约3 000件，2005年至2009年间则激增至6 000件左右。这项调查在专攻遗传学的妇产科医生、横滨市立大学附属医院院长平原史树的主导下进行，平原院长说："这项调查毕竟只是推测，并无切实证据可言，上述数值至今尚未公布。"但他同时指出："不少孕妇得知胎儿异常的检查结果后，都有选择接受人工流产手术的倾向。"此外，孕妇因产前诊断而选择人流的原因还有："上一个孩子出生后已经罹患唐氏综合征，如果接下来这个也是同样的病，实在无法抚养，即便孩子有幸活下来，做父母的将来死了，孩子又怎么办呢？有的夫妇经过认真考虑，万般艰难地做出人流的决定。"

专攻遗传学的广尾淑女病院的宗田院长质问道："来医院做血液标示物检查或羊水检查等产前诊断的孕妇中，有八至九成是35岁以上的高龄孕妇。她们之所以会来，是因为担心高龄产子的风险。有的人是被周围人怂恿前来就诊的，因此我们医院在做检查前，一定会提供基因检测咨询服务。结果，一旦发现胎儿异常，不少人都非常苦恼，最后选择人流。然而，我认为对这种行为不应粗暴地予以批判。假设所有高龄怀孕并接受羊水检查后发现胎儿异常的孕妇都选择了人流，这个数字至多几千；另一方面，因其他原因选择流产的则可能达到19万件以上，对比起来，前者就少得多了。在自由自在过着社会人生活的二三十岁的年轻人中，因未婚怀孕或经济理由等选择人流的大有人在，这些女子岂是因为胎儿异常选择人流？她们打掉的分明就是将来能够正常生活的胎儿。舆论忽视这一现象，反而粗暴地指摘打掉异常胎儿的母亲，这不是很荒谬吗？大众首先必须正视选择人流手术的普通孕妇，而且，胎儿原本就没有人权吧？"

根据厚生劳动省的《卫生行政报告例概要》，2011年，全国人工流产手术为202 106件，4年来，全国人工流产手术减少了54 000件。除去避孕的普及，也与出生人口减少有关。我国《刑法》第29章第202至第206条明文规定，人工流产手术为堕胎罪，本人与医生须接受处罚。另一方面，《母体保护法》第14条规定，出现下列情况均可选择人工流产手术：① 因经济原因无法继续，或对母体健康会造成严重损害的怀孕、分娩；② 因暴行、胁迫，或无法抵抗而遭遇强暴导致的怀孕。这样看来，关于人工流产的选择，是存在灰色地带的，不是吗？此外，据厚生劳动省厚生事务次官通知所示，人工流产手术须在怀孕21周内进行。

那么，作为母亲一方的当事人又是怎么说的呢？一位身体先天畸形的孩子（1岁）的母亲肯定地说："接受产前诊断后，必然会面临生或不生的选择。自己生下的宝宝怎么看都可爱，所以我对生不生这个问题本身就很反感，也无法作出决断。因此，如果再次怀孕，我不会来做产前诊断。"一位接受体外受精，在35岁后怀上双胞胎的护士十分坚决地表示："事实上，我做过羊水检查。如果提前得知胎儿异常，产后就能马上展开治疗。即便明知宝宝罹患疾病，我还是打算把他们生下来。对生命进行拣选或轻视他们的做法，我不接受。"

另外，45岁以后产下二胎的一位女性，有过多次流产经历，她决定"如果再次怀孕，能够顺利生下孩子就是上天对自己最大的恩赐，自己不会做产前诊断，无论孩子是否患病，都要生下他"。还有一位母亲在产下染色体异常的婴儿后不久，就失去了这个孩子，她表示："朋友们嘴上不说，但目光都充满同情。不管孩子长成什么模样，我的孩子就是我的孩子，非常可爱，我只会好好疼他。虽说命不长久，但有的孩子也长到了10岁，我希望自己的孩子也能活下去。我想，有同样想法的父母也不少吧。如果有人在产前诊断后决定打掉孩子，我希望她把她家孩子的生命让给我的宝宝。"

横滨市立大学附属医院的平原院长从生物学、遗传学的角度做出解释："假设总人口的0.1％罹患唐氏综合征，从生物学上说，会生下一定数量的罹患唐氏综合征的婴儿是自然现象，否则人类无法繁衍几百万年之久。这是生物界的原则。这样看来，为确保人类存续而诞生的这批唐氏综合征婴儿，不是理应得到社会的帮助吗？如果详细检测自己的基因序列，任何人都会发现自己的染色体多多少少有些异常，而唐氏综合征不过是诸多先天性异常中的一种罢了。不久的将来，通过血液检查，会有'发病前诊断'一说，也就是说我们将清楚得知什么时候什么疾病会发作，那也许会制造出更大的社会问题吧。产前诊断这项技术，原本就和'明知山有虎，偏向虎山行'是一个道理，技术一进步，医生们自然就想利用它们，但其实有些成熟的技术并非是孕产妇乐见的。日本这个国家从总体上说，对遗传知识一窍不通，空有发达的医疗技术，这才是问题所在，必须进行相关教育的普及。"

日本红十字会医疗中心的杉本顾问严厉地批判："一旦决定生小孩，做母亲的就需要做好心理准备，无论生下的孩子是什么样的，都要保证自己能接受。妊娠即赋予生命新的人权，每个生命都应当有生存的权利，但从日本的现行法律来看，胎儿是没有人权的。与生命拣选息息相关的产前诊断或由此导致的人工流产，都是极度自我中心的做法，根本没有郑重面对一个生命。"

然而从另一个角度来看，抚养身患重病或身有残疾的小孩，确实困难重重。某位20多岁的女性说："如果产前诊断能得知胎儿是否异常，我会去做。如果胎儿是正常的，我会生下他，如果异常，我会选择人流。"另一位30多岁的男性发自内心地说："一想到生下的孩子是唐氏综合征患者，就没有自信抚养他。如果提前得知胎儿异常，就不必承担这种艰辛了。"而一位40岁的已婚女性则表示："随着年龄增长，产下唐氏综合征婴儿的概率也在上升，我很清楚这点，因此不会在这个年纪再要孩子。"一位妻子40岁的35岁男性则在得知这个风险后，立刻与妻子一道做出了选择："我家那位至今没能怀上小孩，也考虑过要不要体外受精，如果这样做会导致孩子罹患唐氏综合征的概率上升，那还是算了吧。"这名男性有一位患有唐氏综合征的兄弟。

眼下，我们无法轻易判断产前诊断是好是坏，决定孕妇是否生下腹中胎儿的其实是这个社会。

为少数群体服务的社会基础设施尚不完善，出于对小孩今后生活的担心，一些孕妇迫不得已选择人工流产。国立成育医疗研究中心围产期中心产科主任医师久保隆彦说："这一问题的难度不亚于在锁国与开国之间做出选择。高龄妊娠现象正在增多，如果孕妇希望做产前诊断，我们做医生的就应尽量满足她们的愿望。现在一些女医生自己怀了孕，来做产前诊断的也不少。所以关键问题还是在于接纳罹患唐氏综合征孩子的社会大环境还未搭建好。"

一位在某医院NICU工作10年以上的护士（50多岁）强调："如果体验过独自抚养残疾儿童的辛酸，做母亲的自然能理解为什么要接受产前诊断。"有些孕妇来到医院后，便检查出胎儿异常。比如脑部尚未发育，即便出生也无法喝下牛奶。又比如肝功能缺失。假如孕期已超过21周，那么就算孩子的父母想做人工流产手术也不可能了，这才是真正的束手无策。

当地无论是以0至3岁婴儿为招收对象的托儿所，抑或以小学生为招收对象的残疾儿童机构，都已经满员。重症身心障碍儿童设施也没有空位，总之意味着生下的孩子将无处可去。那位护士感慨道："某种意义上讲，孩子出生后，若某天被宣告余生无几，对父母来说反而是种希望。"罹患重病或重度残疾的婴儿，大多活不过1岁，如果侥幸活到2岁，父母甚至可以叹息着夸奖他："你已经很努力地活在这个世上了。"如果活到20岁才去世，精疲力竭的父母会感觉"终于解脱了"。这样的家庭与家人的状态，这位护士见过不少。

某位罹患13号染色体三体综合征的患者，其父母是医生。他出生后的第1周，父母说："能活下来真是太好了。"然而经过两周的密集治疗，到了第3周，父母说："这样拖下去，反倒令人为难。"又对护士提出意见："不用为他做吸痰治疗了。"为了监督护士是否照做，他们每天都守在孩子身边，去上洗手间时，就拜托别的患者父母帮忙留意，看护士有没有吸痰。最终，孩子由于口痰堵塞咽喉，窒息而亡。见此情形，护士们感到很难过。从这件事例可以看出，通过密集治疗维系生命的做法并非所有家属都能接受。

面对孩子的疾病或身体缺陷，有的父母态度犹豫不决，光是看护照料就让他们疲于奔命。孩子在昏迷状态下出生，留下身体残疾，有的祖父母会怀疑这是医疗事故所致。而有的公婆对这样的孙儿孙女无法接受，便说："不好意思，这孩子入不了族谱。"并对孩子的母亲说："请你离开我家。"诸如此类让人心酸的例子现实中也能见到。有的家庭会使用居家医疗服务，上门诊治孩子的医生往往会发现，做母亲的365天24小时守着患病的孩子，这种情况可能导致夫妻感情日渐淡薄最终离婚，也可能导致亲家之间相处不睦。

这位护士又静静地说："医生有时让长期身患重病的孩子回家看看，其实是因为知道他已来日无多，这种时候，我们心里真的很愧疚。"

随着时代的进步，大家对妊娠或分娩本身的态度也出现改变。针对这一现象，东京女子大学名誉教授柏木惠子解释："从前，生孩子这种事无所谓好坏，它只是结婚后夫妻间房事的自然结果。孩子的'出生'是'上天赐予'的。哪怕家境贫困，哪怕无可奈何，只要怀上了，父母就会接受这个孩子。孩子是既成事实般的存在。在兄弟姐妹很多的时代，接二连三地生下孩子是无法抗拒的命运，这种连续性让女性得以长久地做一位母亲。"

医学的进步和避孕措施的普及，让女性能够在生或不生之间做出选择。这意味着，女性在生育层面拥有决定权，能够在不想怀孕的时候避免怀孕。

柏木教授又说："女性在拥有生育权的同时，也有机会重新思考自己为什么要生孩子，即'孕育孩子的价值'在哪里。然后她们很快会发现一些负面的现实，比如自己想做的事没法去做，手头也会变得紧张。会这么想，并非是她们任性，因为这些现实所代表的，就是人与生俱来的欲望。这样看来，她们选择'不生'，是基于寻找不出'生'的价值。而那些从未细想就轻易怀孕生子的女性，往往最终要面临育儿不安甚至虐待孩子的残酷问题。"

直面"产后抑郁"

　　离开职场，在产后育儿过程中，出现"产后抑郁"的女性有逐渐增多的倾向。前文提到的广尾淑女医院院长宗田聪同时也是一位产后抑郁症专家。他忠告说："针对产后抑郁的最有效治疗方法，是暂时在日常生活中将母亲与小孩隔离开。与之相比，难度较大的情况是，原本就患有适应障碍、接触障碍等心理疾病的女性，若经历妊娠、分娩，其产后抑郁症状会进一步恶化。婚前她们对自己的心理疾病守口如瓶，家人与伴侣一无所知，待她们生下孩子后，身边的人却漫不经心地告诉她们'产后抑郁嘛，很常见的'。尽管已经能够独立生活，她们的心理健康依然濒临警戒线，从而造成更加严重的问题。"倘若对她们放任不管，可能出现虐待小孩等情况。不过一般而言，若女性出现产后抑郁症，经过早期发现与早期治疗，大部分都能逐渐恢复精神平静。

　　镰仓夏美小姐（化名，32岁）为产后抑郁症所扰，差一点便发展到虐待小孩的地步，所幸病情得到了及时控制。

她于2003年3月大学毕业，以正规非编制职员的身份从事机关报的编辑工作。负责人只有她一位，虽然设有编辑委员会，但她入社后，在对业务流程毫不熟悉的情况下，就被委派独自承担了约稿、编辑、校阅、印刷安排等全部流程，并需要提前制订几个月后的工作计划，递交好几项企划案。待她熟悉了工作内容与节奏，编委会委员却换人了，或是换了新的印刷厂，她又得从新的业务关系做起。重重压力下，她患上了抑郁症。正好那段时间，即2007年秋天她结了婚，之后搬离娘家，与丈夫展开新婚生活。面对生活的"改变"，夏美小姐渐渐无法应对。

在同事和上司的建议下，她去医院精神内科就诊，被诊断罹患"经前期综合征（PMS）"。经前期综合征是指，排卵期后、月经来临前的两周内，出现精神极度焦躁、肩膀酸疼、腰痛等症状，月经到来后症状突然消失，如果发展到影响日常生活的程度，即可确诊为PMS。而夏美小姐的症状是，月经到来前，会变得心情抑郁，甚至突然泪流满面。单位里，大家对她态度温和照料有加，而她依然无法应对，某项工作一旦积压，就会像滚雪球一样越堆越多。

清晨，她从被窝中慢慢爬起来，动作磨蹭地换上衣服，迈着沉重的步子走去车站，已快迟到一个小时。"上午必须完成这项任务，下午必须搞定那项工作"，只要想起这些，她就感觉"压力山大"，到了后来，连家门都无法踏出一步了。2008年秋，夏美小姐决定停职休息一段时间，因为她"再也无法坚持下去了"。

停职在家后，虽然从手忙脚乱的工作压力中解脱出来，但空闲时间忽然变多，她根本不知道如何打发。"我还真是一无是处啊。"她闷闷不乐地想着。"要是全世界都消失就好了，要是一切归零就好了。"诸如此类的念头在脑海中不停浮现。晚上，丈夫下班回家，她失声痛哭地说："我早上没能起来，上午只做了这么一点点事情。"生活变得昼夜颠倒。至于复归职场，她更是一点也提不起劲，于是索性离职，而后生活状态却变得越来越糟。

因为每天都凌晨四五点睡觉，所以她中午才能起床。看着看着电视就感觉疲倦，于是又上床睡觉。整天无所事事，将丈夫当出气筒。某天，丈夫忽然喃喃道："35岁之前，真想要个孩子啊。"在内心深处，夏美小姐还是希望要小孩的，但她感到非常不安，便没有接过话茬，只是长长叹了口气。刚好朋友里有一对夫妇，丈夫罹患抑郁症，病愈后重新找到工作，也有了小孩，夏美小姐便想，或许自己和老公也能够克服眼下的困境吧。有些人想要小孩却迟迟怀不上，有些人即便怀上也不幸流产，"既然如此，也别再犹豫不决了，顺其自然不是很好吗？"她这样想着，便不再避孕。夏美小姐期待"怀孕能为自己的生活带来某些改变"。

半年后，夏美小姐发现自己怀孕了，然而孕吐频繁，吃不下东西，只能躺在被窝里哭泣不止。她在自家附近的大学附属医院一边治疗抑郁症一边做妊娠检查。医生开了4种处方药，服药量逐步递减，在生产前4个月，她已经完全停药了。

2011年10月，深夜0点前羊水破裂。她搭乘计程车去了医院，并很快住院，清晨6点，感觉到阵痛。在极度恐慌的状态下，夏美小姐于下午1点30分产下一名男婴。

产后出院，夏美小姐再次大哭："从今以后，我该怎么办呢？"然后又对丈夫说："明天起你能别去公司了吗？"夏美小姐根本没有信心独自照顾孩子，也从来没有想象过，每隔两小时哺乳一次是多么困难。

孩子的哭声震耳欲聋，也不知道究竟是饿了还是想要妈妈为自己换尿布。夏美小姐几乎不了解育儿常识，手足无措之下，急得在家团团转。丈夫说："不管怎么样，先冷静下来。三个人挤在家里总不是办法。"说完躲去了公司。被巨大的不安所笼罩，夏美小姐在心里大喊："要我单独面对这个孩子？我根本做不到！"

她很快让住在附近的母亲过来帮忙照顾孩子，由于母亲尚未退休，傍晚下班前的时间都无法在家。产后，自治体的保健师上门做新生儿调查访问，夏美小姐精力不济，连保健师说了什么都听不进去。保健师提起关于孩子预防接种的繁杂日程安排，夏美小姐只觉脑海一片混乱，看起来，生下孩子后，她的抑郁症反倒进一步恶化了。

生孩子前她可以说服自己，生活节奏紊乱是因为"我不注意养生"，而现在自己所做的一切都关乎孩子的生命。她的出奶情况还算良好，本来打算只用母乳喂养，但考虑到要是孩子过于依赖自己会很危险，于是为了让孩子习惯别人的照顾，便改用奶瓶喂奶。

深夜，孩子大哭不止，打开窗户后，邻居家都能听到孩子的哭声。她担心邻居会不会以为自己在虐待小孩？渐渐更加不知所措，脑海中浮现出自己虐待孩子的画面，甚至会想象自己将哭闹不休的孩子从阳台扔下楼的场景。有几次，她对着刚出生不久的孩子怒吼："你到底要我怎么样！"

白天，她和孩子单独留在家里，望着墙壁或天花板发呆。平面注视久了，会感觉世间一切都由直线构成，只想闭门不出，"这样可不行"，想着想着她恍然回神。娘家的母亲前来帮忙照料的时候，她会换下睡衣，穿上牛仔裤，独自外出散步，心情一下变得平静不少。

这样的事例不仅仅发生在夏美小姐身上，即便不到抑郁症的程度，不少女性实际上也或多或少有类似的体验。

然而，夏美小姐在参加产后4个月的自治体体检时，保健师告诫她，"这样下去，可能会发展为真正的虐待"，并劝她将孩子送到托儿所。经由自治体提议，2012年4月，作为全职妈妈的夏美小姐将儿子送去了托儿所。托儿所的入所标准中，针对父母的就业情况、疾病伤残、身心障碍、亲子看护等做了详细规定，将各种状况折算成对应分数，达到一定总分才可入所。此外，如果被认定为"明确不具备抚养小孩的能力"，也可入所，便是这条规定拯救了夏美小姐。

清晨9点到下午4点，孩子都寄养在托儿所，因此白天的时间几乎属于自己，夏美小姐的情绪终于平静下来。自罹患抑郁症以来，始终无法胜任的家务也能一点点完成了。早晨起床送孩子去托儿所后，她便回到家，午睡起来后做婴儿辅食。至于自己的午餐，此前她几乎不吃，现在要么选择在外就餐，要么简单煮份意大利面，总算吃点东西了，生活节奏慢慢调整过来了。

如果无法将孩子寄养在托儿所……夏美小姐想，"也许会发生最糟糕的情况吧"。在一大群孩子中看着自家的小孩，她觉得"我家孩子是最可爱的，他很特别"。会有这样的想法，也是因为自己能从与孩子单独待在家的可怕日常中逃离出来。去托儿所接儿子回家时，儿子看见她，会露出乖巧的笑容，让她感到十分开心。夏美小姐也不再依赖抗抑郁的药物。对夏美母子来说，托儿所无异于一张安全网。

周末丈夫在家休息，她会将孩子交给丈夫照顾，自己外出散心。回到家，丈夫因一整天寸步不离照顾孩子叫苦不迭。她已经能够从容应对，心想："我可是每天和儿子两个人待在家里呢。"

育儿十分不易，之所以说它辛苦，是因为母亲几乎被逼到一整天与孩子单独相对的孤立状态，这与大部分时间都在公司，下班回家后只花极少时间照料孩子的人相比，面对的情况完全不同。在地方社区崩坏的当下，母亲与孩子单独留在家里的时间过长是很危险的。

丢下3个孩子的"失踪"妻子

"我们的感情原本那么好……"

山田大辉先生（化名，34岁）住在埼玉县，现在是一名单身爸爸，同时抚养家中3个小孩，孩子们分别是9岁、6岁、4岁。之所以会变成这样，是因为他的妻子已经行踪不明，而原因，大辉先生感觉是妻子认为他工作时间太长了。

初中时代，他们同是学校排球社团的成员，考上大学后，大辉先生与倾慕已久的美香小姐重逢，数月后两人开始交往。那时，美香小姐第一次告诉大辉先生自己的经历，原来她的父母在她幼年时代便已去世，上初中前她都生活在儿童养护机构。她的母亲双耳失聪，死于交通意外。父亲患有酒精依赖症，身体不好，很快也随母亲而去。她有4个兄弟姐妹，大家与父母的亲戚们短暂生活过一段时间。美香小姐家庭背景稍显复杂，高中时代由养父母抚养。得知美香小姐的际遇后，大辉先生心中的念头越发坚定："我一定要让她幸福。"

大学毕业后，大辉先生继续攻读研究生。美香小姐就职于自动贩卖机公司，做与销售相关的工作，不久转行去了喜欢的香熏理疗行业，试用期时怀孕了。还是研二生的大辉先生急忙找了工作，两人很快结婚。美香小姐认为香熏精油不利于养胎，便从公司辞职，去了工厂打工，临近产期才辞掉那份工作。孩子出生后，托儿所没有空额，美香小姐只好放弃工作，在家做全职主妇。

以怀孕为契机被迫放弃就业的情况，在东京都内十分显著。据国立社会保障及人口问题研究所《第4回全国家庭动向调查》中"V.生产及育儿与妻子的就业行动"显示，从女性在确定怀上头胎时的就业状态来看，产下头胎后的继续就业率，东京都区部[①]及政令市[②]从63.5％下降到28.8％，大都市周边地区从66.4％下降到24.9％，另一方面，非人口集中地区从73％下降到37.8％。从继续就业率看，周边地区比都市地区高。原因之一也许是，在较难确保人才的地区，反而对孕妇产妇更加重视。

在大辉先生家，由于妻子做了全职主妇，相应减少的收入便由他靠加班来弥补。虽然大辉先生所在的公司只是一家拥有15位员工的微小企业，但从不拖欠加班费。因此，不到35岁的他年收入达到500万日元，超过上班族409万日元的平均年薪（2011年，国税厅调查）。当然，代价便是回家时间很晚，陪伴家人的时间也减少了。

美香小姐生下第二胎、第三胎后，整个人渐渐发生变化。早晨变得嗜睡，无法正常送孩子们去幼儿园，有时无论怎么摇，她

---

① 东京都区部：东京都辖下23个特别区。
② 政令市：全称"政令指定都市"，日本的一种行政区制。当一个都市人口超过50万（目前受认定者实际多为人口超过100万的城市），并且在经济和工业运作上具有高度重要性时，即可被认定为日本的"指定都市"。政令指定都市享有一定程度的自治权，但原则上仍隶属于上级道府县的管辖。

也不想起床。只要事情进展不如意，她就闹着要外出，自我否定的言行日益增多。在此期间，她沉迷于两天一夜、需花费15万日元的自我启发之旅，并在那些会员的劝诱下，开始经营网店，执意向妈妈朋友们推销商品。大辉先生察觉到这些后认为，"这样下去，妻子会失去所有朋友。要是不工作，情况只会更糟"。

为了帮美香小姐实现成为香熏理疗师的心愿，他决定搬到待机儿童较少的地区，这样能把孩子寄养在托儿所，美香小姐便可以继续工作。2010年4月，他们按计划将孩子送进托儿所，尽管新工作与香熏行业无关，但美香小姐得以在双休日去当地运动俱乐部打工了。可是，自我启发之旅已然变成美香小姐的心灵支柱。五一长假，她再次参加了自我启发之旅，由于工作三心二意，多次被俱乐部批评，更在7月被俱乐部辞退。

被辞退后不久，某天凌晨4点，大辉先生发现厨房亮着灯，他悄悄走去一看，发现美香小姐正精疲力竭地倚在料理台上用剪刀割腕。好在发现及时，只是自杀未遂。被救护车送去医院后，医生检查出她事先服下了盐酸。由于抢救及时，美香小姐暂无生命危险。大辉先生意识到，事态已经发展到自己无法控制的地步，便将妻子的问题告诉了朋友，请他们帮自己想办法。

妻子自杀未遂，大辉先生的想法却没有变："我们是夫妻，日子总可以过下去的，我希望她过得幸福。"正在他这样想的时候，8月8日周六这天，美香小姐抛下家里的三个孩子，跟他说了一声"我去东京了"，就再也不曾回家。大辉先生发消息过去，她也只草草回复："我没法再和你继续生活了。我已经与启发之旅上认识的男人发生了关系。"大辉先生坚持在信息里劝她回家，美香小姐又说："我对孩子们说了很过分的话。"大致是些因为无法育儿，所以感觉苦恼的内容。到了星期一，她依然没有回家，从那天开始，大辉先生开始亲自接送孩子们去托儿所，成为一名准时下班的单身爸爸。去托儿所接孩子回家时，他聊起这段时间发生的一切，几乎失控般泪流满面。

他回想起第三个孩子出生时，自己甚至有些不安，担心无法挣够足以养活一家五口的工资，于是为了增加收入，每天拼命加班。在大辉先生眼中，美香小姐并非是个不懂得照料孩子的母亲。3个孩子都很爱妈妈。在他的极力劝说下，美香小姐终于答应和他谈谈，约好盂兰盆节的3天假期会回家过。结果，待大辉先生前来接她时，她当着孩子们的面掉头离去。

大辉先生通过发信息与美香小姐保持联系。据说美香小姐与男人同居到9月，之后便住在地方的旅馆，似乎找到了工作。不久后，她再次和那个男人同居。幸运的是，孩子们很懂事，不再吵着想见妈妈，这是唯一令大辉先生感到欣慰的事。

第二学期开学后，上小学的长子早晨开始嗜睡，频繁向学校请假。临近运动会，他想请妈妈前去现场观看，甚至给妈妈写了邀请函。母亲离家时，老三才2岁零2个月，如今已经4岁零4个月了。看起来，大辉先生的单身爸爸生活还将持续很久，可他依然希望美香小姐能回到这个家来，希望和她重新开始。他在内心深处始终抱着这个期待，但他又不禁想到，"与其拖拖拉拉过着分居生活，不如离婚，让彼此走上属于自己的人生路"。现在，他正和妻子在家庭裁判所进行协议离婚。

大辉先生深有感触地说："家人增多后，我不管三七二十一地努力工作，但这个时代并不是拼命干活就有钱拿。男人的想法是，结了婚成了家，必须要有积蓄，于是加班成了家常便饭。也许自己也想抽时间多和家人聊聊天，但是加班回家后，妻子和孩子都睡了。我可能也是错误地以为，夫妻之间嘛，不用多说什么，自然能够相互理解，而没能及时察觉妻子育儿的苦恼。"

大辉先生的公司考虑到他家的情况，给了他"缩短工作时间"的特殊待遇，但由于不再加班，他收入锐减，从此前的年收入500万日元变成只包含底薪和奖金的360万至380万日元。每月，他还要花4万日元偿还自己与妻子当年的有偿奖学金，除去房贷，手头只剩9万日元。

维持父子家庭的生计绝非易事。据厚生劳动省《全国母子家庭等调查》（2011年）显示，父子家庭目前达到2.3万户，即便年收入超过平均水平，达到455万日元，除去育儿补助后，年平均收入就只有360万日元了。母子家庭的年平均收入为291万日元，年平均工资收入为181万日元，与之相比，父子家庭的收入还是高很多的，然而与《国民生活基础调查》（2011年）所示的有子家庭年平均总收入658.1万日元相比，就不值一提了。

"一直在公司享受特殊待遇也不是办法，最主要的是，这样下去，完全无法为孩子们存将来的学费。"思及此，大辉先生烦恼不已。正在这时，他遇上一个不错的转行机会，职位是提供育儿支援服务的NPO法人的代理理事。对方许诺他年收入达到500万日元。这个可遇不可求的转机让他喜出望外，连声答应下来，很快敲定新工作。大辉先生用自己的实际经历告诉社会，维系工作与生活的平衡是多么重要。

困难至极的都市育儿

丈夫不在家里，育儿就变得很辛苦，这种情况在育儿环境易被孤立的东京都内更加明显。花田荣子（化名，35岁）2011

年秋天产下一子。孩子出生后，爱在深夜大哭，让花田女士十分挫败，不知怎么办好。"为什么会哭呢？！"无论荣子女士怎么哄，儿子仍旧哭个不停，她想过各种办法，比如抱着他摇来摇去，扔到床上不理，把他关在房间里……终于感觉坚持不下去了，而周围没人理解她的心情和面临的状况。荣子女士渐渐感到，虐待婴儿不是离自己很遥远的事情。

婴儿深夜大哭的情况因人而异，只有经历过的人才明白其中的艰辛，尤其是当母亲独自在家时，面对不分昼夜持续哭泣的婴儿，会感觉更加憋闷。

产后，儿子无法顺利吮吸母乳，即便喝也只是很少一点。如果直接喂奶，他会只吸吮右边的乳头，而对左边十分厌恶。为此，荣子女士的左侧乳房内积留较多的奶水，出现肿胀，稍微碰一碰便感觉剧痛，只得将左侧乳房的奶水挤出再喂。像这样喂奶和挤奶，每天大概要重复15次。看到儿子无法顺利吸吮乳汁，她会感到焦躁，不由自主地把儿子的头往胸口按。直到察觉儿子小脸涨红的模样，她才如梦初醒般回过神。

儿子分不清母亲的乳头和奶瓶的硅胶奶嘴，犯了"乳头混乱"的认知错误，渐渐开始讨厌母亲的乳头，碰到就会哇哇大哭。本应给母亲带来幸福体验的哺乳变成一件痛苦而艰辛的事。虽然荣子女士觉得"遇到这种情况，很多人都会改用牛奶喂孩子吧"，但她依然坚持喂儿子母乳。

荣子女士的儿子，左脚趾骨先天发育不全，因此她希望尽可能多地为儿子补充营养，一直没放弃母乳喂养。最初，儿子吸吮乳头后，奶水会直接从嘴角流下，出生一个月后情况慢慢有了好转，5个月后，他已经能正常喝下母乳。

荣子女士产子时住的医院，在产科、儿科领域都非常有名，但注重营利，针对孕妇在孕期的体重管理一项，就要收取8 000日元的诊疗费，却对哺乳指导漠不关心。没办法，荣子女士只好去注重母乳育儿指导的医院接受"母乳门诊"的指导。为了儿子，她在母乳喂养上想尽办法，做了很多努力。

然而，儿子连日的深夜大哭耗尽了她的耐心，将她的身心逼到崩溃边缘。

通常晚上8点到凌晨12点是儿子的睡觉时间，从12点开始，每隔1小时，儿子就会号啕大哭，声音震耳欲聋。这种状况会持续到早晨5点，这期间孩子丝毫没有睡意。深夜，荣子女士拖着疲倦至极的身体，想方设法哄儿子入睡，对哭泣的儿子歇斯底里地说："为什么不睡呢？为什么要哭呢？"当然，儿子是不可能回答她的。

荣子女士彻底失去耐心，有时索性把儿子关在房间里，捂住耳朵，假装听不见他的哭闹。往往15分钟过后，她又担心地把儿子抱回起居室。她陷入睡眠不足的极度过劳状态，神思恍惚，黑眼圈很深。已经没有精力再哄孩子了。有一天，她不由自主地把儿子扔到了床上。

她靠喝健康营养饮料，好不容易恢复了体力，某天给儿子喂奶时，倦意袭来，她开始打瞌睡，没想到睡着时头一晃，差点把孩子摔到地上。她基本都在睡意昏沉的状态下，每隔1至2小时喂一次奶，因此渐渐记不清上次喂奶是在几点。她甚至想着这一切会不停反复下去，感觉"好想睡觉，好想去死"。她已经快被独自育儿，不，是被关乎儿子生命的育儿压力击溃了。

出生后9个月，儿子需要进行体检。她去医院儿科咨询儿子深夜哭闹一事，护士告诉她的都是老生常谈的建议："晚上尽量关掉电视，为婴儿创造一个安静的入睡环境。""孩子夜哭罢了，就是这个样子的。"荣子女士在心里嘀咕："这些我都知道，就是因为做了也不起作用，我才会来咨询啊。"她表示："孩子夜哭这种事没办法，既然是他妈妈，你就忍忍吧——每当听见对方这样说，真的感觉很难受。"在她眼中，这是一份无法依赖任何人的孤独。

与地方相比，都市里的年轻父母在育儿期，很难得到来自孩子爷爷奶奶外公外婆的帮助。倍乐生下一代育成研究所《按首都圈及地方都市部统计婴幼儿育儿报告》指出，有三成的母亲在孩子0至2岁时期，无法将孩子完全寄养在祖父母家。其中一项是"祖父母陪孩子玩耍"频率，回答"平时都是（几乎每日＋一周1至2次的程度）"的，首都圈的0岁孩子占比28.4%，1岁孩子占比32%，2岁孩子占比24.8%。另一方面，地方市部的这项数据明显高出很多，分别是37.2%、47.2%、44.4%。此外，关于"将孩子寄养在祖父母家"一项，回答"平时都是"的，首都圈的0岁孩子占比10.8%，1岁孩子占比14.8%，2岁孩子占比7.6%，地方市部却分别为16.8%、20.8%、18.4%，可见首都圈的父母在育儿期很难获得孩子祖父母的帮助。这也是在保育环境没能及时跟上的首都圈，继续就业率低下的原因之一。另外，如本书开头提到的，据倍乐生下一代育成研究所的调查，大约三成首都圈0岁孩子的母亲，每天和孩子单独留在家中时间超过15小时，也就是说她们面临的现状是成为母亲后，立刻遭到孤立。

荣子女士向自己的母亲询问儿子夜哭一事。由于这是第一个孙辈，母亲几乎将照顾孙儿这件事抛到了脑后。她尚未退休，只在女儿产后一个月到女儿家帮忙打理家务，荣子女士也不可能拜托母亲留至深夜。工作狂丈夫根本无法理解妻子独自照顾夜哭的儿子有多么艰辛。手足无措的荣子女士渐渐有了抑郁倾向，夫妻感情也日渐冷淡。儿子左脚的问题、夜哭的问题，都让她担忧，荣子女士变得情绪不稳定，开始憎恨丈夫。

原本荣子女士在1998年的就业冰河期于短期大学毕业，经过激烈的就业竞争，获得某高级吸尘器销售公司的内定①名额，担任销售职位。不幸的是，那家公司却是一家"黑心企业"，贩卖的是一台30万日元的进口吸尘器。只要卖得出去，不惜让员工扛着10公斤重的吸尘器，从东京奔赴新潟去销售，并要求当日往返。超负荷工作让荣子女士出现停经等内分泌紊乱症状，身体几近崩溃，于是她从公司辞职了。由于经济不景气，很难找到正式员工的工作，便作为派遣社员去了新公司。在那里认识的系统工程师，后来成为了她的丈夫。婚前，丈夫已经出来创业，荣子女士便辞去了派遣工作，帮丈夫打拼事业。生产后，由于儿子的先天疾病，她彻底停止了工作，在家做全职主妇。因此，所有同事与上司都不再出现在她的日常生活中，身边没有一个人可以听她倾诉育儿的烦恼。

前文提到的大阪人间科学大学副校长原田氏的"兵库报告"中，针对"邻居中平时有人与你闲话家常，聊各自的孩子吗"这一问题，孩子出生4个月参加体检时，每3位母亲就有1位回答"没有"。此外，倍乐生下一代育成研究所《妊娠、生产、育儿基本调查》显示，孩子2岁前，有两成母亲认为，社区里没有一个人会"对我家孩子很在意"。而有三成母亲回答，从未"让孩子们一起玩耍，彼此的父母站在一旁闲聊"，荣子女士便是其中之一。

---

① 内定：虽未正式签约，但已决定聘用求职者或接受申请人。

不让生育的社会　　059

"产后一个月，自己被关在家里，以前从未想过每天的日子会过得如此焦躁。"荣子女士渐渐厌恶晚归的丈夫，认真考虑过离婚。有时她会离开公寓，在街上漫无目的地走着，对回家感到排斥。但事实上，做全职主妇以来，考虑到经济问题，她从未真正决定离婚。

"产后也能保持夫妻关系和睦，究竟是怎么做到的呢？"荣子女士不经意想起周遭的朋友们。那些夫妻关系良好的朋友，大多是在妻子产后，丈夫从公司取得了一个月左右的休假，或者丈夫平时加班较少，能很早回家，积极帮忙打理家务、照顾小孩。很多个晚上，荣子女士都怀着"你早点回来吧"的心情，等丈夫回家。"总之，抱着儿子边哄边等就行吧。"她这样想着，而丈夫总是很晚才回来。她觉得给儿子生一个妹妹或弟弟也许比较好，但面对晚归的丈夫，她眉头一皱，什么想法都打消了。"虽然想再要一个孩子，但被老公碰一碰都感觉厌恶，如果要和这个人再次发生关系，真是无法接受。"她在内心坚定了这个念头。

每当电视里播出父母亲手杀死自己小孩的新闻，荣子女士都忍不住想："既是核心家庭，老公回来又很晚，这两点是否就是虐待孩子的原因呢？"她觉得，如果有人能为自己分担一点烦恼，帮自己照顾孩子，哪怕只是很短的时间，她也能从如今的状态挣脱出来。原来在都市的高级公寓或普通公寓里生活，是这样的孤独。

就在这时，她参加了自治体举办的"育儿广场"活动，在那里认识了一群妈妈朋友。至今为止，她觉得育儿期的自己，仿佛迷失在难以找到出口的阴暗隧道里，幸而通过利用自治体的临时寄养婴幼儿的保育服务，她调整好了精神状态，找回了与儿子共度的快乐时光。

住在附近的爷爷奶奶们

现在当祖父母的人大多出生在团块世代①前后，与他们当年的育儿时期相比，如今育儿假制度逐渐普及，托儿所增多，普遍能够延长保育时间。只要愿意花钱，无论什么样的婴幼儿食品、玩具都能买到。阶段性育儿看起来应该容易许多，那么，对于正在经历育儿期的女儿和儿子，他们年迈的父母又是怎么看待的呢？

"有一点比较好，那就是人生不再只有还房贷了。"矢部昭彦先生（化名，70岁）虽然对女儿产子感到欣慰，但看着照料小孩的女儿，又担心她"是不是过于神经质了"。

女儿出生于1970年代后半期，在东京都内的药店上班。工作中片刻都无法坐下休息，一直忙来忙去。有些药品放在很高的架子上，她经常得用很勉强的姿势才够得着。恶劣的工作环境造成的后果是腰椎劳损，为此她曾离职一段时间。将近30岁时，她与一名系统工程师结婚了，花4 200万日元在东京都近郊购入一套高级公寓。为了偿还房贷，婚后她在连锁药店找了份新工作。在矢部先生看来，女儿的生活节奏很紧张，"持家那么辛苦，恐怕根本无法考虑要小孩吧"。

一段时间过后，房贷偿还渐渐有了进展，女儿发现自己怀孕了。与此同时，她从药店辞职。2011年秋，她已经过了35

---

① 团块世代：日本二战后出现的第一次婴儿潮期间出生的人口，这些在1947年至1949年间出生的人被认为是推动日本战后经济的主力军。

岁，孩子出生时仅有2 700克，且比预产期稍稍提前到来。

开始做婴儿辅食后，基于"孩子身体瘦弱，必须努力给他做好吃的，让他快快长大"的考虑，她坚持三餐都做固体食物。女儿带着孩子回娘家时，会仔细打扫地板，给玩具消毒。矢部先生见状感到不可思议："现在的育儿和以前大不一样了吗？也不至于要做到这种程度吧？"

女婿周末经常加班，几乎每天搭乘末班车晚归，完全不知道他什么时候有空在家，因此育儿的重任差不多都压在女儿一个人身上。社区儿童会馆中，女儿也交了几位妈妈朋友，却喜欢把自家孩子和别家孩子进行比较，说："人家的小孩都能嗯嗯啊啊说话了，我家孩子却不行。"有50年教师经验、如今担任专科学校校长的矢部先生安慰她说："每个孩子的资质都不一样，等不了多久，咱家的孩子也能说话了。"女儿却不停地买育儿图书回来，读给孩子听。邻居家老两口的女儿似乎也是这样。矢部先生认为，这是因为"小孩身边没有奶奶、外婆，因此女儿不知道，小孩的成长本来就是如此。而且女婿帮不上忙，独自育儿的女儿只好从育儿图书里学习如何照料孩子"。同时他察觉到，"如今的育儿环境和从前相比大不一样，虽然育儿制度和育儿商品都在日益完善、丰富，但育儿的辛苦程度却也增加不少"。

矢部先生回顾自己在育儿期的经历，也并不轻松。矢部先生出生于1940年代，婚后，做营养师的妻子与他一样照常工作，是双职工家庭。两人没有将孩子寄养在各自的父母家，而是送去了托儿所。那个时代，托儿所并没有延长保育时间或夜间寄养的服务。据矢部先生说，长子曾在托儿所哇哇大哭了3天，被托儿所赶出来，辗转换了7家托儿所。矢部先生每天很早便要到学校工作，往往托儿所尚未开门，于是在那之前，他只得将孩子寄养在别处，甚至聘请打工的高中生替自己送孩子去托儿所，可谓苦不堪言。当时的尿布也是纯布料做的，每天必须清洗。婴儿辅食也不比如今有很多蒸馏食品可供选择。

然而，决定性的不同是，用矢部先生的话来说："当时，我们这代人都将育儿的辛苦视为理所当然，从来不感到辛苦。"矢部先生认为女儿一直单独和孩子关在家里不是办法，建议她出去工作。如今，女儿每周六会去打工，她不在家的时间，孩子就交给矢部先生老两口照料。

与以前相比，如今的育儿出现了怎样的变化呢？东京都品川区有一个"亲子接触广场"，供婴幼儿与父母参加各类活动，提供婴幼儿寄养服务，参加者还可在户外体验亲子游戏。该"广场"由NPO法人"亲密接触之家OBACHANCHI"运营，工作人员都是专业人士，曾在儿童会馆或托儿所任职。该NPO法人的副代表理事、曾在托儿所任职的矢内美佐子女士说，生活环境的变化会给育儿带来很大影响，并指出了核心家庭化带来的影响："核心家庭的组建，造成住在自家附近的爷爷奶奶们的缺席。从整体上看，'育儿经验'并没有从上一代真正传给下一代，年轻父母当然不懂得如何与孩子相处，也无法从真正意义上陪孩子玩耍，只会一味把自家孩子与别家的同龄孩子进行对比。母亲单独面对孩子时，会感到不安。身边没有人告诉她，'不能这样对孩子说话哦'。"她还说，不能忽视住宅环境的改变所带来的影响。该NPO法人的另一位副代表理事几岛博子女士（曾为儿童中心职员）说："高级公寓的环境相对封闭，母亲搭乘电梯直接去自家楼层，与邻居的交流越发欠缺。这与50年前的普通公寓大不一样。"

访问新生儿时感受到的危险信号

当前，母亲与孩子日渐习惯生活在封闭的环境中，厚生劳动省展开了一项关于婴儿家庭全户访问事业（"你好，婴儿"事业）。这项事业是对全国出生4个月的婴儿所在家庭进行上门走访，提供育儿相关的咨询与帮助。以市町村、特别区为主要实施对象，派遣保健师、助产士上门，进行新生儿走访。在访问现场，据说不少新手妈妈都显现出某种危险倾向。

东京都内JR山手线沿线的市中心地区，助产士植田雅美女士（化名，60多岁）在完成自治体的新生儿访问期间，说："我在做新生儿走访的过程中，发现有不少母亲都和小孩两个人单独待在家里，而且母亲神情呆滞。"

雅美女士上门访问前，手边关于对方家庭的信息较少，大多只有婴儿的出生日期与姓名、住址、联系电话。通常她一边查看地图，一边按所示位置上门拜访。按响门铃接通内室电话后，为了缓解母亲的紧张情绪，她一般会在进屋时立刻夸奖婴儿："好可爱的宝宝呢"或是"宝宝养得真好呀"。

那些多是市中心高层公寓的一户人家，装修成灰色和白色为主的沉稳色调。走进房间，就能看见婴儿被放在一旁，母亲也不会主动向自己打招呼。她大致扫了一圈家里，寝室安置的是双人床或小型双人床，也为孩子配备了婴儿摇篮。地板打扫得纤尘不染，闪闪发亮。婴儿不是躺在地板上，而是睡在沙发上，可沙发却没有靠背。那些是已经出生2至3个月的婴儿，睡着睡着不知什么时候就会翻身，难道母亲都不怕孩子摔下来吗？看上去太危险了。雅美女士说，这样的家庭如今正在增多。

每次上门走访，植田女士都会语气温和地建议："婴儿不喜欢睡在摇篮里，因为那样会和母亲分开。母亲最好能陪在他们身边，哄他们入睡。事实上，如果把房间统一为成年人喜欢的冷色调，婴儿会感到寂寞的。不需要给他们买昂贵的玩具，在电灯开关的拉线上系个纸气球，风来时，气球会轻轻摇动，孩子看了会很开心。"

换尿布的时候，有的母亲不发一言，也不逗孩子，只是木讷地机械操作着，见此情形，雅美女士会轻声建议："最好一边和宝宝打招呼，一边给他换尿布，这样做有助于孩子记住自己的名字，慢慢地，母亲叫他们的时候，他们就会转过头回应。"对房间的清扫也不用那么锱铢必较。植田女士感慨地说："房间里适当地有一点灰尘，有助于提高孩子的免疫力。现在，母亲们将家里打扫得太干净了，反倒让孩子容易过敏。"

虽然从育儿图书和网络可以获取无尽的育儿信息，但是新手妈妈们缺乏与婴儿实际相处的经验。如果不将建议讲得具体清楚，不少母亲就无法付诸行动，罹患育儿神经衰弱。娘家的母亲想给她们一些提议，只懂得纸上谈兵的新手妈妈，往往怀着无法顺利照料宝宝的焦躁情绪，抵触地说："现在是现在，以前是以前。"每当这时，雅美女士会告诉她们："就算时代变了，母亲的责任依然不变。宝宝的外婆拥有丰富的育儿经验，非常值得依靠哦。"新手妈妈们这才如释重负地说："什么啊，原来是这样啊！"

新生儿访问是一生只有一次之事，是双方仅见一面、长达2小时的人际关系，尽管是初次见面，却能为新手妈妈消除某些育儿的不安情绪。只是，雅美女士无奈地叹息说："不少家庭，不管打多少次电话去，家里都没人，根本没法走访。哪怕联系上，对方也会说，早上别那么早来，平日没时间接受访问，等等，能上门走访的机会就这么被限制了。"从婴儿家庭全户访问事业的走访率来看，2010年度，各都道府县基本稳定在85%以上，甚至100%，而东京都只有79%，相对较低。对剩下的那些家庭而言，错过保健师或助产士的来访，也就意味着将失去一次学会做"父母"的机会，不是吗？

想成为父母？来自职场的否定

实际上，有的人没能成为父母，是因为对妊娠心怀犹疑，有的人则是因为生下小孩后，生活环境阻碍他们成长为合格的父母。更为严重的问题是，职场本身对工作于此、打算生育下一代的年轻父母排斥疏远，并否定他们想成为父母的念头。一般企业这样做已是见惯不惊的事，过分的是，一些本来应该为育儿事业提供支持的行业，竟然也存在不可理喻的"妊娠解雇"现象。

育婴师仲原清美小姐（化名，33岁）就职于东京都内某认定幼儿园，这所幼儿园却与"黑心企业"无异，致使清美小姐的产后复归演变为一场劳动纠纷。

清美小姐从东北地区某医疗事务专科学校毕业，一边工作一边自学，考取了育婴师资格证。取得资格证书前，她曾在医院儿科打工，做护士助理的工作，在那里学习病儿保育知识，为了赚取生活费，也在非认证托儿所打过工。在4家托儿所积累了足够的经验后，2010年4月，清美小姐进入东京都内刚设立不久的这家认定幼儿园工作。

所谓认定幼儿园，是指国家为解决待机儿童问题，于2006

年10月启动的学龄前婴幼儿寄养设施，与普通幼儿园、托儿所进行合作，或是由幼儿园招收本该入托儿所的孩子，以促进寄养机构一体化。为有效利用空额较多的幼儿园，接收尽可能多的被托儿所拒之门外的孩子，这些设施基本按照管辖幼儿园的文部科学省与管辖托儿所的厚生劳动省制订的标准设立，且能获得相应补助。使用者可直接与设施签订合同，无须通过自治体的专门窗口办理入园手续。

　　清美小姐所在幼儿园的育婴师，如果是正式职员，工作时间是从早上7点到晚上8点，实行轮班制。也就是说，正式员工一定有上晚班的时候，由于她已经有个2岁的女儿，因此只作为临时育婴师入职，时薪是1 075日元，职责包括提供一般的亲子支援，即所谓"pre-school"的学龄前教育指导，从对入园幼儿进行选考，到负责一些相关企划与运营，清美小姐承担了各种各样的工作。虽然是临时工，工作内容却与正式员工相差无几。第一年度，幼儿园原本打算招收15名员工，实际只招到8位。园长以"填补空缺"为由，将多余的工作量指派给她。10月到11月，幼儿园要举行选拔考试、体验教室、运动会等活动，诸事繁杂。清美小姐如期怀孕，预产期在翌年5月，正好能在年度结算前进入产前休假，年度内取得育儿假，且不会影响回归职场的时间。

　　清美小姐完成上面指派给自己的工作任务后，理事长给予她较高评价："不如给你加薪吧。"清美小姐回答："比起加薪，我更希望取得育儿假，恳请批准。"理事长说："已经拜托过园长了。"一切似乎进展顺利。

　　然而，怀孕初期她工作繁忙，不久便流产了。最初，发现怀孕后，她立刻向上面汇报了情况，关于产后的职场复归也都谈过，那时候园长并没有说临时育婴师无法取得产假和育儿假。没想到，不久园长换了人，事态也随之一变。

流产后不久，她再次怀孕。2012年1月，她向新任园长报告怀孕一事。3月中旬的某天，行政主管忽然把她叫出去，宣布"这个月底，解除劳动合同"。清美小姐询问缘由，对方回答："你是临时工，无法申请产假，也无法取得育儿假。"清美小姐不服气，凑上前言辞激烈地反驳："这样做是违法的。"行政主管寸步不让地说："合同是每年续签的。合同上清清楚楚写着'需要续签'，所以优先处理合同续签问题。"清美小姐不依不饶地说："至今为止都是自动续签合同的，现在只有我需要一年一续，简直无法理解。"

就在双方僵持不下的时候，清美小姐子宫出血，不得不静养2周。待身体状态稳定后，她找园长商量，"希望做相对轻松的工作"。园长试探道："缩短工作时长如何？"清美小姐的回应是"如果是那样，就不必勉强了"。园长于是给她调整了工作时间。

好不容易完成了次年度的合同续签，4月27日拿到新的合同，清美小姐却一句话都说不出来。关于一年间的有效工作条件，此前是每日8小时，现在变为4小时。与此相伴的是社保没了，而至今为止一直明确写有次年度续约的备注栏也被删除了。她去找行政主管了解情况，对方施压般地说："这是幼儿园对你的关照，你可不要一再提条件、要权利。"最后说："至于续约问题，等你生下孩子后再说吧。总会想办法给你解决的。"说完，也不顾她的反对，强迫她盖了章，按下手印。同时，幼儿园在她3月休养的2周里，又招了新人，告诉她"你不来上班也没关系"，命令她停职，清美小姐断然拒绝在停职申请上签字。

5月2日，行政主管告诉她："上头没有同意你的要求。虽然批准你的育儿假，但劳动合同上不能做出关于续约的任何说明。"她询问理由，对方说："因为你一再向上头要权利，作为员工，对幼儿园毫无诚意，而且你不是病了吗？"之后，上面批准了她的育儿假，并承诺年终再次和她商量续约问题，清美小姐才在合同上签字。

她去劳动就业介绍中心咨询时，工作人员对她解释说："劳动合同上没有续约备注的话，是领不到育儿假补助金的。即便公司批准了产假，对员工也是按缺勤处理。"清美小姐直觉感到是被骗了，并直接给理事长打电话说明情况，理事长这样回复她："单位没有为临时员工安排育儿休假的义务，你回来上班后，也无权享受育儿工时缩短制度。临时员工的存在就是为了填补正式员工的空缺，虽说是以怀孕为由请假，实际上就是身体状况不佳嘛。既然身体不好的话，我看你还是不适合这项工作。单位若在产假结束后辞退你，属于违法行为，所以次年度的续约备注不会标注在合同上。你如果在年中8月请产假，会给后面的工作带来影响。如果是流产那次，时间倒正好，单位可以批准你的产假。"

在这里，笔者重申一遍，对非正式员工而言，《育儿休假法》规定的取得产假条件相当严苛。按规定："① 在同一用人单位持续工作满1年；② 孩子满1岁（生日前一日）后，能与用人单位续约（孩子满1岁后的1年内，劳动契约期限届满，明确不再续约的员工不包含在内）。"像清美小姐这样，若被用人单位钻了法律的空子，不承认续约，那么员工本人只好躲在被子里哭了。

清美小姐在怀孕初期就被诊断为有流产危险，为预防流产或早产，她一直服用盐酸利托君药片。6月时有早产危险，便凭医生开的诊断书向单位请了假。针对这种情况，园长不近人情地对她表达了自己的希望："育婴师的工作就是和孩子们一起跑跑跳跳举高高，如果这种工作强度你能胜任，请继续出勤，务必记得带上医生的许可诊断书。"

她又去劳动基准局咨询，才知道她就职的这家法人，曾多次因劳动纠纷遭人投诉，为了能顺利辞退不听话的员工，法人也相当利己地注明了劳动合同的条条款款。

这家法人原本经营的是幼儿园，由于改为认定幼儿园就能领取国家补助，这才运营起了托儿所，因此非常重视自身利益，根本不会为员工考虑。事实上，开设2年来，40名育婴师里，就有7名被迫辞职。其中，有的人是以正式员工身份被聘用的，工作满1年后，却被头一回告知，劳动合同需要每年续约。如此一来，这家法人对正式员工的终身雇用制度简直形同虚设。至于清美小姐，从4月开始就没了收入，之后迎来孩子的出生。

清美小姐因为怀孕，受到单位的"特殊照顾"，以至工作待遇有了变化。即便生产之前一切顺利，回去上班后，也会因为"特殊照顾"而被降职。这便是现实中非正式员工遭遇不公平待遇的例子。

关口阳子女士（40岁），取得育儿假后，一想到将来能顺利复归职场，便感觉精神振奋。没想到，女儿出生后，迎接她复归职场的却是"降职"。

1996年，她进入科乐美公司（现科乐美数码娱乐株式会社）工作，担任人气游戏的宣传负责人。她持有950分的托业考试证书，经常要就签订外贸许可合同之事与国外企业谈判。

工作中，她几乎感受不到性别差异造成的不平等。

2008年8月女儿出生。她打算在翌年2月回公司上班，因为每年3月开始，公司会迎来繁忙期，在那之前回去时间刚好。为了让女儿尽快习惯托儿所和保姆，产后她很快选定托儿所，并雇用了全职保姆，一切进展都很顺利。每月，保姆薪资和托儿所费用共花去20万日元，几乎相当于她月薪的一半，但她认为"这是为了能继续工作的必要支出，因此算不上昂贵"，工作热情比谁都高。

然而回到公司不过10天，4月上旬，人事部突然通知她："你被降职了，由于工作任务有变，月薪也会下调。"阳子女士吃惊得连反驳的话都说不出来，好不容易回过神，才说了一句："我不能接受。"

她打电话去劳动基准局咨询。丈夫是律师，介绍了专门负责劳动纠纷案子的同行给她。对方告诉阳子女士，公司这种做法是违法的。任何以妊娠或生产为理由，对员工进行降职减薪等损害员工利益的行为都违反了《男女雇用机会均等法》的规定。

阳子女士不服气，找到公司人事部相关负责人抗议："上次谈的那件事，我觉得太奇怪了。"对方却回答："考虑你又要育儿又要上班，很辛苦，这是公司给你的特殊关照。"

阳子女士所在的贸易部有繁忙期也有闲散期，她便想着不如申请短时工作。莫非这就是被降职的理由？这样猜想着，她立刻表示："既然申请短时工作会降职，那我不申请了。"公司却说："你申不申请都会降职。"回去上班的前一天，上司告诉她："以前的职位是回不去了，也没有需要你做的工作。"

据阳子女士所知，公司里有2位女职员取得育儿假后回来上班，由于降职，年薪也下调了80万至100万日元。最终，阳子女士的复归日期确定为4月中旬，年薪从640万日元下调至520万日元。此前她负责的是海外贸易相关工作，如今也被调整为处理国内贸易事务，同时在公司的职位等级从B1降到了A9。

"这样一来，等于被公司告知，生下孩子后就不能继续工作了。没想到辛辛苦苦地生下女儿，收入却减少了，这怎么对得起自己？进一步说，公司这种做法对整个日本的未来也没有益处。"

一番考虑之下，她决定以"育儿假结束后员工遭遇降职减薪"为由，将公司告上法庭。就算这样做会让公司反过来告她诽谤公司名誉，她也有勇气承受。

"由我来曝光这一问题，不仅为以后遭遇类似不公平待遇的人提供了判例，对社会也有好处。"2009年6月，阳子女士以在职员工的身份，向法院提起诉讼，并将内容向记者公开。

阳子女士非常希望"女性在分娩、育儿的同时，不放弃工作是理所当然的"这种想法，能在社会上普及。放眼看去，婚后女性由于经济窘迫无法独立，有心离婚却只得一味忍受的例子实在很多。"经济自由即为心灵自由，不是吗？"她不希望再看见有女性因陷入经济困境而躲在被窝里泪流满面。考虑到女儿的将来，让她置身于违背自身意志、妨碍自身自由的社会，真的好吗？这是她希望通过诉讼向公众言明的事情之一。裁判的结果是，2011年12月，由东京高等裁判所宣布原告胜诉。对此，公司的表态是："关于宣判内容，如宣判过程中所说，公司无任何异议。公司有员工数百名，也存在有效利用育儿假与育儿短时工作制度的员工，望多多理解。"

2010年2月，阳子女士从公司辞职，进入法学院攻读法学。以自己所经历的这场官司为契机，她打算将来转行做一名律师。

男性的育儿休假现状

2011年，女性的育儿假取得率是87.8％。从这个数字本身看，享受育儿休假的人似乎越来越多，然而如前文所述，女性在申请休假时遭遇的纠纷非常多。另一方面，2011年，男性育儿假的取得率为2.63％。如果这个数字继续维持下去，育儿期的女性将来会面临更多困难。

"如今的职场，干部都对育儿假不屑一顾，觉得'哪个男人会去申请育儿假啊'，一直这样下去可就危险了。"

大野达雄先生（化名，34岁）挑战申请育儿假，基本源于正义感以及对不可理喻的人事部干部们的反抗心理。

达雄先生就职于关东地区某私立大学。最初，他也没打算申请育儿假。一次偶然的机会，从就职传媒行业的朋友那里得知，朋友取得了育儿假，这在公司的男员工里还是第一次。听着朋友的讲述，达雄觉得朋友似乎很是享受这段假期。"看起来，育儿假挺有意思。"他对这个制度有了兴趣，不过从没想过自己也去申请。

达雄先生的妻子在别的大学做事务工作。虽是正式员工，怀孕前的工作时长也达到了每月80小时以上，经常加班。得知怀孕后，她立刻错开上下班时间，调整为短时工作制，不过月薪却没有减少，可见职场环境较适宜女性怀孕。夫妻俩在职场的薪酬体系都是类似于论资排辈制的，当时，较为年长且毕业后直接进入大学工作的妻子，月薪比达雄先生高10万日元，因为达雄先生不仅年纪比妻子小，而且是转职后才到了现在的大学。相比妻子，如果达雄先生休育儿假，更有利于增加全家的经济收入。2008年秋，家里第一个孩子出生，妻子取得了10个半月的产假和育儿假。翌年秋天，妻子回到学校上班，达雄先生便打算接着申请一个半月的育儿假，没想到男性的育儿假申请之路如此困难。

以妻子怀孕为契机，达雄先生开始调查学校在育儿假方面的情况。结果发现，此前不存在任何男性职员取得育儿假的先例。大学设有幼儿教育专业，老师上课时教导学生："我们要创造一个男女共生的育儿社会。"而人事部的男性老员工却说："男人怎么可能申请什么育儿假。"做什么事都因循守旧。在这里，无视《劳动基准法》的免费加班是家常便饭，只要学校理事不提出异议，人事部课长就对这些置之不理，公然违背法律法规的劳动管理行为在学校十分常见。

"如果我说自己想申请育儿假，人事部听了会是什么反应呢？"达雄先生对此很有兴趣。

学校里的女性职员，有很多在休产假前不久依然被迫长时间加班。"这样下去，能干的年轻女同事都会以怀孕生子为契机辞职。就因为得不到学校理解，而犹犹豫豫不敢生育，长远来看，对学校也是很大损失吧。"达雄先生想："如果我取得了育儿假，会不会成为改变一些学校旧例的契机呢？"这个想法越来越强烈。当时，达雄先生每年都能获得人事考评的最高评价。"我的出勤成绩这么高，即便申请育儿假，对方也没法用'不老老实实工作，光顾着享福'这种老生常谈的借口指责我。"内心深处，他是有这样的考量的。

可是，当他真的向人事部申请育儿假时，对方告诉他"取得育儿假的所有职员，都无法享受翌年的定期加薪"，这几乎等于是在说"不要请假"。尽管达雄先生工作兢兢业业，只要申请育儿假，仍旧会影响加薪，对方甚至认为想取得育儿假是"一味为自己争取权利"。

即便在休育儿假前3个月提出申请，人事部的反应也显得非常没有职业素养。具体说来，他们会告诉员工："男性休育儿假为时尚早。取得一个月以上育儿假的员工，按内部规定，一律禁止享受翌年的定期加薪。"达雄先生申请的是一个半月，要是提前得知有这种规定，肯定不会申请这么长的假期。

不仅如此，他还接连几天被人事部叫去谈话。达雄先生认为，那条内部规定很不合理，于是去劳动基准局咨询。后来，他告诉人事课长，有些事情放到台面上说也是可以妥善解决的，对方态度骤变，佯装此前没有对达雄先生隐瞒内部规定，还大呼小叫地说："你是在威胁我们吗？想明着做些对大学不利的事？"

双方交涉僵持不下，最终由于休假有没有超过1个月是加薪的关键所在，达雄先生不得已将假期改为30天，即还差1天满1个月。算上连休、调休、周末，实际上也能休足45天。

达雄先生的先例出来半年后，学校对男职员递上来的育儿假申请批复得很爽快。可见人事部的办事风格确实因循守旧，也足以见得管理层的意识对男性能否取得育儿假有多么大的影响。

达雄先生取得育儿假后，切实体会到"男性真正经历育儿假的好处是很多的，比如夫妻会对彼此心怀谢意，还能提升各自复归职场后的工作热情"。

在这之前，达雄先生从未有独自带宝宝外出的经验。宝宝不满1岁，肌肤柔嫩，真是捧在手心怕摔了，含在口里怕化了。

达雄先生让宝宝坐在婴儿车里，在工作日去逛超市、儿童会馆等，又亲自做婴儿辅食，给宝宝洗澡。除了只能由母亲完成的喂母乳外，与育儿相关的大小琐事他都亲力亲为。当丈夫像妻子一样，有能力照料宝宝一整天，妻子便有时间独自外出散心，而妻子如果周末休息，也会抢着对丈夫说换我来换我来，两人便有机会各自忙于想做的事。如此交换着调整心情和节奏，育儿便不再是件苦差事。

当真正意义上和孩子单独外出，达雄先生才明白一些看似平常的小事有多么麻烦，比如给宝宝换尿布时，男洗手间里没有换尿布交换台，他只好冲进多功能洗手间。又比如推着婴儿车去搭乘电车，才发现车站和街上没有设置升降电梯是多么不便。

此外，他也感觉，如果照顾宝宝的人是父亲这一方，可能收获的东西更多。对女性而言，育儿是理所当然的，但同样的事情由男性来做，却会得到周围人的夸奖。"我正在休育儿假。"如果他这样说，周围的女性会向他投来赞赏的目光。妻子在休假将近一年后回到学校，在自己非常忙碌的时期，达雄先生承担起育儿和打理家务的责任，妻子对他心怀感激，"他真是帮了我大忙"。

一般来说，男性能享受育儿假的时间是 1 至 2 周，因此容易半途又被工作"拉回去"，如果长达一个半月，本人与同事便会做好交接，接下来他自己也能专心照顾家里的宝宝。达雄先生在这一个半月里，彻底远离工作，度过了一段与宝宝单独相处的不同寻常的时光，感觉将来能充满热情地回到学校继续努力。同时，他还改变了工作方式，改变了人生观。他渐渐明白："虽然人们常说男性应该参加育儿一事，其实用参加这个词并不恰当，自家的孩子本就该自己照顾。"而且，"孩子出生后，通过和他如此近距离地相处，我对今后的育儿也充满信心。将来，孩子说不定对此也很感激。有机会争取到育儿假的父亲，千万别放弃这个机会，否则就太可惜了。我在学校可是制造了一场风波，才好不容易取得育儿假的，不过我觉得十分值得。"他回顾说。

另外，达雄先生肯定地说："上一代的男性将丈夫休育儿假误解为转换心情的度假，其实，相比与成年人共事的职场，从早到晚地面对一个与自己无法产生共鸣、更不知道接下来他要做什么的婴儿，你会感到更辛苦。这种辛苦，必须在不获得妻子帮助、每日全由自己照顾婴儿的情况下，才有切实感受。职场上如果有越来越多的长辈——无论男女——能对此予以理解的话，优秀的年轻女员工便会更愿意留下来继续工作。从长远来看，受益的也是整个单位或公司。"

男性改变自身意识，改变工作与生活方式，是解决许多固有问题的切入点。

第二章　流水线化的分娩

发出哀鸣的产科医疗

"明明是主任医师，却在别的医院为产妇做分娩手术，真的合适吗？"

年过40的妇产科医生樱田洋平自言自语道，他在东京都内某民营医院工作，拥有15年的妇产科医生资历。研究生时期攻读肿瘤研究专业，如今专攻子宫癌等妇科肿瘤研究。由于医院内主任医师都配有可替自己为患者做普通诊治的下属，因此他可以将精力放在肿瘤疾病的相关诊疗和研究上。对于这份工作，他感到很满足。然而，伤脑筋的是医生的基本月薪很低，他不得不额外"打工"——每月5次去别家医院值班。反过来说，正是由于这些医生的存在，分娩现场才得以正常有序地运转。

自从成为妇产科医生，樱田医生在好几家医院积累过工作经验。大约10年前，他就职于地方上的市立医院。月薪60万至75万日元。之后，他转去某大学医院，收入与此前持平。因为隶属大学医局，所以无论地方还是都市部的医院，都愿意聘用他。所谓医局，是以大学教授为内部最高级别的医生组织，一旦隶属医局，就能被派遣到相关的医院工作。

在妇产科医生人数锐减的时候，樱田医生曾于数年前在埼玉县某民营医院工作过1年，每月大约要做100台分娩手术。那家医院工资出了名的高，为的便是确保医院内部妇产科医生的资源。在那里工作时，樱田医生每月能挣100万日元。虽然每天都十分忙碌，但能积累不少分娩手术方面的经验。如果分娩手术较多，医院会对医生仔细考评，并发给整个妇产科500万日元的特别奖金，平摊到医生头上，即人均140万日元。之后回想起来，樱田医生觉得那段时间便是自己收入的顶峰。

他在研究生时代已经决定将妇科的肿瘤疾病作为专攻方向，后来转去别的医院，就是因为那家医院的强项在肿瘤领域，在那里工作可以积累不少经验。樱田医生知道，自己进去后，身份是外聘医生，所以月薪很低，加上所有值班费，月收入50万日元。如果算上在别家医院兼职值班所得，月收入可以达到70万至80万日元。再次转院时，新的东家医院告诉他："工资应该比你上一家医院高。"并给了他主任医师的职位，这个职位仅次于他所在部门的部长。于是，他来到了现在就职的医院，进来后才发现事情没那么简单。

每个月需要做的分娩手术不多，只有30台左右，而且要是值班时没有遇上分娩，基本无须参与。医院为他配了下属，各种杂活能代他处理妥当。加之不定期举行肿瘤研究领域的研讨会，工作方面的确称心如意。问题只在于月薪太低。基本工资只有27万日元，加上职位津贴、值班津贴等总共43万日元左右。至于轮班表之外的自由时间，医院默许医生们外出兼职。

樱田医生每月5次去别的中小型私人医院兼职。在住院部床位少于19床的私人医院值班1次收入5万日元，时间是从下午5点到次日早晨7点半。在床位超过20床的私人医院值班一次收入5.8万日元，时间是从晚上7点到次日早晨7点半。无论是否参加分娩手术，私人医院支付的日津贴都是一样的。值班结束后，他便回归本职为门诊病人看诊。值班过程中，没有遇上分娩手术的话还能小睡片刻，但有时会遇到连续值班3天或半月内值班7次的情况。2012年7月，值班次数增加，樱田医生的兼职收入竟然超过了他作为主任医师的月薪。面对这种情况，樱田医生感慨："基本工资太低的话，医生就没有心思为医院工作，这不太好。"而且，医院基本不会支付加班费，除非手术时间过长。

关于医生的实际值班、加班情况，日本全国普遍存在问题。首先，在365天24小时为患者提供诊疗服务的医院，夜班和值班是绝对无法避免的。夜班采取轮班制，按法定工作时间计算，法律规定的稍作休息的休憩时间也同样适用于此。而值班按《劳动基准法》的规定，基本指的是值宿，但不计入法定劳动时间。按厚生劳动省的规定，一般满足下面的条件，可视为正规值班：①正常情况下基本无须出勤的工作，为了定期巡视或处理紧急文件、电话，以非常情况下的待命为目的；②值宿次数原则上一周不超过一次，白班一月不超过一天；③一次值宿或值白班的津贴为同种职位每日收入的三分之一以上。事实上，轮夜班的医生基本都能得到上述正规值班待遇，因为他们实在是很辛苦。

此外，2013年2月，东京最高裁判所做出判决，凡在法定工作时间外、休假日超负荷工作的，医院必须支付给值班中的妇产科医生（奈良县立奈良医院工作）以相应数额的津贴。从这项判决来看，倘若医院要求医生在值班时也像工作日那样正常上班，那便应该改善其待遇。

不过，就现状而言，比起坐班的全职医生，兼职妇产科医生只要保持一定的值班次数，月收入基本能与前者持平。据樱田医生说，周末值班的业内收入普遍在1次13万日元。即便平日不问诊，只在双休日兼职值班，月收入也有52万日元。这样看来，比起时间上没有自由且责任重大的坐班，兼职也许更为轻松。日本妇产科医学会2011年调查显示，医院的专职医生平均值班津贴为3万日元。外聘医生的值班津贴为专职医生的2.5倍，待遇差别十分明显。

仅从收入来看，这也许就相当于一般派遣社员比全职的上班族收入更多。然而，要想成为医生其实十分不易。光是学费，如果进入私立大学，最少需要2 000万至5 000万日元。就整个社会来看，培养一名医生，从学费补助到研修①期间的各项教育费用，总计需约1亿日元。即便成功通过国家考试，当上医生后，仅是参加各种医学会议，也会产生以数万日元为单位的支出。这是关乎人命的职业，需要医生哪怕心力交瘁也得不分昼夜地工作，相比一般企业里同等收入的员工，他们的劳动强度实在惊人。若是在修学期间，由于尚且年轻，还能凭借使命感拼一把，但这种志愿者精神不可能永远持续下去。有些人辞去勤务医生②的工作，开设专治不孕不育的私人诊所，虽然同样是妇产科医生，其中却有纳税额以亿来计算、名列富豪榜的人物。姑且不提这些极端个例，不少缺乏休息、鞠躬尽瘁的勤务医生在医院辛苦工作，再看看已经成为社会精英的老同学，年收入比自己多得多，自然会感叹"我为什么要拼到这个地步啊"。他

---

① 研修即"临床研修"。在日本，从大学医学部毕业并通过国家考试取得医师资格证后，必须在指定医疗机构接受临床研修，以积累临床经验。
② 勤务医生：在医院、诊所工作的医生，与之相对的概念是"开业医生"。

们会主动离开工作繁重却回报甚微的分娩现场也就不足为奇了。

据经济合作与发展组织（OECD）与厚生劳动省的资料显示，日本医师资源十分紧缺。按100床配备医生数量来看，美国66.8人，英国49.7人，日本13.7人。

广岛国际大学医疗经营专业教授、儿科医生江原朗指出，据OECD及WHO（世界卫生组织）资料所示，在全球范围内比较医师待遇与每周工作时间，日本医生收入明显较低（图10-11）。如OECD主要加盟国中全科医生的报酬，日本与英国相比为1:13，与美国相比为1:1.6。换算为时薪，日本为3 344日元，美国为7 320日元，英国为7 023日元。专科医生的时薪，日本

国　名	年份	年平均收入 （万日元）	收入比 （日本=1）	周工作时间	时薪 a （日元）
美国	2003	1 956	1.6	51.4	7 320
英国	2004	1 621	1.3	44.4	7 023
荷兰	2004	1 608	1.3	53.4	5 791
德国	2004	1 501	1.2		
冰岛	2005	1 461	1.2		
澳大利亚	2003	1 447	1.2	53	5 251
卢森堡	2003	1 447	1.2	55 b	5 060
瑞士	2003	1 447	1.2		
加拿大	2004	1 420	1.2	51	5 356
法国	2004	1 126	0.9	52.8	4 100
芬兰	2004	750	0.6	39.5	3 653
捷克	2004	523	0.4		
日本	2004	1 228 c	1	40.1 d (70.6)	5 882 (3 344)

a 时薪以年收入除以52周及周工作时间计算。

b 卢森堡周工作时间为50至60小时，按55小时计算。

c 日本暂无针对全科医生、专科医生制订的不同的收入体系。

d 日本的周工作时间，按平成十六年（2004年）薪资构成基本统计调查所示为每周40.1小时，
　按《第12回医师资源供需讨论会资料》所示为每周70.6小时。

（江原朗《调查报告　医师收入国际比较》）

图10　全科医生（GP）收入国际比较（按2004年汇率1美元兑134日
　　　元计算）

国　名	年份	年平均收入（万日元）	收入比（日本=1）	周工作时间	时薪[a]（日元）
美国	2003	3 162	2.6	54.3	11 200
英国	2004	2 050	1.7	50.2	7 854
荷兰	2004	3 886	3.2	52.5[a]	14 234
丹麦	2004	1 246	1		
冰岛	2005	1 407	1.1		
澳大利亚	2003	2 372	1.9	53	8 606
卢森堡	2003	2 935	2.4	55[b]	10 261
瑞士	2003	1 648	1.3		
加拿大	2004	2 131	1.7	56[c]	7 317
法国	2004	1 930	1.6	50.6	7 334
芬兰	2004	1 018	0.8	43.6	4 492
捷克	2004	415	0.3		
匈牙利	2004	375	0		
日本	2004	1 228	1	40.1（70.6）	5 882（3 344）

计算方法同前表

周工作时间，a 荷兰50至55小时，按52.5小时计算；b 卢森堡50至60小时，按55小时计算；
c 加拿大54.5至57.6小时，按56小时计算。

（江原朗《调查报告　医师收入国际比较》）

图11　专科医生收入国际比较（按2004年汇率1美元兑134日元计算）

若为3 344日元，美国为11 200日元，英国为7 854日元，收入差距很大。顺便一提，江原医生的调查数据来自2004年，当时汇率为1美元兑134日元。按2012年汇率1美元兑106.9日元计算的话，则美国全科医生的时薪为5 840日元，比2004年的7 320日元要低。另外来看每周工作时间，英国和法国为40至50小时，日本男医生为60至80小时，女医生为50至70小时。也即是说，如今日本的医生不仅人员少，收入低，工作时间还很长。

再看产科、妇产科医生人数，1994年有11 391人，2006年减少到10 074人（厚生劳动省），导致医生们纷纷离开分娩现场的一个重大因素是2004年发生的"大野医院事件"。2004

年12月，福岛县立大野医院，一位接受剖宫产手术产下女儿的女性因大出血死亡，主刀医师因职务过失致死罪以及涉嫌违反医师法于2006年2月遭到逮捕，同年3月被起诉。手术中，专职产科医生只有那位医生一人。医生个人介入司法纠纷，在妇产科医学界掀起轩然大波。这次事件给不分昼夜辛勤工作的妇产科医生们以沉重的打击，不少医生纷纷离开，妇产科医生人数减少。事件平息后，医生人数略有增加，据厚生劳动省调查，2010年回升到10 652人，根据国家统计，尚不知晓增加的这部分医生是否从事与分娩手术相关的工作。

樱田医生家中有两个正在读小学的孩子，今后学费也是一笔不小的支出，而且房子的贷款也需要还。考虑到即便升职也无法加薪，樱田医生卖掉了车子，省下停车费，衣服也选择去相对便宜的优衣库购买。他切实感觉："在经济环境普遍较差的时期，也许我家比上不足比下有余，但医院的态度是'嫌收入低的话，想办法去别处赚啊'，这实在有损医生的名誉。不被医院重视的医生，自然也不会重视他的患者。"

有媒体煽情地将孕妇急救送医却遭多家医院拒收的情况形容为"踢皮球"。为此，国家决定改善妇产科、儿科医生的待遇，上调了围产期诊疗部门的医保点数，医院经营者明确表示："虽然增加了围产期津贴，但医院不能只对妇产科医生予以优待，这么做会引起同样超负荷工作且人手不足的外科医生们的不满。"

就这样，对整个社会而言不可或缺的妇产科医生的处境迟迟得不到改善，长此以往受害的不仅是妇产科医生，对孕妇、产妇及患者来说都是弊大于利。樱田医生质疑道："如果我的患者身体不适，需要我赶去医院，而那时候我正好在别家医院兼职值班，就怎么都无法赶到了。而对兼职医院的孕妇产妇来说，等于是将人生中不会有几次的重要分娩，交到一个素不相识、毫无信赖关系可言的陌生医生手里，她们应该也会担心吧，万一突发意外，这位陌生医生能否妥善处理？"

有一次，樱田医生在私人医院值班，正好遇上一位紧急送来医院的产妇。这位产妇在分娩时发生羊水栓塞。所谓羊水栓塞是指在分娩过程中，羊水突然进入母体血液循环从而引起急性肺栓塞、过敏性休克等并发症。好在救护及时，产妇没有生命危险，但离死亡只有一步之遥。樱田医生这样形容当时情况的紧急："幸亏院长家就在医院旁边，我们立刻把他叫来，如果现场只有我一个人负责抢救，真不知道会变成什么样。"

医师资源紧缺的妇产科

提供分娩流程处理的医疗机构，其中一半是市镇的诊所，另一半则是医院。虽说皆可称其为分娩机构，但设施规模、可提供的医疗体制皆因具体情况而异。原则上说，日本的医院有1次、2次、3次医疗机构之分。1次医疗机构可为轻症患者提供门诊服务、一般初期治疗等。2次医疗机构主要为必须入院接受手术、病情较重但暂无生命危险的患者提供诊疗服务。3次医疗机构则能为生命垂危的重症患者提供救助服务。

具体到从妊娠至分娩、胎儿出生的整个围产期医疗流程而言，按医疗等级由高至低的顺序，可划分为综合围产期母子医疗中心、地域围产期母子医疗中心、一般医院等3类。综合围产期母子医疗中心是指拥有产科与儿科，母婴重症监护室（MFICU）的病床达到6床以上，新生儿重症监护室（NICU）

的病床有9床以上，并设有麻醉科及其他相关诊疗科的医院。倘若未设儿科，则必须与别家设施机构在相关领域展开密切合作。这类医院能够及时针对高危母体，提供产科并发症以外的并发症应对处理措施，隶属3次医疗机构，内部医疗设施均由都道府县指定。地域围产期母子医疗中心同样设有产科与儿科，提供与围产期相关的较高等级的医疗服务，且该类医疗设施已获得都道府县认定，近似于2次医疗机构。

此外还存在部分2次医疗机构，它们没有获得都道府县的指定，仅在设施基准面积等方面尚未达到规定的标准，但也能提供与一般2次医疗机构同等水平的医疗服务。等级越高的医疗服务，勤务医生所担负的任务越繁重。另一方面，即便在那些被视为1次医疗机构的诊所，开业医生[①]也须为患者提供一年365天每日24小时随行看护的诊疗服务。总之，妇产科医生无论置身哪家医院都忙得分身乏术。在大学，尽管医师人数众多，然而他们需要完成诊疗以外的课题研究，相对而言一般医院里课题研究虽少，但临床诊疗案例变得特别繁杂。

成为开业医生后为产妇提供分娩流程处理的竹田雄介（化名），是位40岁出头的妇产科医师，修学期间，他曾供职于北关东的某间民营综合医院。那段时期，日日都有患者来挂门诊，而他每天需要为40位左右的孕妇与产妇提供诊疗服务。

回忆勤务医生时代，他说自己在开始当日门诊之前，总会巡查一遍住院部，指挥护士对患者进行多项身体检查。一到8点30分的门诊时间，患者便会络绎不绝地前来。12点多，他匆匆吃过午饭，需要应对下午的手术或是继续看门诊。在这期间，

① 开业医生：以个人名义经营医院、诊所，为患者看诊、提供医疗救护的医生。

还得抽空诊治住院部的患者。午后4点半，门诊时间结束，他一般会回到住院部，为妇科的癌症患者诊病，并亲自在点滴里加入抗癌剂。一整套处理完毕后，门诊、产科住院部、妇科住院部的三项会议正等着他参加，此外他还须负责部分事务性工作，如审查诊断书、核对医疗费用单等。

在地方的市立医院，每3位医生每年要完成800台分娩手术，每月值班8次以上。《护士确保法》和劳资协定对护士夜班次数有所规定，依照规定，护士实行三班倒制度，每月夜班次数应尽量不超过8次。而对医生值班次数没有类似规定。由于医生们都认为"在妇产科工作就是劳碌命"，因此要从内部改制几乎收效甚微。近来，为了确保医师资源，从值班制改为轮班制的医院在一点点增多，然而现实情况根本不允许妇产科实行轮班制。

据日本妇产科医学会的《关于妇产科勤务医生待遇改善与女性医生就业环境问卷调查报告》（2012年11月）所示，妇产科医生每月平均值班次数为5.7次，相比急诊科4.1次、儿科3.7次、内科2.9次、外科2.7次要多得多。医生值班当日平均睡眠时间4.8小时。在综合围产期母子医疗中心，值班次数为5.2次，睡眠时间为4.1小时，均少于平均值。这样一对比，竹田医生每月8次值班就显得相当频繁了。早晨为门诊病人看诊，深夜值班，虽说是深夜，也无法闲着，经常遇上前来看病的急诊病人，连打盹休息的机会都没有。竹田医生在别家医院也是同样的工作强度，往往从早晨开始工作，忙得没时间喝水，一天便这样过去了。

这样的工作状态便是妇产科医生们的常态，当我们提前告知要去采访他们时，一些医生会面露难色地拒绝："本来就很忙了，接受采访的话，我们能得到什么好处吗？"东北地区某市立医院妇产科工作的研修医生①（男），今年20多岁，据说仅靠他和上司两人便支撑起了当地产妇的分娩手术，而这个市的人口超过7万。之前我们多次预约采访都被拒绝，这次好不容易成功约上，对方告诉我们："上午门诊结束后来吧。"

原本预定在午后1点结束的门诊，到了3点仍旧没有结束。等我们见到这位研修医生时，已经3点半了。据说4点开始他需要做一台手术，要趁中间的半小时吃午饭，真正能接受采访的时间其实很短。

他就住在医院后面的宿舍里。每天不是值班就是随时待命状态。所谓随时待命，也就是随时在家等候，遇到紧急情况，必须能马上赶去医院。回到宿舍后，即便是休息日，他也电话不离身，神经始终紧绷。这位研修医生说："毕竟才20多岁，并不觉得辛苦。"他之所以选择成为妇产科医生，是因为这个科的医生能够亲自对产妇及其家属说"恭喜诞下麟儿"。而且，更重要的是，在妇产科工作，可以同时积累内科与外科的经验。"在分娩现场，多一名医生出现，就能多完成很多事情，需要在一定程度上汇集众人的力量。"他说这就是自己通过采访，想要传达给大家的话。说完他便很快离开，为手术做准备。

想采访随时会做分娩手术的妇产科医生得做好心理准备，就算约好了时间，也可能出现临时取消或比约定时间晚2至3小时才开始采访的情况，谁也不知道孕妇何时开始分娩，又会在何时需要进行剖宫产手术。多年前，为了就医生的劳动问题进行取材，我曾尝试预约日本产科妇人科学会，事务局告知："医

---

① 研修医生：正在接受临床研修的医生。据厚生劳动省相关规定，研修期为2年（牙医1年）。

不让生育的社会　　091

生们平时忙着看诊，根本没有时间接受采访。"连请他们带话，商量采访时间都不可以。日本产科妇人科学会于2013年4月发表了《妇产科勤务医生勤务条件改善提言》的声明，建议导入轮班制、增加医生的岗位以及其他职员岗位、适当增加法定工作时间外津贴、增收诊疗报酬等。

东京都内某开业医生与勤务医生对笔者说："医生的劳动问题，很好啊，可以接受采访哦。"采访时却对自己的工作方式闭口不提。两人都是50多岁的男性，一直以来接受的观念便是"超负荷工作是理所当然的"，因而会用这样的态度对待采访也无可厚非。甲信越地区的妇产科医生（50多岁）说："365日24小时都可能遇上孕妇分娩，作为妇产科医生，理应随时配合工作。"其他妇产科医生也都有类似看法。某位60多岁的妇产科医生说："这么多年，我一直都抱着这种想法在产科工作，医生如果喊累，就会给患者带去不安，因此无论再苦再累，医生都不该抱怨。"当我们询问另一位60多岁的妇产科医生何为适当的值班次数，对方微笑着说："从没考虑过这个问题。"就是这样，医生们已经将超负荷工作视作习惯接受下来。话虽如此，采访过程中也有不少医生吐露心声："忙得没时间和家人外出旅行。虽然对这份工作很喜欢，但也累得快精神抑郁了。说实话，很想好好休息一阵。"妇产科医生是以牺牲自己与家人为代价，支撑着全日本的分娩手术。

然而，时代在变化，年轻医生们开始追求工作与生活的平衡。吃苦耐劳的年轻医生正在减少，为分娩手术主刀的医生年龄结构也发生了改变。日本产科妇人科学会与日本妇产科医学会在2009年做过调查，支撑着全日本半数分娩手术的诊所已出现医生老龄化现象。有床位的诊所的医生平均年龄为56.7岁，诊所负责人平均年龄为58.1岁。新人医生里70%是女性，女性医生中的35%会因妊娠、分娩、育儿等离职。如果女性医生都转去诊所工作，预计将来在医院就职的医生会减少25%。

30多岁时转行过来的大野诚医生（化名，40多岁），在神奈川县某民营医院做研修医生，其工作强度只能称之为"过劳"。医院里共3名妇产科医生，除了他，便分别是他的上司和前辈。处于"最底层"的大野医生，几乎不是连夜值班就是随时待命。他在那家医院工作的5年里，除去在暑假请假外出旅行，其余时间几乎从未离开过医院。需要随时待命的那段时间，家里的小孩才3岁，听到电话响便会问："咦，是医院打来的吗？"学会喊爸爸妈妈之后，最先记住的词是"值班"。

之后，大野医生就职于东京都内的综合围产期母子医疗中心。这家医院经常需要做分娩手术，值班医生有两名。大野医生再次变成每天上夜班的状态，与值班依然毫无分别。连续工作34小时已是家常便饭。

平时，医生的各种工作也很烦琐。大医院比较能确保医生人数，故而可将医疗行为全部交给医生来做。在医师资源紧张的医院，几乎是由护士为病人打针输液，但在东京都内的大医院，这些基本由医生来完成。

大野医生在都内某大医院值班时，深夜3点，有病人按铃，说是输液的针头松了，要医生重新扎针。所谓扎针，也就是将输液器的针头刺入静脉血管。大野医生感叹："如果是点滴漏针或者输的是危险药物倒能理解，连生理盐水的针头松了都要被喊过去，实在累得忙不过来啊。"虽然理论上，医生与护士的工作应该加以区分，但在人手不足的产科，医生的工作量真是多到让人发出哀号的程度。而且，来自家属的诉讼多半来自分娩现场。"哪怕救助了100位产妇，但只要有1个人死亡，那就完了。一旦被投诉，这份工作就没法做下去了。"于是，他日日都工作得心力交瘁。

如今，大野医生在埼玉县内的民营医院工作，下属中有不少骨干，因此他得以从过劳状态中解脱出来。埼玉县内相继出现多家不施行分娩手术的医院。位于所泽市的西埼玉中央医院，2012年9月辞退了两位新生婴儿专科医生，结束了NICU的运营。受其波及，医院取消了分娩手术的预约，也不接收高风险的妊娠急救送医。在埼玉红十字医院，随着儿科专职医生的退职，2012年9月起停止儿科门诊，儿科也不再接收患者的住院治疗，与此同时，妇产科也不接收高风险孕妇产妇入院，开始实行大幅度的分娩限制。该医院在2011年4月才开设了NICU，其中的地方围产期母子医疗中心刚获得认定。据说影响还在慢慢扩散。大野医生所在的医院妇产科本就人手紧张，自从接收了由上述医院介绍来的孕妇与产妇，每天更是忙得脚不沾地，大野医生忧心忡忡地说："忙得快透不过气来了。"

埼玉县的妇产科医生人数全国最少，15至49岁女子约10万人，却只有28名妇产科医生。导致这一现象的一个十分重大的原因即上文所说的，2012年各大医院相继限制施行分娩手术。

由于埼玉红十字医院与西埼玉中央医院大幅度限制分娩手术，能确保接收双胞胎、三胞胎等多胎孕妇的医院就更少了。熟悉埼玉县内相关情况的妇产科医生表示："为此，别的3次医疗机构接收了红十字医院介绍去的20位孕妇，接收了西埼玉中央医院介绍去的10位孕妇。往年，接收的多胎孕妇一般有100至120组，2012年增加到150组，生下的婴儿需进NICU的概率为5.5%至10%。不足32周产下的婴儿很可能罹患重病。若是早产儿，普遍要在NICU住两个月，即便接下来还有送来急救的婴儿，医院也没法接收。如果怀的是双胞胎，多半早产，七成孕妇会在孕期的33至36周分娩。"

为此，大野医生这样告诫医学专业的学生和他的后辈："别把家安在埼玉县，这里的妇产科医生早就忙得身心俱疲了。"

产科医疗的危机程度

在分娩设施锐减的地方3次医疗机构工作的一位妇产科医生（40多岁）这样描述当前迫切的问题："多胎孕妇占用了床位，会直接导致被送来医院的重症患者无法入院，不得不转院。孕期在34周以上的话，其他医院也会接收。若是20多周的话，其他医院爱莫能助，因此我们即便满床也要接收。举个例子，相比由于孕期37周早产或35周妊娠高血压综合征导致必须剖宫产手术，我们必须优先安排孕期24周羊水破裂、发生阵痛的产妇。若医院床位已满，会把前者送去别家医院。这种做法在门诊病人看来很'过分'，哪怕对孕期34周以上的孕妇及其家属解释，他们也不会理解，而为了说明这些情况，医生又要耗费很多精力。"

这是产科医疗机构几近崩溃的现实。

因为不断有年轻医生来3次医疗机构实习，相对容易确保医生数量。在某大学医院工作的妇产科医生（40多岁）却说"尽管如此，人手还是不足"。一年里总会遇上一两位命悬一线的重症患者前来就诊。产科门诊从上午9点开始，他没有时间吃午饭，直到傍晚5点依然在看诊，之后巡视病房。大学医院给他的年薪是1 000万日元。他不甘心地表示："医生本是具有社会地位的职业，相较之下，年收入反而比在银行工作的同级生低。"尤其是东京都市中心的医院，或许是因为基础设施齐全，哪怕医师资源紧张，产科依旧处于买方市场的位置。如今的情况是，基本工资低却又人才集中，医生在别家医院兼职赚的外快都比工资多。

不过，在这里工作十分有意义。比如有产妇因分娩造成大出血、心跳几乎停止，被送来大学医院后，无论输血还是各项检查，医生都能迅速实行并抢救，这是因为急诊科医生、放射科医生小组总是在医院值班。这位医生还说："即便遇上一般情况下不得不彻底摘除子宫的病患，只要技术过关，就有可能既保住子宫又确保产妇性命无碍。对重症患者来说，10分钟、30分钟之内，母体预后情况就会出现变化，处理不及时则有生命危险。"

2010年全国母体死亡数量为45人（死亡率4.1%），不过这位医生说："发生子宫错位、破裂等情况，只要发现较早，处理及时便不会进一步恶化。如果诊断延误，送来医院已经是出血较多的状态，就会危及生命。如果医疗水平较高的医疗机构能够及时接收这些患者，死亡人数大概会减少一半吧。"

然而，即便医院的收益有很大部分都给了围产期部门，值班津贴依然没有得到调整。他对医生的待遇如此之低表示困惑："医生从鬼门关将孕妇救回来，这种情况下，哪怕只是提升一些津贴，医生的感受都会大不相同。分娩时说不准会发生什么，妇产科医生废寝忘食地挽救产妇，却只能靠兼职增加收入，真是太奇怪了。"如此看来，只要时机一到，医生随时辞职走人也很正常。

针对产科医生待遇迟迟得不到改善的问题，国立成育研究中心的产科医生久保隆彦解释说："从一般企业的角度看，医疗法人的现状，就是缺乏劳动基准法相关法规保护的异常工作状态。如果是一般企业，早就崩溃了，而医疗从业者们牺牲自己，才支撑起了日本的医疗事业。

"只要诊疗报酬还是由医院支付，那么大多数医院为了自身利益，都会压榨医生所得。只有像美国那样，让医生直接收取一定数额的小费，才能形成某种奖励机制。目前妇产科医生人数有所增加，但愿意来会发生急诊的分娩现场的年轻医生不多，都去了与肿瘤等相关的妇科，儿科也是类似情况，由于能抢救病人的人才几乎没有，所以仍是人手不足的情况。只要围产期部门和麻醉科不实行薪酬奖励机制，产科的人员流动就不会改变。"

女性医生在大学医院也是超负荷工作。在首都圈某大学医院产科工作的小川千春医生（化名，50多岁）深有感触地说："无论作为女性还是作为母亲，这两个身份对于妇产科医生这个职业来说，都是十分不利的。我建议女医生们为自己争取更适当的工作环境。"

她原本是一名药剂师。家里第一个孩子出生之后，由于无法兼顾育儿和工作，暂时离职。不料反复经历3次流产，精神遭到不小的打击，她感觉"必须开始尝试些新的东西"，便进入医学部深造，而那时她已经年过35岁了。

从医学部毕业后，小川医生很快在大学医院就职。第一年工作量就很大，患者输液漏针这种事也需要她随叫随到。说是白班（8点30分至17点30分），实际上从7点至20点多基本没个停。比她年轻的同期20多岁女医生甚至出现停经一年的情况。

入职第6年，她在医院已能独当一面，也被允许在别的医院兼职。大学医院规定每月工作时间是300小时，即便超时工作也不会加薪，比如她第5年月薪大约35万日元，与护士（在同一家医院工作5年以上的，月薪为25万至30万日元）比相差不大。她对值班也已经很习惯，每月在医院值班3至4次，每周在附近医院值班1次。

日本产科妇人科学会《我国医院妇产科勤务医生在院时间实态调查》（2008年）显示，大学医院妇产科医生的出勤状况为每月在院时间最长达431小时，值班次数最多的有18次。而在实行值班制的普通医院，平均每月在院301小时（最长为428小时），为应对紧急情况的随时待命时间为每月88小时（最大值为22小时[①]）。这种工作强度很容易过劳死。

为此，女医生在产子、育儿的适龄期纷纷辞职，因为实在无法兼顾工作与家庭。小川医生建议后辈："如今产科医生资源不足，某种意义上说是卖方市场，因此医生最好多为自己争取权利，兼顾工作与育儿。"这个道理，即使在她们自己成为孕妇产妇后同样适用。

"明明出现流产、早产的迹象，在职场却羞于开口，导致病情加重，这样的例子也不少。为了守护肚子里的宝宝，我希望你们坚决为自己争取权利，该休息就休息。"

日本妇产科医学会《关于妇产科勤务医生待遇改善与女性医生就业环境问卷调查报告》（2012年11月）显示，女性专职医生1 812人，占全体医生人数的四成左右。与5年前相比，男

---

① 原文如此。

性医生人数没有变化，女性增加为原来的1.5倍。女性专职医生中51.5%（934人）处于孕期或育儿期（孩子未到上小学的年纪）。另外，妇产科女性医生中，每8人就有1人是外聘医生，没有固定就职的医院。这份调查还显示，女医生在妊娠、育儿期的值班并未得到免除或减少，值班时通常睡眠不足，也没有24小时育婴或病儿照看等福利措施。现实证明，女性医生在孕期或育儿期，不可能完成专职医生那样的超负荷工作。

据日本妇产科医学会调查，全国能够提供分娩流程处理的医院年年减少，从2007年的1 281家减少到2012年的1 112家，5年来减少了13%，导致平摊到剩下这些医院的分娩手术增多，从2007年的446台增加到2012年的501台，约上升了12%。

"哪怕走掉一位助产士，诊所都会陷入难以为继的危机中。"

作为床位在19床以下的市镇诊所所长，每年要处理约400台分娩手术的某妇产科医生（50多岁）表示很头疼。

诊所开业以来，一直365日24小时持续运营，在产科医生纷纷因诉讼风险、超负荷工作等压力停止参与分娩手术的当下，怀着希望看到新生儿降临的心情，这家诊所在地方上拼搏至今。

然而，诊所的现状不容乐观。哪怕只走掉一名助产士，夜班都会轮不过来，并且得增加剩下的那些助产士的工作量。一旦出现这样的情况，很容易引发连锁反应，剩下的助产士也会产生辞职的念头。有时贴出招聘启事，应聘者见是地方小诊所，就不来了。偶尔有人电话面试，一听说分娩手术那么多，留下一句"这样啊"，再无后话，也不会来诊所面试。这里的工资对于在分娩手术多达700至1 000台的大学医院工作过的助产士来说可能很少。有些人好不容易通过面试，却只是因为在3次医疗机构工作身心俱疲，想来调整心态，往往工作一段时间又辞职走人。

有的助产士觉得这里给的工资比其他同行高，会在年度中期前来应聘，等拿到奖金便直接辞职，去其他诊所。要招到合适的人实在很难，毫不夸张地说，哪怕走掉一位助产士，这间诊所都会陷入难以为继的危机中。虽说诊所在周日也会放假休息，但若是遇上孕妇出现阵痛需要住院或是产后需要出院，休息日就形同虚设了。最近，似乎连所长自己也累得快神经衰弱了。

诊所的实际情况就是如此，哪怕一阵微风刮过，也能成为压死骆驼的最后一根稻草。这些诊所的所长们作为开业医生，年纪渐大，身体健康不再允许他们超负荷工作，随时关掉诊所并不奇怪。然而就是这些岌岌可危的诊所，支撑着全日本将近五成的分娩手术。

在地方居住的开业医生都表示："最近几年来，自家所在的县市起码关掉了一半的诊所，这些诊所的医生约40%都年过花甲，约15%已经70多岁。尽管如此，为了守护地方上的产妇，他们依然坚持工作，却也非常担心，说不准哪天自己便撑不下去了。另外，许多地方急缺助产士，不少开业医生雇不到足够的助产士，只好自己亲自上阵，365天几乎天天如此。这种情况下，能与助产士密切配合的护士也成为十分重要的人才资源。"

医师工作过于忙碌造成的弊病

哪怕医生再忙，只要助产士与护士全力协助就能帮助产妇顺利正常地分娩。业界有句调侃的话："再不济，有能操刀剖宫产的外科医生和给力的助产士在，怎么也能完成接生吧。"可是，并非任何时候医生与助产士都能相互理解、配合默契。若是不能积极配合，又有人会辞职离开，而这个人正是分娩手术中不可缺少的助力。

在某地方围产期母子医疗中心工作、拥有15年助产士资历的橘优子女士（化名，50多岁）表示，医生的工作方式对孕妇产妇有巨大影响。

她所在的医疗中心的产科部长同时兼任医院副院长，因此很重视医院效益。换句话说，他喜欢接收那些需要支付较高医疗费用的患者，因为他们缴纳的医疗费用是医院收入的重要来源。高危孕妇在医疗报酬之外，还要加收一笔费用。妇产科原本就是超负荷工作，为了增加收入，医院不断接收这样的孕妇入院。风险当然是有的，也需要医生费更多心思，优子女士不禁觉得"被勒得喘不过气来"。

妇产科住院部已经满床，通常三分之一是即将流产或即将早产的孕妇。由于高危孕妇接踵而至，那些本来应该接受住院治疗但并非重症的患者便被建议出院，只是需要定期来医院检查。有的孕妇在孕期25至28周开始出血，这样下去可能会早产，也可能需要剖宫产，可即便在未来几周内分娩，她们也无法住进医院的NICU。医院只有儿科医生，没有新生儿科医生，无法为早产儿看诊，胎儿预测体重在1 000克以下的，会被送往附近的大学医院。

有的医生靠服用精神镇静剂维持工作状态，忙的时候会口不择言，他们经常觉得自己已经人格崩溃了。遇到孕妇来做体检，也没耐心好好陪她们聊一聊，因此孕妇们怨声载道。门诊部的气氛很紧张，似乎随时会炸。辅助医生看诊的助产士绝不插嘴，也不给孕妇建议，只是袖手旁观。医院的助产士同样人手不足，要兼顾住院部和门诊部的病人，就算想给孕妇保健指导，也是有心无力，每天都忙于一轮又一轮的诊疗辅助。

人手不足导致工作环节十分不畅，优子女士说："这时不得不将产下宝宝的母亲和婴儿晾在一旁。"夜班通常会安排两名助产士，因为一旦遇到分娩，产房里至少需要两名助产士，这样一来住院部里的孕妇和新生儿自然无人照料。有时护士铃响了，却没人应答。如果患者因紧急情况按铃，助产士只好暂时离开分娩室，这次轮到产房里面的产妇"遭遇冷落"，用优子女士的话形容便是"进退维谷"。

事实上，当地居民对这家医院的评价并不好，一位女性说："医院离家和公司都很近，尽管对它没好感当初还是去了，我的两个朋友却因为医生和助产士态度不好，冲他们发了火，后来转去别家医院。"这位女性分娩时，希望丈夫到场陪同，医院以会妨碍医务人员工作为由拒绝。产后她便独自被晾在分娩台上整整两小时。这样的情况在这家医院并不奇怪，主要还是助产士人手不足所致。

由于人手不足而给孕产妇造成的影响还有非必要的剖宫产手术或会阴切开术增加。剖宫产是在产妇难产时，经腹切开子宫取出胎儿的医疗行为。会阴切开是在分娩过程中，为扩大阴道开口所行的外科切开术，通常在胎儿娩出困难时施行，由医生使用医用剪切开会阴，取出胎儿。有的女性会因此产生心理阴影，对下一次分娩十分排斥。

优子女士觉得："分娩前，多花时间与孕妇沟通，有助于她们顺利分娩。"有的孕妇明明可以顺产，只因无法忍受阵痛，便要求剖宫，家属态度也是如此。在优子女士看来："不必要的剖宫产手术增多，导致医生完全忙不过来，这种情况是和妇产科医生人手不足同时出现的。"而面对产妇的要求，医生只是机械应对："这位产妇都40岁了，风险太大，好的，那就剖宫吧。""胎位不正，剖宫吧。""是双胞胎，剖宫吧。"犹如在流水线上操作一般进行分娩手术。优子女士不无遗憾地说："要知道，数年前为止，无论胎位正不正，是不是双胞胎，大家都是自然分娩的。"

而且，一旦分娩开始后，医生认为可能会被因无法忍受疼痛、大叫出声的女性及她们的丈夫、家属投诉，即便没那个必要，也往往选择实施剖宫产。另外，万一生下昏迷状态、身有残疾的婴儿，产妇及其家属会说："那会儿你为什么不剖宫产，早点取出胎儿？"剖宫产可以防止医生因此而被告上法庭。的确，如果持续难产的状态，胎儿会因缺氧陷入昏迷，这种情况下，当然是尽早进行剖宫产更能降低昏迷风险。但对此问题，医生们也有各自的考虑，意见并不一致。

优子女士认为："产妇对是否有必要实行剖宫产并不了解，在分娩中失去冷静时，如果医生说剖宫产比较好，她们自然愿意接受剖宫产。"对此深有体会的不只是助产士。某妇产科医院的院长说："能操刀分娩手术的医生不多，我们是靠聘请兼职医生完成手术的。如果分娩时间太长，等于变相让兼职医生加班。为了避免这种事情，我们会让医生实行剖宫产手术。"

据厚生劳动省《医疗设施动态调查》显示，剖宫产手术实行率年年升高。比较2002年到2011年的剖宫产手术数据会发现，普通医院从17.9％增长到24.1％，升高6.2个百分点。普通诊所从11.9％增长到13.6％，涨幅不太明显。如今，剖宫产手术的整体实行率为19.2%，即每5名产妇中有1人接受剖宫产手术。伴随高危产妇人数增长，医疗行为的介入越来越多在所难免，但剖宫产手术实行率居高不下，原因似乎不止如此。医生工作量过大，没有充分的时间等在产房；孕妇自身心理准备不充分，对疼痛的忍耐度低，希望实行剖宫产等，都可能将不必要的医疗行为带入手术室。

尽管如此，优子女士等助产士依然希望能做点什么，减轻医生的负担。然而，助产士能帮上忙的只有自然分娩，现实中，高危分娩太多，导致她们无法插手。其实她们希望产妇们都能够自然分娩，以最大限度减轻医生负担，而他们只需要在最后关头出场，对产后撕裂或切开的会阴进行缝合就行。

原主妇会馆诊所的堀口医生指出："举个例子，假如不实行剖宫产，而选择直接用产钳将胎儿取出，只要技术过硬也不是不能办到，但对处于分娩第一线的医生而言，情况太紧迫了，这种时候能迅速处理应对才是第一要务，哪有机会给后辈示范？然而矛盾的是，医生想要提高技术，只能通过一次次实践积累经验，所以说，有的医生就算有好的技术，也没有机会传授给学生。"

对孕妇、产妇来说，突如其来的剖宫产手术也许会给她们造成很大的心理创伤，为了让她们积极面对接下来的育儿或妊娠，无论手术中还是手术后，心理看护都显得非常重要。

一位长年工作在围产期医疗现场的医生（70多岁）对年年增多的剖宫产手术与会阴切开术很是忧心，他认为原因是："上一辈人对于是否有必要实行剖宫产手术，是在分娩现场通过团队的默契配合，逐渐学会判断的。观察经验丰富的前辈在分娩手术中怎么做的，慢慢就明白什么情况会有危险。分娩进行到最后，医生决定在哪个时间点出手，可以说是展现医生绝技的时刻。产科现场能够清晰反映一名医生的技术是否娴熟。

"如今，100名孕妇产妇中只要有1人发生异常情况，都会起诉医生，于是大家为了规避风险，无法积累经验，即使情况不那么危急也会实行剖宫产手术。在大医院进行的分娩手术，年轻医生一般很少需要应对危险情况。而积攒了足够经验自己开业行医的资深医生，技术与大医院有组织性的医生本就不一样，他们考虑的根本不是有无妊娠风险的问题。这样看来，会阴切开或剖宫产的实行率出现变化也是无可厚非的。

"独立行医的资深医生，凭经验可知情况不妙，在危险发生前将产妇转送到3次医疗机构，而那里的医生自然没有亲身经历过分娩中出现的棘手情况的全过程，无法判断是否危险，长此以往，年轻医生就练不出眼力。可以说，开业医生与3次医疗机构对自然分娩的定义是不一样的。"

在东海地区医院工作的助产士坂田珠美女士（化名，50多岁），与前文提及的优子女士一样，对医院里医生们的工作方式感到很困惑。

她所在的医院由特定大学指派医生，相比产科，大学内部更重视妇科。"生殖辅助医疗日益进步，妇科的医生对产科相关常识却一窍不通，能在围产期派上用场的人才也很欠缺。哪怕有一位对产科感兴趣的医生，情况都会不一样。这样看来，他们依然被大学的观念所左右。"珠美女士无奈地说。

这家医院也是一样的做法，当产妇喊疼时，医生会想也不想地实行并非必要的剖宫产手术。若是超过预产期，还没出现阵痛，如珠美女士这样的资深助产士认为，只要胎儿没有过度发育，就可以再等等。而医生会在孕期41周左右机械地采用催产剂，剖宫产手术实行率高达40％，会阴切开术实行率高达90％。医生教育助产士，说这种做法安全可靠，年轻的助产士信以为真地想："原来是这样吗？"

眼看医生在分娩手术中态度如此不专业，珠美女士感到愤愤不平："一旦这次轻易实行剖宫产手术，下一次分娩多半重蹈覆辙，真是看得人心疼。无论双胞胎还是胎位不正，一律实行剖宫产，全是些不懂得自然分娩有多重要的医生。难道医生们觉得，只要在这里正常生下小孩就万事大吉了吗？"

前文提到的堀口医生认为，为了提高对自然分娩的重视度，对不必要的医疗介入行为应持批判态度。

"在医生眼里，重要的是是否存在科学依据，而对于20万至30万年前起延续至今的分娩，目前的医学界并未钻研透彻。分娩过程中即便设有监测仪器，出现任何变化如阵痛加剧、胎儿下坠，胎心率曲线一般都会相应产生变化。有时我们需要根据这些变化和对分娩进程的预测，少安毋躁地等上一等。我希望，即便被产妇或其家属追问：'要是有个万一，那可怎么办呢？'高级医疗机构的医生都能自信地说：'请放心，不管发生什么事，我们都能妥当处理。'"

珠美女士所在的医院约有15位助产士，每年处理1 200台分娩手术，有时一位助产士需要同时应对6至7台手术。在那期间，有产妇实行剖宫产手术，也有孕妇、产妇入院出院。助产士人手十分紧张。如果需要让助产士耐心守在产房里，协助产妇自然分娩，那就必须增加助产士的人数。据说医院暂时没有能力为高危孕妇看诊，只能将其转送到其他医院，因此正计划开设围产期中心。珠美女士曾说："今后医院不多招聘一些助产士是不能解决问题的。"医生却冷淡地拒绝道："有护士在就行。"

围绕围产期中心的开设构想，医生们展开了讨论，助产士却没有发言权。助产士认为，孕妇身心得到放松后有利于分娩，为此希望在围产期中心设置限制较少的榻榻米病房，医生却只考虑是否方便在病房内实行医疗措施。每当助产士对医生提出建议，医生都会轻蔑地说："助产士不就是听命行事的医务人员吗？我可不想被区区一个医务人员指手画脚。"这样的态度岂止是让助产士无法发挥自己的所长，连团队协作也变得相当困难。

珠美女士介意的不仅是分娩，她还发现孕妇体检时，医生只会照本宣科地严厉要求超重的孕妇控制体重，身形纤瘦的孕妇因此增加，然而，与此同时，出生时体重不足 2 500 克的新生儿也增多了。有经验的助产士或产科医生直接抚摸孕妇的腹部，大致能判断孕期，而医院里的医生每次都不会这样做，习惯以 B 超结果判断，要是不借助医疗器械，他们对孕妇的身体状况就一无所知，更不会对孕妇做系统检查。

而且，医生十分关注是否有异常情况出现，若在早期通过 B 超发现胎儿异常，往往提议人工流产。当发现胎儿异常，母亲本人对这种事实很难接受，面对犹豫不决的孕妇，医生会事务性地说："胎儿出现畸形，现在时间还早，流掉是来得及的。"这样反而影响了孕妇的情绪。

前文提到的堀口医生在强调助产士的存在意义时说："我们必须秉持不同于自然科学的社会学视角看待问题。产科与妇科理应分开对待，不是吗？妇科旨在发现身体以及精神疾病的病源，并展开治疗；而产科针对的是围绕怀孕引起的一系列生理变化，孕妇是正常生活的人而非病人。在这个过程中，我们不知道什么时候遭遇意外，因此要求医务人员必须有足够的觉悟，随时应对突发状况。二者具有本质差异，如今合并为一个科，忙碌的妇产科医生只得有侧重点地为产妇诊疗，而持续观察与看护则需要靠助产士来实现。"

但是，如今的环境却让助产士难以发挥自身的能力。

在哪儿工作都悲惨

原田京子女士（化名，46岁）曾辗转于地区和东京都市中心医院的各大分娩现场，让她感触很深的一点是，"无论在哪儿工作，情况都很悲惨"。

她作为助产士的第一份工作始于东北地区的国立大学医院。夜班次数和工作时间等劳动条件还算不错，但她表示，自己曾因"医生的心血来潮，被迫介入过医疗行为"。京子女士始终无法忘记20多岁在这家医院工作时有过的可怕经历。那一次，她正在产房内辅助产妇分娩，妇产科医生也在现场，却根本不顾及情况是否允许，直接强硬地要求："你来做会阴切开，如何？"

按现行法律，除非临时应急，否则由助产士实行会阴切开与缝合都是违法行为。然而，在这家医院，医生的命令必须绝对服从，医务人员毫无拒绝的余地。

当时的京子女士尚且年轻，只好按照医生的吩咐，切开那位产妇的会阴。"把剪刀伸进人体内的恐怖感让我至今没法忘记。"然后，她又被命令缝合因分娩撕裂的会阴。如今她已成为一名资深助产士，依然不无感慨地说："看护人员与医生接受的是不同的教育，那种事不该让看护人员来做。"

之后，她转去都内某民营医院妇产科工作，每月10次夜班是理所当然的。一旦遇上分娩手术，连小睡的时间都没有。有时困得一边揉搓产妇的腰部，一边打盹。考虑到过劳状态下的分娩辅助十分危险，自己身体也吃不消，她打算转去没有夜班的医院。

不久，都内某医院刚好开设不孕治疗的专科门诊，正进行人员招聘。她以兼职助产士的身份被录用，然而由于其他科室人手不足，她被分配到了癌症患者的门诊，持有助产士资格证的她却在完全不相关的科室里，做着与助产无关的工作，成为"院内潜在助产士"。

过了不久，她被调到检验科，每天忙于为患者采血，这让她十分焦虑："我原本想做助产士的工作，现在完全不知道自己在干吗。"在产科门诊她遇到一位前来咨询母乳喂养方法的产妇。医生冷淡地打发了她："觉得麻烦就用牛奶喂吧。"京子女士留意到产妇仍想用母乳喂养，便在诊疗结束后追出去，轻言细语地给出自己的建议。那一刻，她决心要做"能够真正支援母乳喂养的工作"，于是再次换了工作，去到一家据说乐于为孕妇产妇提供指导的诊所。

这是家私人诊所，作为临时助产士，她的时薪是 1 600 日元。预产期前一个月，产妇与助产士会实际在分娩台上进行一对一的分娩模拟练习，类似这种孕妇班课程较丰富，京子女士觉得这份工作也许能够长久做下去。然而，她非常介意的一点是，对于诊所没有能力诊治的高危孕妇，这里的医生依然不愿放手。

对诊所来说，不管助产士在孕期为孕妇提供多么周到的看护服务，大头收入依然来自分娩费用。这笔费用最终会支付给产妇实际产下婴儿时所在的机构。因此为了增加收益，诊所往往不愿意在分娩结束前将产妇送到别的医疗机构，这就导致时常发生母体转院延误的情况。事实上，京子女士在这家诊所确实遇见过类似情况，诊所不肯将风险产妇交给2次、3次医疗机构，直到分娩发生危险，才不情不愿地把人送过去。

京子女士在诊所工作的3个月里，有7次在分娩手术中遇到意外，然后亲自陪产妇搭乘救护车去别的医疗机构。其中有一次，京子女士上车后，救护人员指责道："你家怎么总是发生这种事情，这样下去，迟早有一天会闹出人命。"京子女士听得有了危机感，于是再次辞职。

身心俱疲之下，她每个月只接几次值班和夜班的临时工作。不少医院急切需要能值夜班的医务人员，雇用专门值夜班的看护人员的医院也很多。

只是这样一来，每晚能有一小时用来睡觉休息已经很好了，京子女士基本是抱着不眠不休的觉悟在值班。深夜的住院部里不少状况都让她感到不安。

比如某家医院，深夜值班的只有一位医生加两名助产士或护士。若两人都是医务人员，通常由一个人辅助孕妇分娩，另一个人照看住院部的16位孕妇。要是不巧遇见多人一起分娩的情况，助产士一个人辅助3个产妇也不奇怪。又比如某家医院全是单间，两个人值夜班，轮流休息。有一回对方说："全是单间，哪有那么多耐心一间一间查房。"于是没查完房就偷懒休息去了。有的病房里婴儿可能在哭闹，但因为房间隔音效果很好，京子女士每次不得不站在房门口侧耳倾听。

有家诊所夜班只安排一名助产士，实行两班倒的制度，晚班是从下午4点到翌日早上9点，原则上说是17个小时，但其实加班很多，经常工作到翌日中午。京子女士空下来想小睡片刻却找不到地方，因为诊所根本没有为看护人员提供休息室或睡觉的地方。没办法，她只好在门诊室的病床上躺一躺，或是在住院部的空床上休息。

诊所离所长的家很近，所长表面上说："有什么事就打电话叫我。"实际上，在产妇分娩时，京子女士觉得是时候让所长过来了，便给他打了电话，他却迟迟不现身。情况紧急，京子女士只能一只手保护产妇的会阴，另一只手握着话筒叫医生。直到胎儿快出生，医生才施施然来到产房，将婴儿取出，揽过全部功劳，似乎助产士之前所做的都是白费力气。

"医院不同，这一点也迥异？"

"健美沙龙渡部"的渡部院长（助产士）说："子宫是婴儿的房间，母亲的身体是婴儿的家。为了让这个房间住起来舒适，必须好好打造整个家。母亲的身心状况包括盆骨、脖子的状态都会影响宝宝的健康程度。只通过B超观察子宫，可能会错误判断母体状态。必须仔细观察母亲在整个孕期的情况，well-being，换句话说就是保持良好的状态，如果助产士有能力提供这种看护，那么基本上便不需要医生出场了。这两年，医生对助产士的看法也有很大转变，不少医生说，只要有那位能干的助产士值夜班，我就可以睡个好觉。"

不仅妇产科医生与助产士的协作在增多，由助产士全权负责看护低风险孕妇的院内助产所也在增设中，不过中间也出现过一些不顺利。

在神奈川县内某医院工作的助产士（40岁）说："医生通常会在自然分娩的最后阶段出现，如果太早叫过来，他们会啰唆地指手画脚，所以我们都在最后才叫他们。分娩时间一般很长，中途都是助产士在照看，医生突然过来也搞不清产妇的状况，但他们只要来了，就总想做些什么。有的医生轻易就能破坏助产士和产妇花了很多时间才建立的信赖关系，还是最后关头把他们叫过来合适。"然后她进一步指出："有的医生4月从别的医院调过来，会习惯用以前的方法处理问题，这也容易产生矛盾。儿科医生积极支持母乳喂养，产科医生却对此没有兴趣。有母亲在产后一个月来体检，产科医生漫不经心地问：'有母乳出来吗？'明明这位母亲出院才一个月，身体疲倦得几乎摔倒，这时候这种问法简直就像在比赛谁出的母乳多。难道重点不应该是这位妈妈能否愉快享受哺乳期吗？"

如果是看门诊的孕妇、产妇，助产士通常无法陪在她们身边，也无法提供最周到的看护。她们的日常工作任务之一是定期详细整理记录心率数据，哪怕自然分娩的产妇也不例外，这样万一被起诉还能拿出证据。由于记录太多，又恰好遇到几位产妇同时分娩的话，助产士忙得水也顾不上喝。这位助产士希望能有更多时间安安心心陪在孕妇身边照顾她们，因此辞了职。

不能发挥助产士所有本领的医院当然留不住人。前文提及的渡部院长明确指出这种危机："人手不足的状态一直在持续，只要持有资格证书，哪怕功底不扎实、技术不过关的助产士也能被雇用。一位合格的助产士应该是，以手抚摸孕妇腹部，就能明白胎位正不正，子宫底高度是多少，妊娠是否达到20周，等等，而如今做不到这种程度的人越来越多，有的助产士经验不足却自立门户，这一点也很刺眼。"

"医院不同，连这个也不一样吗？"

本田晴子（化名）做助产士已经10年，看到的却大多是业内的负面东西，让人心情晦暗。

毕业后她便去了一家综合医院工作，那里的妇产科很有名，主要接收自然分娩的孕妇，没有开设NICU，会让有早产迹象的孕妇转去别家医院，也负责运送母体。晴子一直比较在意的一点是："那时候我们送走的母亲和她腹中的宝宝，不知道后来好不好呢？"

医院还提供"早期母子接触"（也称为袋鼠式护理）的看护服务。晴子感觉，医院并没有将这种看护的优点完全传达给孕妇与产妇。顺便一说，"早期母子接触"这个名词可能大家听着有些陌生，它与"袋鼠式护理"其实不完全一样。前者是让自然分娩状态下出生的婴儿直接碰触母亲的肌肤，并对他们实行看护，直至他们能靠自己的力量吸吮母乳为止。原则上说，袋鼠式护理应该在NICU中，在母体与婴儿分离的状态下进行，因此业界专业人士对这两个名词的使用有所区分，2012年相关学会给出明确定义，即"早期母子接触"是指自然分娩状态下的产后看护。本书将足月分娩后的"袋鼠式护理"均视为早期母子接触。

原本，父母抱自家刚出生的宝宝是天经地义的事，但在早期母子接触中，医院会要求夫妻双方签署同意书，就像签手术同意书那样。为了安全起见，早期母子接触也必须由医务人员陪同实行，因此并非所有产妇在产后都会接受这种看护。在助产士眼里，母亲怀抱刚出生的婴儿来一张纪念合影就是很幸福的"母子接触"了。晴子则心道："这算什么袋鼠式护理？"医生们并不热衷于母乳育儿，想法与助产士们相去甚远，觉得"累了就用奶粉喂"。晴子渐渐萌生了一个想法，那便是离开医院，去外面的世界看看，"一旦在这里工作超过10年，再去别家医院就会感到特别害怕"。于是，她辞职了。

下一家医院开设有NICU，能为高危孕妇产妇看诊。最初她希望能进产房工作，但在参观医院时，总觉得不太对劲。

医院以"限制较少的分娩方式"为宣传话题，晴子在期待之余去了产房参观。当时，刚好有位经产妇分娩，破水后羊水几乎流完，胎儿心率也在降低。晴子认为"再拉伸一下会阴，或许就能生下来了吧"，而负责的医生直接切开产妇的会阴，婴儿得以健康出生。

同台的一位助产士说："你可别觉得我们医院惯用这种方式啊。"晴子心想："既然心率降低，那么切开会阴也是没办法的事。"反倒感觉对方那么说有些奇怪，但没多久她就明白了那位助产士话中的深意。分娩手术很多，产房总是人满为患，助产士和医生都很年轻，需要完成的手术很多，却不一定能保证每一台都耐心等待，而且，也不具备静候应对的能力，会阴切开术是他们最常使用的处理方式。某种意义上说，这里与机械化分娩现场没什么两样。

那天，晴子还参观了另一台分娩手术。那是一位初产妇。一般而言，初产需要花更多的时间，那位产妇却很快就产下胎儿。分娩时，由于个体差异，可以采取好几种分娩姿势，据说侧卧（面向一侧躺卧）能让产妇感觉较为轻松。晴子在参观过程中，发现那位产妇也是用的这个姿势，但情绪完全没有跟上，直到生下宝宝后，仍然一脸懵懂："刚才发生了什么吗？我已经生下宝宝了？"

晴子有点担心，焦急地想，这种时候，助产士是不是该跟这位新晋妈妈说说话？负责辅助分娩的助产士兴高采烈地说："刚才的分娩能在我们的帮助下顺利完成，感觉真好。"听起来似乎完全不在意产妇本人的心情。晴子见状生气地想，难道她们认为，只要没用仰卧姿势就很好？明明母亲和婴儿才是主角，她们的辅助到底有没有把这对母子放在眼里?

在她工作过的上一家医院,发现助产士在辅助分娩时犯了自我中心的毛病,前辈都会提出批评。"也许医院不同,辅助分娩时的侧重点也不一样吧?"晴子想,那一刻,感觉就像忽然关掉了电脑电源,她对进入这家医院从事和分娩直接相关的工作忽然没了兴趣。

"每家医院都有自己的做法。"晴子表示,上一家医院习惯先倾听患者呀孕妇的要求,然后根据医院的现有条件予以调整配合。而这家医院却态度高傲:"如果不赞同我们医院的方针,请你另请高明。"

助产士大多干3至4年就会辞职,向上司递交辞呈时,会找一些冠冕堂皇的理由,如"我决定结婚了""我打算回老家",实际上,她们是因为厌倦了超负荷工作下遭到破坏的人际关系才辞职的。目睹了这些现实,比起辅助分娩,晴子更希望进入这家医院的NICU工作学习。

菊原明美女士(化名,40多岁)是名护士,在东京都内的某私立大学医院妇产科工作。她对身边医生的工作方式、医院的经营方针,以及产科的现状都非常不解。

妇产科医生中,年轻的一代其实很重视育儿时间是否充足。某位年轻医生对上司说自家孩子还小,没时间参加这次学会,于是遭到降职处分。他这个30多岁的骨干医生,收入却比护士还低。不管完成多少台普通手术和分娩手术,不管开出多少张诊断书,薪资也不见提升,无奈之下,那位医生只好辞职,自己开业,独立经营诊所。即便受到这种不公平待遇,那位医生也不曾说过一句医院的坏话。如果传出和医院发生冲突,被"逐出师门"的谣言，那么他的诊所就经营不下去了。开业医生必须和大医院维持良好关系，否则，大医院若是拒收被介绍转院的孕妇或分娩过程中发生危险的产妇，那开业医生就不好办了。医生的世界充满复杂的门派关系，比如"只要是那位老师的要求，自己都无法拒绝"，却对素不相识或不大信赖的同行态度冷淡。

在大学医院，孕妇、产妇或其他患者就诊时，往往需要等待2至3小时，为此抱怨的人不少，医生也不喜欢看门诊。一次诊疗一般30分钟，却塞进了6个人。即便如此，医院还是很欢迎孕妇前来看诊。本来，大学医院提供的是3次医疗机构的服务，尤其应该将高危孕妇视为主要服务对象，但一些风险较小且能自然分娩的孕妇如果能缴纳足够的费用，医院也不会将她们拒之门外。由于不孕治疗是自费的，医院可以自主设定价格，于是这里将这部分患者看作"摇钱树"，非常欢迎她们。一个疗程会频繁使用价值数万日元的注射剂，如果是高级治疗，收取100万日元的费用也不奇怪。

医院这种以追逐利益为经营方针的做法，给医生和医务人员的日常工作造成了负面影响。产科住院部设有供家属和紧急情况时使用的备用床位，可当其他科满床时，那些床位就会被占用。某次，一位心脏病患者被送了过来。住院部的助产士不了解心脏病相关的医学常识，而送患者过来的那位护士扔下一句"没事，他贴着硝酸异山梨酯贴片呢"，便匆匆离开。硝酸异山梨酯贴片用于扩张包裹在心脏表面的动脉（冠状动脉）内腔，促进心肌血液循环。该贴片24小时后必须更换，而助产士毫不知情，因此忘记更换。由于在工作中犯下错误，她只好加班写检讨，为此又耽误了妇产科住院部的看护工作。明美女士深切认识到："如果医生和医务人员的工作节奏被医院的经营方针左右，最终只会招来患者的冷眼。"

在"私人诊所"分娩

育婴师畑山诗央小姐（化名，32岁）曾在东京都内某知名私家诊所分娩，后悔地表示："产妇生下宝宝后，诊所会奉上法国料理，但这种做法其实毫无意义。从入院到分娩，整个过程都很糟糕。"

某个临近预产期的周五，诗央小姐在白天便破了水，很快前往诊所办理入院手续。住进去后，阵痛却迟迟不来，她紧张地等待着，不知什么时候才会产子。到了晚上，诗央小姐问助产士："灌肠后会不会就开始阵痛了呢？"助产士表情不耐烦地说："双休日医生不在，别在这时候生。"

之后便让诗央小姐一直待在分娩准备室。由于已经破水，诗央小姐感觉羊水流量很大，不安地询问助产士："这种状态真的不要紧吗？"助产士听了，却根本没有把情况反馈给医生，也未做任何处理，只是让诗央小姐等待阵痛来临。双休日就这样过去，阵痛始终没有来，助产士告诉她："周一生（小孩）吧。"

周一清晨，妇产科医生终于来上班，给诗央小姐输了催产剂，其间医生提议："用了催产剂分娩时会很痛，试试无痛分娩吧。"虽然诗央小姐希望自然分娩，但在医生的游说下，还是在同意书上签了字。

打麻醉剂时，医生又问："要用真空吸引器把宝宝拉出来吗？"诗央小姐回答："我想自己努力试试。"但医生机械化地用手指扩开她的子宫口，使用产钳夹住胎儿的头，将胎儿拉了出来。那一刻，分娩台上的诗央小姐只感到人为刀俎我为鱼肉。

全程没有阵痛也没有用力，生下自己的宝宝时更是毫无实感，也不曾有任何激动情绪。早期母子接触只有一瞬间，很快孩子就被抱走，助产士为孩子称完体重，一言不发地抱着孩子走了，甚至没有告诉诗央小姐要把孩子抱到哪里去。

诗央小姐回到自己的病房，也没人跟她说明宝宝是否会和母亲住一起，她只好亲自去设有床位的房间看。

"我家宝宝在哪里？"她在诊所找了一圈，询问护士，"我想把宝宝带去自己的房间，可以吗？"经请求，她才终于可以抱一抱自己的宝宝。然而，诗央小姐是初产，即便和宝宝待在一个房间，她也毫无头绪，迷茫地想着是不是应该让宝宝回到新生儿室。

产后并非立刻会有母乳。"我想给宝宝喂奶，可以吗？怎么做才会出奶呢？"诗央小姐和宝宝以及赶来看望她们母子的丈夫再次被晾在一边，其间有护士来查房，她客气地询问道："我想给宝宝喂奶，但不知道怎么做好……"护士冷淡地给了她一张说明书："先按说明做吧，让孩子吸吮乳头就行。"说完就离开了。

笔者曾向这家诊所的某位助产士打听内情，助产士的回答令人惊讶至极："总之诊所的医生提倡无痛分娩，根本不顾及产妇与宝宝的感受。"医生认为，分娩时无痛就是好的，而选择在诊所产子的母亲，大都不喜欢在产后身心俱疲的情况下亲自照料宝宝，也厌恶母子同室，感觉很麻烦，并不纠结于母乳喂养。而对诊所来说，在宝宝出生后安排医务人员予以照看，用法式料理"慰劳"产妇，都是收取高昂服务费的好理由。

东京都内的平均分娩费用约56万日元（全国平均约47万日元），这家诊所却要收100万日元。诗央小姐暗暗发誓："这家诊所简直本末倒置，明明自然分娩、母乳喂养才是正道。下次怀孕，我再也不会来这里生宝宝。"

中岛顺子小姐（化名，33岁）于2006年结婚，接受不孕治疗后，2011年3月如愿产下宝宝，没想到会在住院期间遭遇一系列不愉快的事。

她选择在东京都内的某助产院分娩，那里离她家最近。妊娠后期，她需要定期前往与助产院有合作的妇产科医生那里做产检。医生告诉她"有难产的可能"，果然，之后的分娩用了整整3天，流掉1 600 cc的血。血很快止住，顺子小姐被转送到她经常就诊的妇产科医院。那里实际上也是一家私人诊所。

她的身体并未出现异常情况，也没有接受任何医疗处理，就这样办理了入院。生下的宝宝很快由开业助产士送来，顺子小姐想马上回去助产院，医院却不许她出院。

入院时，她觉得住双人病房就行，由于满床，被安排了单间。医院并未告诉她单间需要多缴纳床位费，出院结算时，却要求她支付10万日元的床位费。1天1万日元，每日零点后便计入1万日元。顺子小姐感到匪夷所思，而且最无法理解的是，事情远远没有如此简单，这家诊所墙壁上明明贴着WHO与UNICEF①的《促进母乳喂养成功的十项措施》的海报，看上去似乎十分提倡母乳育儿，实际上却没有为产妇进行任何哺乳指导，也不提供母子同室服务。

顺子小姐叫来工作人员，对方告诉她，只有在本院分娩的产妇才能接受哺乳指导。哺乳时间是既定的，每隔4小时产妇们会在哺乳室集合，大家各自给宝宝喂奶，护士则在一边心神

---

① UNICEF：联合国儿童基金会，United Nations International Children's Emergency Fund 的缩写。

不宁地等着。即便深夜,想要喂奶的母亲也可以来这里,不过就算按时来了,如果宝宝在睡觉,无法顺利吸奶,护士会让宝宝喝牛奶。如果选择不去哺乳室,则会直接得到医院准备的奶粉。顺子小姐疑惑地表示:"母亲明明就在宝宝身边,没赶上哺乳时间,难道不能让母亲挤奶喂宝宝喝吗?"

此外,哺乳前和哺乳后都会为宝宝称体重,计算喝了多少奶。护士看完哺乳量,认为宝宝摄入母乳不足,就会说继续多喝牛奶,并强制发给母亲医院准备的牛奶,没有助产士到场进行哺乳指导。顺子小姐不高兴地说:"墙上贴着的倡导母乳的海报只是摆设吗?服务态度太差劲了。"

WHO 和 UNICEF 提及的《促进母乳喂养成功的十项措施》写得清楚明白,第五条是"给予母亲充分的哺乳指导,教会母亲在离开宝宝的情况下,依然维持母乳分泌";第六条是"不让宝宝摄入母乳之外任何非医学必要的水分、糖分、人工乳产品等";第七条是"尽量让母亲与宝宝24小时都在一起"。

顺子小姐入住的这家医院,完全违背了上述方针。住院期间,医院让产妇们一块儿参加"牛奶说明会",给每位产妇都发了购买奶瓶和奶粉的折扣券,并大肆宣传她们可以按优惠价购买多少罐奶粉,现场氛围简直令人怀疑医院和奶粉厂商早已私下达成某些商业协议。

面对"简单体检"时的不安

大腹便便的伊藤纪子女士(化名,39岁)即将产下二胎。然而她心情非常不安:"破水到底是怎么回事呢?眼看孩子就要出生,到时候我应付得了吗?"

纪子女士是一名护士，曾在产科、儿科、NICU系统实习，因此也不能说对分娩一无所知。然而，4年前她在生第一个宝宝时，就很是恐慌。产前的妊娠体检只有短短2至3分钟，即医生所谓的"简单体检"，分娩时助产士也没有给她任何详细建议，以至于怀上二胎至今，她都像初产妇似的惴惴不安。

她与丈夫在埼玉县开始了新婚生活。第一个孩子出生前，搬到了东京都内公婆家附近，妊娠34周后转院。还在埼玉县时，她参加了当地自治体主办的"母亲学习班"，搬家后便结束了课程。在陌生的东京，她没什么朋友，即将孤独地迎接新生命的到来。

妊娠40周时，她的肚子依然没有动静。预产期已经过去一周，她去医院做了B超，医生说："3 300克呢，大了些，早点生下来比较好。今天刚好产房有空额，随时欢迎办理入院手续。"她当即决定住进去。

为了撑开子宫口，医生将气囊塞入她的子宫，打开约1至2厘米。第二天，医生为她注射了催产剂，子宫口打开约3至4厘米。傍晚时，医生预计说："晚上分娩估计没什么问题。"结果，当天宝宝并未出生。翌日，医生说："不如就今天生吧。"再次为她注射了催产剂。如果继续耽搁下去，也许会实行剖宫产手术。为了能注射麻醉剂，方便随时进行手术，纪子女士没有进食。

医院只有一间阵痛室，产妇会在那里等待分娩前的阵痛来临。两旁各有一张分娩台，纪子女士能听到医务人员"剖宫产！准备好手术室"的喊声。有护士经验的她自然见惯这种场面，心想："要是做手术的话，医生大概会忙不过来，这样看来自己还要等两个小时吧。"此时，子宫口打开约7厘米，胎儿忽然有些下移，她正打算去一趟卫生间，宫口打开变为9厘米。

　　这里简单介绍一下分娩产程。首先是"分娩第一期"的开口期，发生轻微出血、阵痛、破水的前兆后，子宫口打开会有3厘米，阵痛间隔8至10分钟，持续时间20至30秒。进入第一期的进行期后，通常产妇会进入分娩准备室（又叫阵痛室）。这时子宫口打开约3至8厘米，阵痛间隔5至6分钟，持续时间40至60秒。之后便是第一期的最后阶段，子宫口打开约8至10厘米，当子宫口全开后，产妇会被送入分娩室。阵痛间隔1至2分钟，伴随宫缩，持续时间延长为60至90秒。

　　之后便进入"分娩第二期"，即产妇在分娩台上度过的娩出期，这是整个产程最难熬的阶段，宝宝也在此期间诞生。最后便是"分娩第三期"的产后，又叫"后产"，宝宝出生后，产妇还会感到轻微阵痛，接着娩出胎盘。由于可能伴随母体出血，因此需在分娩台上静躺1至2小时。有些医院会利用这段时间让母亲和宝宝进行早期母子接触（参考《妊娠、分娩、育儿 安心百科》主妇与生活社）。

　　继续说回纪子女士分娩时的情况。入院第三天晚上8点，医生忙于处理救护车送来的门诊病人，而此时胎儿已经快娩出子宫口。助产士拼命用手撑住她的子宫口，焦急地对她说："还不行，还不行，再忍一忍（防止胎儿娩出），加油！"纪子女士大叫："忍不了了！"晚上9点半，医生匆忙赶来产房，几乎是在瞬间，宝宝顺利诞生。

　　然后便是一轮产后处理，凌晨12点时，她回到自己的病房，宝宝也在身边。她抱着宝宝，助产士对她道了晚安便离开了。晚上值班的助产士很少，没办法为产妇提供随身看护服务。纪子女士一个人完全摸不着头脑，不知道怎么照料宝宝。总之，先给孩子喂奶吧。她想着，便将乳头凑到孩子嘴边。孩子吸了几口就吐了，纪子女士大惊失色，按下警铃，大声慌张地问道："宝宝吐奶了，怎么办，怎么办？"助产士安慰她："请冷静，这不是吐奶，而是'溢乳'，没有大碍的。孩子我们会抱去照料的，你先睡觉吧。"此外，宝宝出生后，体重减轻10%左右是正常现象，然而纪子女士在哺乳室为宝宝称体重时，发现体重比出生时减少了一些，又惊慌失措起来。住院期间，她只参观过一次宝宝沐浴，并实际练习过一次，完全无法想象出院后如何开始育儿生活，满腹疑问却不知从何问起。

距离产下第一个孩子已经过去4年，见她是一名经产妇，医院的助产士说："有了经验，第二胎应该没什么问题。"并且告诉她出现破水和定期阵痛后就来医院，她却仍旧感觉十分茫然。当初生第一个孩子时，她根本不清楚自己是何时破水的，孩子很快便出生了，和分娩指导手册上说的完全不同。

如今，能够施行分娩手术的医院越来越少，妇产科人满为患，孕妇产检依旧是利落迅速的"简单体检"，孕妇们很少有机会通过助产士或医生了解分娩相关知识，即便是经产妇，也可能会像懵懂无知的初产妇那样，在不安恐慌中迎来自己的又一个宝宝。

人数骤减的资深助产士

如前文提及的纪子女士一样，越来越多的女性对分娩感到惴惴不安，也许是因为分娩时缺少资深助产士陪在身边。

某综合围产期母子医疗中心，几乎没有50至59岁的助产士，40至49岁的助产士寥寥无几，在她们中间，南田翔子女士的存在（化名，40多岁）变得十分难得。

翔子女士隶属MFICU，这里的工作人员里新人占五分之一，从数量上看老员工似乎较多，但能独当一面的很少，因此同事们的负担依然重。大家一般同时看顾几个产房，一旦分娩手术赶在一起，一位助产士往往需要兼顾2至3名产妇，与新人搭档时，老员工经常被吓得心惊胆战。

助产士的本职工作已经够忙，而她们还必须轮流看助产士门诊。有些孕妇即便身体没有异常，也会很不安。翔子女士说："说到助产士门诊，对于那些体重控制良好或夏天依然好好穿着保暖袜套的孕妇，我们其实很想语气温和地夸奖她们一番，但实在抽不出时间，几乎每位孕妇都是第一次过来，我们一天要为30至40人看诊，分给一位孕妇的时间可能不到15分钟。病历本堆积如山，双方根本来不及细细沟通，'好了，下一位'——就结束了。"她们自己也感到很苦恼，而且能严格指导后辈做事的助产士太少，恐怕一只手就能数过来。年轻员工太多，经验不足导致她们面对年长孕妇时，无法给出妥善的建议。

能教授孕妇班的助产士也很少，如果让本就稀缺的资深助产士去授课，住院部和产房就会缺人，因此只好让年轻的助产士去教授。尤其是没人知道产房什么时候会发生意外，所以资深助产士更愿意留在产房里。翔子女士感叹："可这样一来，只能由刚从学校毕业的年轻助产士去教班上的孕妇，她们没有实际经验，只会照本宣科，反倒说得孕妇一头雾水，脑子混乱。"

拥有40年以上助产士资历的大木道子女士（化名，64岁）从综合围产期母子医疗中心退休后，继续以助产士身份奋战在别的分娩现场。道子女士说，助产士门诊是创设医疗中心时才出现的，至今为止已经有了很多改变。

"30年前核心家庭化现象已经开始，那时的助产士中有不少资深人士，能为孕妇啊产妇解决所有烦恼，比如，当时的那些前辈发现有的孕妇无法和医生沟通，便争取了助产士房间的使用权，开设了母亲学习班。通过多次授课，在孕期与孕妇建立互相信任的关系，班上的孕妇们彼此相处也融洽。那些前辈如今已经80多岁。

"如果孕妇都从书本上获得孕期相关知识就行，渐渐地，孕妇班的老师也会变成清一色的年轻单身助产士。或许她们书读得的确不错，但孕期的不安呀育儿期的烦恼啊，只有和实际经历过的人聊天，听对方说我也睡不着呢、我家孩子也是这样的，她们才会感觉放松，所以孕妇身边有位能倾听她们苦恼、接得住琐碎疑问的助产士非常重要。不论妊娠还是育儿，只有书本知识没有实际经验的助产士，是无法解决孕妇的各种疑惑的。"

其实哪怕是年轻助产士负责授课，或看助产士门诊，只要身边有资深助产士随时帮衬，问题也还不大。关键是，医院里缺少这样的资深助产士。她们大多都因为超负荷工作辞职离开了，而从前得以让资深助产士大显身手的助产士门诊也出现了相应的变化，其存在只是为了弥补医师的不足。

针对这种现象，道子女士严厉地说："负责看门诊的助产士代替了医生的位置，这就给她们造成一种错觉，好像自己已经十分优秀了。然而，说到底她们不过是代替医生看诊，就说注射吧，学一学谁都能胜任。再说了，门诊不是专人负责制，而是助产士轮流去看，因此她们很少能和孕妇建立起信赖关系，也不愿意过多干涉对方，只好照着孕期手册之类的讲一遍，完全是不负责任的做法。年轻助产士无法和孕妇深入交流，而前来就诊的孕妇性格各有不同，这些年轻的助产士能陪孕妇到什么程度还是未知数呢，分娩和育儿可不像她们想象的那么简单。"

某家医院的护士长课程里也提到："乡下地方有资深助产士，而在大城市，拥有5年资历的助产士都很少。城里的大医院工作任务繁重，资深助产士纷纷表示太辛苦而辞职了，换成年轻助产士接班，医院里40至50多岁的助产士很少。"助产士这种职业，经验与年龄成正比，这种成长会带给助产士自信，也让她们由此成为资深人士。如今，资历不满5年的助产士达到半数以上，6至10年资历的骨干级别只占两成左右。这位护士长的话里还透露出管理层的烦恼："要想不被分娩手术的数量击败，保证手术质量是很辛苦的。倘若没有直面困难的实战经验，助产士就没什么人情味。确实助产士需要与年龄作斗争，可如果她们在工作中感觉不到愉悦，又怎么能带给孕妇幸福呢？"

大阪府松原市"北田女性诊所"的院长北田衣代希望通过工作更加拉近与女性的距离，便于2008年7月创建了这家诊所。她原本就职于市内的综合医院——阪南中央医院，工作35年后退休，眼下是医院的外聘医师，主要为患者看门诊。

阪南中央医院的妇产科非常有名，1977年以前院长佐道正彦为核心负责人，针对就业孕妇的妊娠异常问题展开调查。不仅如此，科室还长年对经济困难或遭受家暴的社会性高危孕妇展开调查、提供援助。

北田院长说："出席阪南中央医院的相关会议时，我了解到如今社会性高危孕妇大多是十几岁的年轻女孩。15岁以下的孕妇在增多，这几年，14岁的孕妇已经不止一两人。这些女孩子多是遭遇性暴力才怀孕的，但不论我们怎样告诫，都得不到她们的理解认同，她们说自己是因为喜欢对方才打算生下孩子。"

过去，年轻女孩怀了孕，家里父母或当地社区会尽量为她们善后，甚至做好分娩后的各种准备。最近，即便女孩明天就要生宝宝，一切还是悬而未决的状态。女孩的母亲更是对此不闻不问，冷冰冰地表示"我希望她早点离家"，与虐待无异。而且这种情况下女孩也无法利用本应该享受的入院助产制度。

入院助产制度是依照现有《儿童福祉法》制订的，对于经济有困难、无法筹集足够分娩费用的孕妇、产妇，可在自治体指定的机构分娩，费用方面将获得自治体的援助。但是，这个制度的援助对象是享有生活保护的家庭以及收入极少的家庭，只要孕妇因父亲的抚养关系而被纳入健康保险的受益范围，看起来生活稳定，就无法享受自治体援助。也就是说，只要不符合条件，哪怕没有家里的援助，也不能利用国家的这项制度。

针对分娩，北田院长又表示："十多岁的年轻孕妇中也有不少人做剖宫产手术，其原因在于母体实在虚弱，比如会出现阵痛微弱、羊水浑浊等情况，不得不进行剖宫产，不能因为她们还年轻就掉以轻心。"北田院长对她们的产后生活也表示担心，她们的父母大多才不到40岁，十分厌恶外人插手家事。自治体负责新生儿访问的工作人员上门时，女孩的母亲拒人于千里，说："我家女儿产后在家休养，没什么问题。"事实上，她们根本不管女儿。"国家制度无法介入的话，支援前景就堪忧了，这是社会性高危孕妇面临的最大问题。"北田院长神情苦恼地说。

北田院长说，最近较少有经济困难的孕妇前来就诊。得益于自治体分发的孕妇体检补助券以及分娩育儿临时援助金，来做体检的孕妇基本可以做完整个流程的检查，并能支付分娩费用。在国家补助的支撑下，很少再出现孕期无法产检的黄色、红色预警。不过，依然有很多孕妇说手头紧张，即便以母乳喂养，孩子长得也不够结实，为此情绪焦躁，导致虐待幼儿的行为。

来诊所体检的孕妇中，有些需要医生花时间耐心与她们交流，有些聊着聊着开始倾诉烦恼，会欲言又止地说："其实……"如果对她们放任不管，医生心里过意不去，但在医院工作，有时不得不如此处理。医院的门诊病人总是络绎不绝，病历卡堆得老高。"对那些满怀心事，希望找时间和我们好好聊聊的孕妇，我们如果想配合她们安安静静说说话，那只能考虑自己出去开诊所。在医院，要医生陪着孕妇聊30分钟是不可能的。"怀着这种想法，北田院长决心开设自己的诊所。

诊所开始营业后，北田院长觉得，如果有孕妇告诉她"原本没想过来这里能聊这些事情"，那么自己做的一切便是有价值的。重要的是将烦恼倾诉出来，与丈夫的关系、虽然在接受不孕治疗但搞不清自己是否发自内心想要小孩、是否罹患更年期障碍，等等，这些都是孕妇在医院看门诊时难以启齿的烦恼。以前，北田院长还在医院工作时，没有时间听她们讲述，心里充满愧疚，开始经营诊所后，诊疗结束前都会问对方，"还有其他不明白的地方吗？"或是"自己回去不要紧吗？"让双方都满意的诊疗，也为院长的内心带来平静。

分娩手术意味着超负荷工作，这个过程需要具备体力、气力以及判断力。北田院长在医院工作时，是专职医生，退休前一周依然在值班，最后一个4月才不用工作到深夜12点以后，妇产科便是依靠这样的工作方式在支撑分娩现场的正常运作。

北田院长回顾分娩现场时说:"开业医生的精力也是有限的,困难的时候,要果断作出将母体转送其他医院的判断是很考验人的。在这里工作也会有精神压力。之前我之所以能坚持工作,是因为身在阪南中央医院。佐道医生主张保护母体,并积极付诸实践,那里的医生与护士都十分重视保护母体,工作起来我感觉很轻松。由于整个社会看待孕产妇的眼光都存在问题,因此一些困难迟迟得不到克服。比如无法筹集诊疗费、不听医生的劝告,等等。为什么会出现这样的情况?如果不仔细思考原因加以解决,医生会越发心力交瘁。"

能够耐心帮助孕妇、产妇的助产院吸引了许多风险孕妇前来就诊。东京都内经营某助产院的山田一美院长(化名,50多岁)感叹说:"最近的孕妇缺乏常识。"打来咨询电话时,越来越多的女性连姓名都懒得报。明明不是紧急情况,只为打听预防腰痛的腰带用法,甚至会在清晨7点半就用手机打电话过来,在电话里却半天表达不清楚意思,不管哪个年龄段,诸如此类缺乏社会常识的孕妇都很扎眼,工作人员光是应付她们的电话就大呼头疼。

助产院只能施行自然分娩的手术。即便孕期没有出状况,只要稍后发生异变,分娩时出现意外等,助产院也会将孕妇转送到医院接受治疗。因此,助产院也好,孕妇也好,大家的初衷都是为自然分娩、安全分娩而尽最大努力。

某对前来就诊的夫妇,妻子在孕期查出患有通过性接触传染的衣原体感染。丈夫应该也被感染了,山田院长建议他们在医院治疗,丈夫以"讨厌看到血"为由拒绝验血。一番沟通后,那对夫妇最终放弃在山田院长的助产院分娩。

某位孕妇在嘱托医生^①那里就诊的同时，选择来助产院分娩。分娩持续了两天两夜，最终被送去医院接受剖宫产手术。助产院事先明确告诉她，任何人都可能遇上这种意外的风险，而这对夫妇却对转院产生额外费用怀恨在心，在助产院附近四处散播谣言。一美院长表示："那位孕妇没有调理好身体，以她当时的身体状况，根本不适合分娩。她缺乏体力，花了两晚，阵痛依然微弱，处于分娩停止状态。子宫口倒是全开了，但她没力气将胎儿娩出，所以最后只能接受剖宫产。就算是能靠自己的力气自然分娩的孕妇，花上两天也不少见。"

　　某位年过40岁打算产头胎的孕妇，前来接受香熏按摩，之后却将助产院告上法庭。看诊时，医生为收集必要信息，询问她对什么药物过敏，使用多普勒听诊器确认胎儿心率，她顺口便讲起自己的经历："我以前在关西工作，后来和相亲网上认识的男人结了婚，他住在东京，我便辞职过来，接受过不孕治疗才怀上这个孩子。"整个按摩过程双方相处其乐融融，按摩结束后，这位孕妇离开时的神色也很正常。

　　然而，她到家后立刻突兀地把电话打到助产院，说："医生向孕妇打听不孕治疗的事情是违法的。"之后，又去日本助产士会和保健所投诉，完了还不满足，进一步提起诉讼，要求助产院赔偿180万日元的损失费。当山田院长接到来自简易法院的索赔证明邮件时，只感觉心里一阵恐慌。

　　据山田院长说，这位孕妇就是个索赔专业户，对香熏按摩本身并未有任何不满，也没有提到由于按摩造成的孕期异常反应，纯粹是对当时聊到不孕治疗的话题感觉不痛快，不依不饶

---

　　① 嘱托医生：接受行政机关、医疗机构、看护设施等的委托，为患者看诊、治疗疾病的医生。

地写来投诉信，并打电话给山田院长所属团体，对她一通抱怨。山田院长万般无奈，只好要求私下和解，并赔偿孕妇40万日元。

或许这位孕妇就是瞄准山田院长是独立经营助产院，为索取金钱才专门前来挑刺。妊娠、分娩等属于敏感看护，在生育现场遭遇这种问题，也许正是现代社会的阴影之一。

见多这样的情况后，山田院长有些气闷，决定按自己的节奏，将分娩手术的台数规模控制在力所能及的范围内。

看起来，妇产科医生之所以离开分娩现场，不仅是因为需要承担超负荷的工作量。某位曾任地方医院部长的妇产科医生（50多岁）在医院工作2年后，不再从事分娩手术的工作了，理由是："有些患者真的很过分，让我完全丧失了工作热情。"医生本就人手不足，给诊疗体制造成了沉重的负担。虽然医院允许接收来自县内的救护转送，但是这位医生只有3名下属，而且均未取得专业医师资格证，医师资历不满5年。这里一年要为60名多胎孕妇提供看护服务，很多人罹患的还是疑难杂症，剖宫产手术后出现急性肾功能不全，需要接受透析，便由这些新手医生来处理，看得人心惊胆战。下属怀孕后，这位医生的上司说："她要辞职了吧？"人手不足的问题始终得不到解决。即便现实情况如此紧张，留下来的医生依然为地方的生产事业坚持奋斗，但分娩手术结束后，在一旁等待的丈夫却对医生们一句道谢都没有，只会张口抱怨。一些医生感到厌倦，便离开了医院的分娩现场，自立门户，开设妇科专门诊所。

东京以外地区日益加剧的恶性循环

在东京以外的地区，少子化导致产科正在从医院消失。尤其是对财政困难的自治体医院而言，产科是首先被缩减规模的对象。

在四国地区某自治体医院工作的助产士高田美智子女士（化名，40多岁），是"院内潜在助产士"，因为这家医院的妇产科没有专职医生。每周有3天由大学派遣外聘医生过来看门诊，妇产科已经不再处于正常运作的状态了。

"作为自治体医院，难道不应该坚守围产期的服务职能吗？"医院助产士疑惑地问，院方给出的答案是："异常分娩或新生儿的重症患者，不过百分之几而已，走高速公路，一个小时左右就能转院。"美智子女士听完忍不住想："可仅仅是这一小时，就攸关孩子的生命啊。"

通常如果分娩手术减少，产科便会成为削减业务规模的对象。到2008年为止，医院只有两名专职医生的时候，产科施行了超过100台分娩手术，2009年缩减为80台，2011年9月专职医生只有一名，翌年1月便不再施行分娩手术。美智子女士愤愤不平地说："女性若失去了分娩的场所，年轻人只会一个接一个离开本地。"

医院告诉她，5年后产科会重新施行分娩手术，可是这里的护士平均年龄在45岁以上，谁也不能保证这5年里护士们不会辞职离开。医务人员的工作热情大幅降低。年轻护士工作3至4年后，大多转去美容养生理疗行业，说是趁着年轻去大城市发展。助产士原本有8人，有一人中途辞职。留下来的助产士大多年过50岁，40多岁的美智子女士是她们中最年轻的。大家都有各自的生活，因此工作时间便只是工作，也没有其他交流。后来，随着产房的拆除，医院不再招聘助产士。美智子女士怀疑，这样下去，5年后医院不可能恢复产科。

既然在医院里已经无法作为助产士继续工作，美智子女士便申请调到市内某保健中心。由于护士人手不足，医院命令她以护士身份留下，持有助产士资格证的她，便在医院里做着与妇产科毫不相关的工作，成为"院内潜在助产士"。10年中，她的助产士前辈曾有意开设母亲学习班，希望振兴产科，但随后向护士长提出建议时，惨遭驳回，于是，大家的热情慢慢地消耗殆尽。

长久以来，正是靠这些不辞劳苦、期待为产妇提供良好分娩服务的医生、助产士、护士坚守在分娩现场，产科才能在紧张严酷的状态下继续运作。可是，当医疗从业者不再坚持，纷纷离开，服务质量自然会变差，生育也变成只追求效率的流水线化的工作，再加上孕妇和她们的家属各有各的烦恼与难题，加重了分娩现场的负担，并最终陷入恶性循环。

这便是我们从分娩本身所处的环境中观察到的"不让生育的社会"现状。

第三章　被剥夺的孩子的幸福

与分娩现场一样，奋战在儿科和育儿现场的医师、护士等医务人员也被超负荷的工作折磨得筋疲力尽。我们必须重新正视医保和保育领域的现实问题，正是它们剥夺了孩子们的幸福。在这些领域工作的医务人员越认真努力，精神上所受的剥削越重，与之成正比的是患者及其家属对他们的巨大误解，并由此引发恶性循环。

被迫过劳工作的NICU

"医生是没有固定时间表的。"

在大学医院的NICU病房，医生护士每日都忙于治疗住院患者。做儿科医生10年来，樱井京子女士（化名，年过35岁）很怕熟睡，她不敢睡在自家床上，反而刻意选择睡得不是那么舒适的沙发。原因是她在儿科的NICU病房工作，随时会被叫去医院，处理孕妇或新生儿的突发状况。这种时候，她担心"万一睡死过去误了工作怎么办？"于是尽量避免熟睡。

樱井医生之所以选择工作量繁重的儿科，是因为"那里人手不足，我想试试看"。她早上8点开始工作，看儿科门诊、巡视病房，通常会忙到晚上10点多快11点。每月有10次需要随时待命，一旦有情况，必须在30分钟内赶到医院，休息日也得去医院看看，不找值班医生确认患者情况的话，她就无法安心休息，可以说一年365天24小时都在记挂患者。

　　这家大学医院里半数以上的患者都是地方妇产科医院不接收的高危孕妇和紧急送来的孕妇产妇，因此这里的新生儿也存在各种问题，有的是因早产体重过轻，有的是因分娩异常呈现昏迷状态，命在旦夕。

　　"来了这里，正常分娩简直就是稀罕事儿。"樱井医生如斯感叹，平日为先天性异常或身有残疾的重症患儿看诊时，她都苦恼地想："一旦考虑到患者父母和孩子本人的将来，我就觉得自己也在背负他们的人生。"有些孩子患有先天性心脏病或肺功能不全，无法正常呼吸，必须在无菌NICU病房插着管子、接受医疗器械的监控，即便如此，他们依然拼命活着。然而，不论孩子、医生、护士怎么努力，也有孩子会在出生数小时后不治身亡，或一直过着住院生活，直到迎来自己的一岁生日都没出过院。这里的孩子，并非都能康复出院。

　　如第一章所说，随着高龄初产妇的增加，直接导致高危孕妇、高危新生儿数量增多。高龄孕妇容易罹患妊娠高血压综合征等并发症，也容易早产。在人手不足的儿科，能负责NICU病房工作的专业医生非常稀缺，由于体重过轻的新生儿增多，这里经常是满床状态，医生的负担随之加重。

　　排有夜班的医生只有一位。就算当天没轮到樱井医生值班，如果她所负责的重症患者随时可能出问题，那么樱井医生便需要在医院连住两三晚。为此，她往往会在办公室准备两套换洗衣物。

　　从她家到医院开车约花20分钟，可她还是没法回家休息，除非确定至少未来两小时内患者不会出现意外情况，她才会在大清早回家洗个澡，休息片刻马上返回医院。7点之后，会有值白班的医生前来换班，她得算好时间赶回来。每月她有两天可以休息。双休日要么值班，要么随时待命，到了休息日，她总算可以去车站附设的商场逛一逛。长久以来，她都没有时间结识异性，也没有时间谈恋爱。

　　从这份工作中她能感受到价值，哪怕只是挽救了一条小小的生命。可现实中，总有不少患者家属在消磨她的工作热情。某对夫妇在经济条件和精神成熟度都不足的情况下，糊里糊涂生下孩子，考虑到孩子的家境，让他就这样跟随父母回去是很危险的，樱井医生通常会拜托自治体的事故处理员来处理。这种情况不独见于这家医院，且经常让医生感觉愤怒："真不知道自己拼命抢救这些孩子是为了什么。"更有父母无法接受残障孩子，把他们丢在医院就扬长离去。

　　这些事件如同社会问题的缩影，日日在医生面前上演。正因为如此，樱井医生即便在休息日，也十分担心部分患者的状况，他们的病情实在太不稳定了。

　　最近，引起樱井医生和其他儿科医生关注的一个问题是"婴儿摇晃综合征"（简称SBS：Shaken Baby Syndrome）。病因是面对哭泣不止的孩子，父母使劲摇晃他们，导致孩子脑部受创严重，硬膜下血肿或脑出血，可能引发失明、视力障碍、智力障碍等后遗症，最糟糕的情况则会直接致死。要找出高危新生儿存在的原因，除了身体先天异常外，还要留意孩子身边是否缺乏足够的育儿支援，不少父母毫无育儿常识，这些都是引发问题的因素。有些父母甚至服用药物，或频繁施行暴力，根本就丧失了为人父母的资格。在围产期母子医疗中心，诸如此类的社会问题都由人数稀少的新生儿科医生和普通儿科医生一手承担，进一步增添了他们的工作负担。

据厚生劳动省调查，2010年全国儿科医生约10 587人，其中专门负责NICU病房的医生数量无法确定。不过据日本专科医生制度评价及认定机构调查显示，日本围产期及新生儿医学会给出的数据是，截至2012年8月，围产期（新生儿）专科医生与围产期（母体及胎儿）专科医生合计约544人，日本小儿科学会统计的儿科专科医生为14 827人，日本产科妇人科学会统计的妇产科专科医生约12 227人，医师资源之稀少可见一斑。在守护新生儿生命的重要医疗现场，只要辞掉一名医生，都会打破工作环境的平衡，造成毁灭性打击。而加速这种医疗崩坏现象的因素之一是前文提到过的"育儿者的孤立化"。社会性的崩坏犹如雪崩袭击了医疗现场，要减轻医生负担，不能只靠提升诊疗报酬的保险点数，而需要由全社会共同思考如何育儿。倘若无视这一问题，便无法阻止医疗继续崩坏。

这种状况同样发生在NICU的护士们身上。为了照看被抢救过来的婴儿，维持他们的生命，让其尽快恢复健康，护士们也用尽了全力。如今，高度发展的医疗技术让许多命悬一线的孩子得到救助。反过来看，这就要求医院有足够的能力为他们提供365日24小时的看护服务，否则这些生命垂危的孩子，包括其他一些身有残疾的孩子就无处可去。面对这种矛盾，医疗从业者与患者家属可谓心境复杂。

某地方医院的NICU病房，有两成靠人工呼吸器维持生命的孩子和呈植物人状态的孩子需要往返于医院和自己的家。在这里工作了10年的资深护士大野阳子女士（化名，50多岁）说："父母根本顾不上为孩子的疾病或身体残疾掉泪，一开始就要做好准备，接受居家治疗。"一些孩子无法自主呼吸，连上小学的希望都没有。对于隐约有这种想法的父母，阳子女士说："不是我家孩子身有残疾，而是我家孩子偶然具备了残障这一引人注目的特征——NICU护士的工作，便是帮他们如此转换思考方式，使父母与孩子之间形成新的依恋模式。"

　　阳子女士能够通过"你好"这样一句普普通通的问候，判断孩子母亲的情绪状态。没有视线接触、和蔼可亲却无法坦率表达自己内心所想的人，总让人感觉有些"危险"。让阳子女士感到危险的某位母亲曾在博客里撰文，字里行间无不流露出"我是位好母亲"的想法。她将身患重病的孩子带回家，后来打电话叫救护车送孩子去医院，说孩子溺水了，其实孩子曾经在家就有过呼吸停止的经历。阳子女士认为，这位母亲也许想通过写博客为自己减压，但既然有那个时间，为何不好好照顾孩子呢？

　　孩子一旦进入NICU，无论好坏，总会和父母之间形成独特的亲子关系。因为通常来说，孩子出生后最初的24小时，本该和父母一起度过才对，但这些孩子不得不和父母分开。阳子女士说："无法一起生活，亲子关系当然会变得有些生疏。"另一方面，在365日24小时都离不开医务人员随行看护的"居家治疗"现场，也存在深刻的现实问题，NICU的工作人员便在现场遇见过各种各样的家庭。

　　"起码有九成患病的孩子，在满1岁前便迎来死亡，不管孩

不让生育的社会　　　141

子病情如何，由于已被判了'死刑'，他们的父母对现实接受得很快，也能接受带孩子回家。看护或育儿再辛苦，都是有期限的，父母只想珍惜最后这段和孩子共处的时光。然而，有些在出生时处于昏迷状态的孩子，连医生都无法判断他们的生命能延续到几时，也没有机构可以收养他们，父母只得将他们带回家治疗，并且深感头疼。做胃瘘，吸痰……一天让孩子进食4至5次，若孩子出现低血糖，很可能直接死亡，父母每隔2小时便要给孩子喂牛奶。这种不分昼夜的看护，让父母无法好好睡觉，无法好好休息，自身也濒临崩溃。"

另外，虽说早已做好心理准备，但在孩子的成长过程中，父母依然会有犹豫、苦恼甚至迷茫。若父母自身疲倦不堪，那么可能会消极地想，我家孩子无法顺利升学吧？就算想一起外出散心喝茶，光是为孩子准备氧气罩就要花30分钟，出行变成相当困难的事。阳子女士就职的医院位于某市，说当地"这样的孩子有50个"，可是没有重症身心障碍儿童的收养机构，父母只能亲自看护孩子，连放松心情的机会都没有。当地很多需要做吸痰的老年人也处于类似的情况，一天必须做8次以上吸痰，换10多次纸尿裤，医院根本不接收。一旦被判断为麻烦的患者，就等于失去了容身之处。

换为居家治疗后，临床工程师会通过电话免费指导父母如何安装呼吸器。阳子女士曾在晚上接到求助电话，更亲自上门提供帮助。那些初为父母的夫妻都是第一次育儿，加上孩子身有残疾，很多事情弄不明白。即便拜托访问看护，并非儿科医生的工作人员也没法细致了解孩子的具体病情，因此孩子出院后，父母能求助的其实是住院部的医务人员。总之，找不到一个让父母安心的"靠山"，那么孩子的居家治疗就很困难。一位母亲曾说："如果没有你，我们都无法带孩子回家。"这话让阳子女士印象深刻。

一些医生和护士参加过针对疾患、残障孩子双亲举办的父母会，全程看得他们筋疲力尽，而那些父母却需要每天如此，就算身心俱疲，也没法把孩子交给别人帮忙照看，哪怕只有短短的15分钟。访问看护和父母与父母之间的网络联系是必要的。最近几年，访问看护渐渐增多，但还达不到减轻父母压力的程度。这些父母在夜深人静时，都有过心灰意冷、想一死了之的念头。阳子女士表示，到5年前为止，孩子出院后，父母将电话打到医院求助，她都会义不容辞地上门帮忙，最近她的老师和前辈让她别再这么做了："最好不要和患者家属有工作外的个人交往。"考虑到要确保对每位患者都公平，阳子女士并非不能理解老师和前辈的顾虑。不过这样一来，孩子一旦出院，住院部的护士就失去了见证他们成长的机会。

此外，住院部的护士里很少有资深人士，阳子女士提到一个问题："年轻的护士中有人对患者家属颐指气使，一些脑子稍微聪明些的年轻护士，工作不了多久就感到厌倦，辞职走人。其实新人能做的很有限，她们往往只会按指导手册上教的照本宣科。犯了错也浑然不觉，与患者父母的关系很不好。"而对院方来说，聘用这样的新人可以节省用人成本，对她们也是用完即扔的态度。阳子女士认为，这种做法会导致患儿父母失去对医院的信赖。

阳子女士所在的医院通常安排6名医务人员在NICU值夜班，其中3名是新人。哪怕轮到阳子女士休息，她也感觉如果把事情交给新人去做很容易出问题，于是经常在住院部忙活一个通宵。做气管内的吸引需要护士拥有相当的技术，如果是罹患重病的孩子，她就完全不敢让新人负责，亲力亲为的代价是她只能不断放弃本就难能可贵的休息日。

类似情况不仅仅存在于阳子女士工作的医院，2011年11月举行的日本新生儿看护学会学术集会上，有一个讨论课题是关于NICU的人才配置与教育的，这几乎已经成为全国性的难题。

熊本县某市民医院的护士谈及自己的经验说："医务人员中一直存在着NICU工作环境严酷的传言，即便拥有做护士的经验，也未必有足以胜任那个职位的技术。那些认为自己有看护幼儿经验的人，想法也很天真。越是在之前的科室能干有才的人，越是容易辞职。经验反倒成为枷锁。"爱媛县某公立医院一位指导新人的护士说，自己当初从消化内科住院部调到NICU后，困惑于该如何照顾那些"无法交流的患者"。比如，如果用测量成年人脉搏的方法测量出生几个月的婴儿的脉搏，是测不出来的，她完全没想过要如何用听诊器去测。又比如，一些孩子习惯在NICU的彻底无菌治疗，出来后对触碰任何东西都会很恐惧。东海地区某民营医院的护士长说："很多毕业后几乎没有临床经验的新人会被分配到NICU。还有一些人，就算有护士经验，也和新人没什么两样。如果吩咐她们留意宝宝有没有低血糖，她们虽然会关注数值，但由于实际经验不足，根本不懂如何应对，实在让人不安。"之所以常将新手分配去NICU，是因为很少有老手希望在这样的特殊住院部工作，也正是这个原因，导致新人们的工作热情迅速被消磨殆尽。

资深护士阳子女士名义上隶属NICU，实际上白天也需要支援门诊部或帮医生采血。只有在晚上值班的时候，才能安安静静地待在NICU。有时，她看见一些苦恼不已的患者父母，很想跟他们打声招呼，安慰几句，但她们小组所负责的患者是固定的，对那些不该她负责的患者的家属，她其实很难上去搭话。医院是轮班制，白天有别的护士来接班，患者家属不知道遇到问题能找谁商量。据说，他们反倒是对每天来病房调整人工呼吸器的临床工程师敞开心扉。

很多护士对业务不甚熟练，住院部的工作任务始终繁重。昏迷状态下出生的新生儿虽然侥幸存活，却需要医院提供365日24小时的随身看护。有些医生说，如果是自家孩子，他们就选择放弃治疗。其实这些孩子的父母也抱着同样的想法，每天早晨来医院探视，却并不看孩子一眼，也拒绝继续治疗，只是陪孩子安静地等待死亡来临。在NICU，阳子女士见过有的孩子即便勉强保住性命，身体机能却被剥夺，智力低下，家人无法接受这一现实。每当此时，她都忍不住想："医务人员也好，患者家属也罢，或许大家都得有一份指导手册，告诉我们关于救助，究竟应该做到哪一步。"原本，我们的确应该尊重每一条生命，然而现实是，残障人士机构一家接一家倒闭，越来越多残障患者无处可去，给医疗现场带来了更大的负担。

细致周到的看护却遭否定

医务人员人手不足，导致很多医院无法为患者提供满意的看护服务，也让医务人员的工作显得廉价。如第二章介绍的助产士本田晴子女士，她从提倡自然分娩的医院辞职，转到设有NICU的3次医疗机构工作，最初被分配的部门是患者离开NICU后入住的GCU（恢复期住院部）。这里的孩子经过治疗，病情稳定下来，有些新生儿甚至很快就能出院，因此不一定需要医疗看护，护士照料他们与照料自然分娩状态下出生的婴儿没有太大区别。不过，白班时晴子女士要负责看护5名婴儿，夜班时增加为10名，每隔2至3小时哺乳，可说是相当辛苦。一瓶接一瓶地机械喂奶，堪比熟练得不能再熟练的流水线操作。

原本她应该一边哄宝宝一边喂奶，可心里始终记挂后面等着多少个宝宝，还有哪些工作没做完，便分不出多余的心思慢慢喂奶。对那些吸吮能力较差、插着胃管摄取营养的婴儿，她喂奶时便不用奶瓶，而是将母乳注入胃管，反倒能提高效率。如果时间允许，倒是能慢慢用奶瓶喂奶，但在医务人员不足的情况下，她一分钟也等不起。尤其下午4点需要交接班，递交患者病情资料，非常忙碌，她大多选择从胃管注入母乳给宝宝喂奶。

有时想抱着哭泣的宝宝好好哄一哄，但宝宝被她的焦躁情绪传染，反而会哭得稀里哗啦。想到还要照看其他宝宝，要给他们喂奶，她就感觉更加焦虑，陷入恶性循环。而这些都是在GCU工作的护士的真实模样。

科室里大多是只有1至3年工作资历的年轻医务人员。她们第一次做护士工作，也是第一次负责看护新生儿患者。一些患者在根治手术结束后，病情稳定，可以拔管，可是护士依然不能掉以轻心。如果有多余病床，可能也会接收一些中等症状的患者，不过这里的宝宝大多都是"临近出院的普通婴儿"，因此许多护士从未见识过NICU里那些生命垂危的重症患者，工作中也没有紧张感，脑海中毫无"病情骤变"意识。即便听见罹患心脏病的宝宝在哭泣，她们也不予理会，觉得婴儿哭闹是理所当然的。晴子女士说："她们没有想过，也许那些宝宝会哭，正是因为他们的血行动态（包括血管、心脏在内的循环系统中血液的流动状态）与正常宝宝不一样。"

这样看来，自己当初特意换工作的决定不就失去意义了吗？于是，她申请调到NICU病房，很快便得到医院批准。NICU中有不少工作不满一年就辞职的人，空额不少。

在这里，首先她感到疑惑的是对母乳的处理方式。出生后体重过轻的婴儿、患有先天性疾病的婴儿、身有残疾的婴儿都住在NICU病房里接受治疗。他们出生后，会立刻和母亲分开，母亲能做的是亲自给他们喂母乳，让他们尽量摄取营养，稍稍提高一下免疫力。

婴儿吸吮母乳时，母亲体内会分泌激素，婴儿喝完奶，激素分泌也停止了。NICU中大多数母亲在宝宝离开自己后情感上都会感到空虚，每天拼命维持母乳分泌，每隔2至3小时一定要挤奶。医务人员会把母乳装在专用袋里冷藏保存，并按时解冻，倒进奶瓶里喂宝宝喝下。

对母亲来说，这些从自己体内流出的"生命之源"犹如接力般交到了医务人员手里，晴子女士所在的NICU对每天什么时间取奶有所规定，只要母亲的动作迟一些，按规定医务人员就不会取走母乳。这么做的表面理由是婴儿需要按时用母乳服药，喂奶时间延迟会对治疗效果带来影响，其实是因为如果不是人手充足的白班时间，光是处理母乳就没完没了。

和GCU里的婴儿不同，这里的宝宝大多徘徊在生死之间。护士们随时得注意有什么细节被忽视了，点滴或软管有没有拔掉，点滴或药物种类是否相合，神经时刻紧绷。有的婴儿如果摄入了水分却不排尿，可能引起心律不全，因此护士连换尿布也不能大意。每次都要确认婴儿摄取的水分和排尿量是否平衡。另外，为了减轻心脏病婴儿的心脏负担，护士在看护过程中，还要注意不让婴儿哭泣，为此得经常限制婴儿的饮水量，一些宝宝会因为想再喝点奶水而哭泣，晴子女士十分苦恼，不知道怎么办才好。她想了许多办法，如更换奶瓶的奶嘴，当孩子习惯某种奶嘴的口感后，自然就不会哭闹。总之看护方式因人而异。白班结束后，一般来说晴子女士第二天早晨依然要出勤，她会在那时确认由自己负责的婴儿的病情。

NICU中的婴儿几乎都靠监测仪器监测血氧饱和度（SpO_2）和心率等。当SpO_2降低或心率过快，家属会按铃通知护士。晴子女士将"护士铃响起次数的多寡"作为对自己看护工作的考评。

按她的经验，看护人员技术的高低决定了婴儿的SpO_2和心率能否维持在良好状态，氧气罩软管的位置、吸痰的方式也能改变其数值。在她尚未习惯这些看护工作时，每次都会被"响铃"，但技术高超的前辈做同样的工作，护士铃从未响过。为刚出生的新生儿吸痰，方式也和为成年人吸痰不同，需要用听诊器听音，寻找积痰的部位。软管插在什么位置，拔管时用多少力都有讲究，越是娇小的躯体越需要精密的操作。渐渐地，晴子女士的看护方式变得熟练，观察细节更加仔细，护士铃响起的次数也在减少。婴儿不会说话，但他们的身体状况却能实实在在反映一些东西。护士读取这些信息后，就能判断换尿布时他们是否感觉不开心，哄他们入睡时姿势是否舒适，从而提供细致周到的看护服务，营造出让婴儿的身心得以放松的空间，保持健康的身体状态。换句话说，这些看护能引导出婴儿体内的自愈能力，这种方式对婴儿的母亲也有类似的效果。晴子女士说："我们的任务，就是最大限度引导出母亲与婴儿的自愈能力。"

可惜，对晴子女士的努力持否定态度的上司，不仅不认可她的工作，反而还处处挑刺。

她不能在工作中出一点差错，由于是第一次待在NICU病房，晴子女士每天通常提前一小时到医院，仔细阅读交班护士递交的所有病情汇报，全面把握自己负责的婴儿的病情。

没想到，护士长（现场负责人）以"你来得太早了"为由，不准她进NICU，也不给她当日的病情记录表单。在工作能力强的护士长眼里，晴子女士的工作效率太低。晴子女士不由得感叹，原来自己一点也不被信任。

护士长动辄对她冷言冷语，她在工作中有了疑问，无法向对方求教，护士长也根本不会教她。这样的工作环境让晴子女士如坐针毡，沮丧地表示："有什么事，自己都很难发表意见，也无法发表意见，这样的上下级关系让人很难安心工作，最重要的是，这对照顾宝宝没有丝毫益处。"明明身处同一个小组，为患者提供医疗看护，自己却得不到上司的信任，还怎么提供良好的看护服务呢？于是没过多久，晴子女士便辞掉工作离开了医院。

失去"感谢"之音的职场

"助勤这种协助工作太可怕了。"

近畿东海地区某自治体医院围产期中心工作的护士安藤由纪子女士（化名，57岁）说。正因为受够了白天可怕的助勤业务，她才申请专值夜班。

分娩工作有忙有闲，有时一天内能遇上好几位产妇分娩，有时却一台分娩手术都没有。因此，这家医院的人员安排侧重于白天上班时间，无须当值的便去各住院部"助勤"。

由纪子女士轮流去妇科的子宫癌、乳腺癌科室、产后母亲们入住的住院大楼以及NICU负责助勤工作。可助勤是不分内科外科的，只要当天有被称为"手术患者"的需要动手术的病人，她便要开始各种术前检查准备，即"术出"。尽管由纪子女士已经是老手了，到了陌生的住院部，她依然与新人无异，对看护的顺序、医疗器材和物品的摆放位置等都不熟悉。而住院部认为她是经验丰富的资深护士，一些常识不用多讲就应该明白，这让她遇到问题更加难以启齿。

白天工作时，需要在8点30分递交患者病情汇报表，NICU从10点以后的3个小时都是哺乳时间。在此期间，医生会巡查病房，为病人输液；护士们则忙于病情观察、母乳教室、哺乳辅助等。虽然围产期中心会派护士支援其他住院部，但不管这里再忙，其他住院部却始终不见派人过来帮忙。

而且，这里夜班很多。围产期中心不存在加班，取而代之的，是每月有多达12次的三班倒式的夜班。根据《护士保护法》和劳资协定的相关规定，大部分医院都将夜班次数控制在每月8次以内。事实上，每家医院都人手不足，根本不可能只安排每人每月值8次夜班。尽管如此，每月12次夜班也算相当繁重了。这主要是因为护士中有人因怀孕申请了免除夜班，有人因育儿申请了短时间工作，不足的次数便由其他人顶上。想要休假是很困难的，护士们一般将准夜班结束的那天充当休息日。准夜班是从傍晚4点到深夜1点多。由纪子女士通常在凌晨2点左右可以回家，上午补眠，醒来后仍旧感觉疲倦，没有精力去超市买东西，就这样很快耗掉一天。这样的"休息日"，一个月也只有8天而已。

她家子女都已工作，无须她照顾，一年前她申请转为兼职人员。理由是，她希望多休息休息。多年来，她一直辛辛苦苦地在产科、妇科、儿科做着护士工作。按规定，在医院工作到55岁即可退休，但医院临时更改制度，延长为60岁退休。得知这个消息，她失望地想："难道必须继续上班吗？"之后继续在医院度过异常繁忙的每一天。她的护士朋友中，有人退休后很快因病过世，她这才警觉，有些担心自己的健康，可是55岁后医院就不会再给护士加薪升职，所以50岁生日一过，由纪子女士忽然就丧失了工作热情，不想继续当正式职员了。

转为兼职人员的申请交上去后，护士长同意了："如果你愿意值夜班，那就去现在你已经做惯的住院部吧。"

兼职人员的时薪是1 415日元，每周出勤4天，按白班换算，夜班为10 500日元，白班为11 000日元。每月纯收入约20万至24万日元，每半年续约一次。兼职人员也能加薪，每年时薪增加20至30日元左右。由于和正式员工的工作内容一般无二，经验丰富的由纪子女士便经常被安排各种任务。关键是，工作内容没有变，薪酬却比以前低，这着实让人不大愉快。在此之前，哪怕在工作时间外，由纪子女士也会发扬奉献精神，主动承担整理病房床铺等"环境整备"工作，变为兼职人员后，她果断地想，"算了，不如交给接班的护士做吧"。于是，没了由纪子女士的表率行动，大家也渐渐懒散起来，任病房的床铺和摆放物品的地方凌乱不堪。

必须加班1小时的时候，她一想到"同样的护士做同样的工作，正式职员时薪3 000日元，我却只有1 400日元"，便一点都不愿留下加班。在NICU，照顾重症患者的工作都被推给了资深护士。医生也告诉年轻护士："今天由纪子女士在，你们有不懂的尽管问她。"结果指导新人也变成由纪子女士的任务。

本来，她是为了每月多休息几天才转为兼职人员的，没想到这下不仅无法休息，薪水还减少了。围产期中心里有26名护士，其中5名是兼职人员。而这里便是靠着兼职人员的力量才能正常运作。

助勤的人员组成，有正式员工，也有兼职人员，甚至包括年中录用的护士或助产士。由纪子女士很怕自己在无意中犯下医疗过失，转为兼职人员也是为了尽量避开助勤，结果却是避无可避。

助勤工作中，无论如何都无法避免失误或差点失误的情况。虽然不至于在为病人输液或用药时犯下致命的错误，但因为辗转于不同的住院部，护士对患者的长相根本记不清楚。关于这点，由纪子女士感到很害怕。某位70多岁的女性罹患子宫癌，后来癌细胞转移到脑部，因此她走路时会跟跟跄跄。住院部的护士拜托由纪子女士："去帮她洗个澡吧，淋浴就行。"由纪子女士正准备为这位患者洗澡，对方告诉她："我自己可以洗，没关系。洗完我就按护士铃通知你。"由纪子女士同意了，哪知等了很久，护士铃也没有响起，她担心地走去浴室一看，患者已经滑倒在地，摔伤了头部。由纪子女士事先在花洒附近垫了一张防滑垫，后来才有人告诉她，护士一般都会从这位患者换衣服的地方开始，把防滑垫一路铺到浴室里。

这种每日轮流换人的助勤安排，当然让护士难以把握患者的病情和相关信息。当病人对她说："我想和医生说说。"或是"这种市面上卖的药能吃吗？"她只能回答："请稍等。"在患者眼中，她便是一名靠不住的护士，不仅一问三不知，还没法当机立断。护士原本应该熟练地指导病人接受治疗，但在陌生的住院部做着不甚熟悉的助勤工作，被视作"问什么都答不上来的护士",想必也很辛苦吧。

由纪子女士发现,即便作为兼职人员,也会被强迫做自己毫无经验的检查工作或整理房间的杂活,她便尽量避开白班,对负责值班安排的护士长说:"我可以值夜班。"护士长便将她的出勤全部排为夜班。每月她必须值14至15次夜班,年度带薪假期,她申请的是两天,但被硬生生砍成一天。

夜班的增多让她渐渐感受不到护士的工作价值。这几年来,她待在医院的时间比以前少,与患者和患者家属的关系也生疏了。照顾这名患者的时候,她总是心不在焉地记挂着还要照看下一名患者,时间紧迫,"看护"不知不觉间变成"流水作业"。其实她也很想多抽些时间和患者谈谈心,想为他们做些什么,但这样一来当天的工作就没法按时完成。于是,她变成了仅仅为生活而工作。

大约3年前,由纪子女士开始学习花艺。护士工作本身依然具有价值,只是她忙得没有心思去体会。如前所述,如果在助勤时一味对患者说"请稍等",自然很难得到患者的感激。她想着,如果自己学会插花,就能将亲手制作的花束送给患者,当对方心情愉悦地对她道谢,她也会觉得很开心。

医师资源稀少的儿科医生遭遇妊娠解雇

"产后8周回来上班,没法值班的话就请你辞职吧。"

原本该是守护孩子生命的儿科医生,却惨遭妊娠解雇。

石川笑里小姐(化名,20多岁)是一名儿科医生,2011年9月发现自己怀孕,于是她在2012年3月辞职前的时间里,不得不每天辛苦地工作。她和丈夫都是儿科医生,两人曾在同一家医院工作，按照惯例，职场结婚后，一方必须辞职去别家医院，石川医生便转调去了自治体的医院。"自治体医院的话，育儿假可能比较好申请，也比较支持女性兼顾育儿和工作吧。"她最初是这样考虑的。

在日本，要以医生的身份行医，按《医师法》必须接受2年以上的临床研修，头2年的身份是前期临床研修医生，在此期间决定想要进修的专业领域。之后的第3至第5年，被称作后期临床研修医生，这时会在医疗现场积累专攻领域的临床经验。要成为独当一面的医生，据说至少要花10年时间。

石川医生属于后期临床研修医生。"35岁左右能生下孩子就行。"虽然她是这样计划的，但罹患癌症的父亲非常希望在有生之年抱上孙子，为了实现父亲的心愿，她便提前要了孩子。

在大学医院，女医生怀孕后，理应免除值班，但在她调任的自治体医院，当她递交妊娠报告后，上司的第一反应不是"恭喜你"，而是"这样一来，你怎么值班啊？"她不情愿地回答："我可以值班。"上司才生硬地说："那就好。"石川医生曾经有过婚前怀孕的经历，当时她没能及时告知医院，结果值班结束后便流产了，这件事给她造成了心理阴影，决定"今后再也不想值班了"，如今的她难免心境复杂。

按事务局的相关规定，孕妇是可以免除值班的，但上司不予理会："医院之前从没有研修医生怀过孕，这事儿可不好处理。"石川医生横下心冲到院长办公室，可院长终归还是让她好好研修，关于免除值班一事，就是不肯点头答应。她又去找自治体医院的负责部门咨询，对方说："护士们在孕期一样要值夜班。"束手无策之际，石川医生依然清早看门诊，值班当日废寝忘食地连续工作48小时。

怀孕初期，她的孕吐反应很严重，不得已请假一天，第二天同事向她抱怨："昨天累惨我们了。门诊我们替你看了，一些日常工作你要自己好好处理哦。"

石川医生的孕吐反应严重到妇产科主任医师开出诊断书，要求院方免除她的值班，并减轻工作量，上司（男性）却毫无根据地说："唉，你拿着诊断书找我也没用啊。这种事还是取决于你自己的干劲，等孕吐不那么严重时就没关系了。"还说："坐电车上班感到辛苦的话，你直接住在医院里吧。"她在住院部查房时，控制不住恶心感而冲去卫生间，见此情形，对她多加照顾的还是陪孩子住院的患者母亲。

11月传染病开始流行，石川医生同时感染了RS病毒、病原体肺炎，实在没有精力上班，只能在家休养。在这期间，石川医生担心影响到胎儿的健康，而上司竟然打电话跟她说："你还要休息多久啊，不如辞职好吧？"又蛮不讲理地说："要么爬着也来医院上班，要么给我辞职。"石川医生申请错开高峰期上下班，得到的回答是："觉得坐电车辛苦，就打车来上班。"可医院却不给她报销车费。孕期症状因人而异，上司怀疑地说："我老婆可没有什么孕吐反应。你不是在装吧？"石川医生怕自己紧急流产，接受了相关检查，上司又说："盐酸利托君很多孕妇都服用的，没问题的。"就差没说只要吃了药，就不怕流产了。

在那家医院，石川医生是第一个在孕期坚持上班的儿科医生。孕吐期间，她靠喝果汁缓解，前辈们却对处于"食物链最底层"的石川医生很看不惯，故意使坏地说："石川，你竟然把饮料带到工作场所来了？快点扔了。"

她的丈夫得知情况后，来到医院，毕恭毕敬地低头道歉道：“妻子（只是一名研修医生，却）怀孕，给大家添了诸多麻烦，实在对不起。她本人非常愿意努力工作，奈何身体状况实在不允许，还请多多见谅。”

尽管如此，石川医生的值班安排还是和怀孕前一样，每个月8次。医院里，值班医生只有一名，另一名在家待命，有紧急状况才会应召前来。但是按照医院不成文的规定，“低层的医师不能让职位比自己高的医生来医院”。某天值班时，石川医生一个人在医院，感到有些紧张，随后腹胀感强烈，并伴随出血。她想起当初流产的经历，越发不知所措，也无法好好应对深夜被救护车送来的病患。万幸患者只是有些发热，她对护士说明了情况，在腹胀感缓解之前，都拜托对方替她照看患者。当她向上司汇报出血的事情时，上司异常冷酷地说：“一旦出血，流产可就无法避免了。你就算去妇产科检查也无济于事。要流产的话，怎么都会流的。”

频繁出席会议也是件辛苦的事。医院的会议室空间狭窄，不是每个人都有座位。见石川医生因孕吐反应难受地坐在椅子上，前辈斥责道：“怎么石川会坐着？她明明只是个小小的研修医生。”大家从住院部赶到会议室是走的楼梯，但对孕妇来说，哪怕是爬几级台阶都最好避免。

此外，孕期前半段小腹并不会隆起，一些不知情的人根本不知道石川医生怀了孕。一些调皮的孩童患者不肯老老实实地打针，经常毫不留情地一脚踹向她的小腹。而且，她常常担心怀抱体重较重的孩子是不是也会造成流产。

翻年后，她第二次诊断出紧急流产的可能，医生再次警告她必须停止加班。加上肚子已经大了起来，她连蹲下都很困难，更别说给孩童患者注射点滴。即便如此，值班次数也仅仅是从每月8次减少为6次。由于上司态度实在过分，她的丈夫又去了医院，气愤地说："你们不顾她身体状况非要她值班，出了问题谁负责？"石川医生的上司轻描淡写地回答："（胎儿）要流产，谁有办法？"

石川医生将主治医师的诊断书交给上司，说："值班是不可能了，希望能调我去门诊部。"上司摆出高压态度说："你不在的话，值班就轮不起来啊。要想不值班，那就只能辞职了。"而且上司常常就她的产后复归一事叨念："研修医生没有育儿假，产后8周必须回来上班，值班就每个月4次吧。"语气毫不容情。石川医生也曾考虑过上司提的工作条件，但目前只有护士可以利用院内托儿所，没有听说哪位医生开过先例。她的预产期在年中，这种时候要找合适的托儿所也很困难，研修医生的月薪算上每月8次的值班，到手30万日元，减少为4次的话，到手就只有18万日元。没有加班费，还要缴纳国民健康保险和国民年金。如果要选择容易入园的非认定民营托儿所，费用是每月10万日元，算来算去都很难凑齐。

只有在门诊部工作的护士，才能在下午5点前利用院内托儿所，值夜班的护士都将孩子寄养在娘家。院内护士的工作也是超负荷的，最近，有两人因分娩而死的消息在医院里传开，一时间人心惶惶。

丈夫一直劝她辞职，但石川医生总觉得以怀孕为由辞职不大好，她知道，每日诊疗工作过于繁重，要是真的流产，对孕期20周的孕妇来说打击可是不小。丈夫又劝说，有些孩子因早产而体重过轻，或是在昏迷状态下出生，身体留下残疾，往往让他们的母亲非常自责。他最担心的便是石川医生的工作方式。

进入1月，值班渐渐减少了，石川医生感觉到了胎动。过去值班的时候，有时要在深夜同时应对被救护车送来的30名患者，她甚至忙得连腹中的宝宝都忘了。这时她才有时间静下心思考自己的处境是多么矛盾。"连自己孩子都无法守护，在那种医生的手下工作，又有什么意义呢？"于是她改变了想法："既然如此，现在就辞职。"可是，这一次上司一改之前的态度，不死心地说："你半途辞职，我这里也很难马上招人啊。你不值班就不值班吧，干到3月末再辞职。"按自治体的规定，年中是不会招聘新人的。因此，石川医生要是在年中辞职的话，就意味着科室直到下一个招聘年度前都会缺一个人，的确会给工作安排带来困难。

没办法，石川医生只好继续干到了3月末。4月开始，她便辞掉工作在家休养，身体状况很快恢复，至今为止一直困扰她的腹胀感也消失了，她惊讶地发现："原来普通孕妇的腹部可以这么柔软。"辞职后，她开始注意身体调养，并在那年夏天顺利产下了宝宝。

父母成长的机会

在首都圈某大学医院的分院，持有儿科专科医生资格的酒井渡医生（化名，40多岁）感叹："这种情况下，医生不累死才怪了。"

医院注重工作效率，各个住院部经常争夺床位，因此儿科住院大楼里甚至会住进慢性疾病患者。来儿科就诊的患者大多属于救急诊疗，急诊病人有时多有时少，反倒容易被其他科室"盯上"。医院的宗旨是：① 接收能变成摇钱树的患者（诊疗报酬的保险点数较高）；② 提高住院部翻床率；③ 多接收门诊患者。医院的儿科医生人数不算少，但细分下来又有消化器官科、呼吸器官科、血液科、内分泌科等，各领域的专科医生很少，所以经常出现人手不足的情况。酒井医生叹息道："科室不同收益也不同，相比之下，那些收益较少的科室，教授会被医院命令裁人，很难培养新人。"

　　酒井医生负责的先天性疾病患者里有约一成罹患唐氏综合征，其他患者虽然不是这个病，但也不易康复。她曾写信给自治体医院，试图介绍病情相对稳定的患者转院，对方根本不愿意接收，她说："对于这种不行使职责的医院，我都快忘记它的存在了。"

　　此外，不少病人本不该由专科医生看诊，却也挂了他们的号。有些医生主要负责诊治特殊病患，但一些病情很轻或服用市面上可购买的药就能治好的孩子，也被父母领着来看专家门诊。酒井医生说："儿科实行免费医疗制度后，被患者家属大肆利用，没必要看专家门诊的孩子生了病，也被带来看专家门诊，导致医生超负荷工作。当然，取消免费医疗制度，大家都会感到头疼，但我希望医院每次都能出示具体的诊疗费用，让家属看看如果没有免费医疗，他们让孩子看一次专家门诊会花多少钱，我认为这个机制是很有必要的。"

　　最近几年，所有地方的产科医生或儿科医生都存在离职或因各种困难停止诊疗的现象。某地方甚至发生了新生儿儿科医生集体在年中辞职的事件，导致医院儿科直接被废止。某位知情的医生告诉笔者："听说那些辞职的医生对护士要求很严厉，护士向院长抱怨说上司故意对自己挑刺，院长提醒医生注意，医生们不服气地说：'既然如此，我们走就是了，反正有麻烦的也是医院。'然后纷纷辞职了。"

至于其他医院的情况，这位医生说："依赖于个人的医疗是危险的，医院必须强大到缺了任何一名医生都能正常运作，并建立持续性强的团队，为此，或许不得不实行某种程度的集约化管理，以应付突发状况。"

某大学医院的儿科医生认为医院需要经验丰富的资深护士，因为护士在工作中足够机灵的话，能为患者提供更加细致周到的看护服务，能及时发现不对劲的细节，避免突发状况。护士如果能与医生默契合作，可以大大减轻医生的负担。以前，门诊室里都安排有资深护士，而体力较好的年轻护士则被安排去各个住院大楼。如今住院部根本忙不过来，孩童病患不像成年人，因而事事都需要护士在身边照料，这就分去了很大一部分劳动力。喂孩子吃饭这种事，其实父母也能做，如果也让护士来做，就会影响她们的本职工作。院方却对这一点不理解，反而指责安排去住院部的护士太少。

医院注重经营效率以及自身在患者中间的口碑，结果反而给患者带去了不好的体验。某民营医院的资深护士说："对患者隐私的过度保护，致使医院失去了患者的信任。"

几十年前，这家医院的门诊部还是开放式诊疗。护士会拿着病历卡去候诊室，直呼孩子的姓名叫号。"孩子得了什么病？"她们会一边轻松地向孩子的父母打招呼，一边顺便了解患者的情况。现在，取代孩子姓名的是ID数字，他们与医生、护士的接触也少了。

以前的诊断室只用帘布简单隔开，如今以保护患者隐私为由，诊断室变成独立的单间，听不见医生与别的患者的对话。之前，大家看病时能透过帘布听到隔壁的诊疗对话，也能找到共同话题，而且这边的父母听到那边父母和医生的对话，也能得到启发，医生便无须为同样的病因再次解释，既省时又省力，现在却没有了这样的机会。对护士和孩子父母来说也造成了不便，单间看诊导致护士很难迅速了解孩子的病情。

看门诊的孩子大多是被母亲领着来的。这些母亲初次育儿，对孩子的病情非常担心，拼命质问医生。有时，未婚的年轻男医生很难回答母亲们过于直接的提问，毕竟有些事情是要在婚后有了孩子才能体会的。换作以前，有育儿经验的资深护士能够事先从患者那里了解情况，医生也能从护士那里学到经验。而现在为了减少人员经费，协助医生的资深护士变成了几年一换的非正式雇用护士。

如果护士不主动走去候诊室与患者攀谈，患者就只能看完病默默离开。一些资深护士苦恼地说："有些父母情绪很夸张，总觉得自家孩子得了不得了的重病，其实孩子的病情很轻微。如果他们有机会和护士聊一聊，情况会大不相同。这样看来，父母其实是丧失了成长的机会。"

在这家医院分娩，是件好事吗？

医务人员眼中的病患与病患眼中的医务人员，二者之间往往存在某种程度的隔阂。无论医生与护士多么优秀，始终超负荷工作的话，都会出现失误。有时，他们尚且来不及与患者家属建立相互信赖的关系，自身能力就已遭到患者家属的怀疑。

"如果能重头来过，我希望回到12月的时候。"

居住在神奈川县的山本菜绪女士（化名，35岁）每当在NICU见到自己的孩子，都感到悔不当初。

2010年夏天，她发现自己有了2个月的身孕。在网上搜寻适合产子的医院时，听说朋友在附近的某大学医院生了小孩，那里的医生经常板着脸，态度冷淡，她便先入为主地认为"大医院的医生都很冷漠，会给孕妇规定分娩时间"。随后决定去家附近的私人妇产科诊所分娩。去参观时，她注意到产房里播放着一段大海的视频，有助于产妇放松心情。这似乎是诊所的一个卖点，整个诊所看起来气氛宁静祥和。

然而，菜绪女士后来才明白："那家诊所的医生根本就是胡来，只会搅乱患者的人生。"

12月，孕期进入第6个月，菜绪女士发现自己子宫出血，和娘家的父母也处得不是很好，精神压力较大，她原本在学校法人担任事务方面的职务，便去保健室找保健老师咨询。"进入稳定期后还出血的话，有点危险啊。你赶快去医院看看。"被这样一说，她急忙去了那家诊所。医生给她开了盐酸利托君，告诉她："可能是疲劳所致，你需要好好休息，孩子很健康，放心吧。要是之后依然出血，你再过来。"说完便结束了看诊。

她服了药，一个月内，出血断断续续，出血量大概和经期量少时差不多。在此期间，她参加了自治体举办的父母学习班，并向助产士咨询出血一事，可助产士也没说出个所以然来。

一般来说，听闻孕妇出血，不管是医院、诊所还是孕妇班，都会建议孕妇立刻就诊。《妊娠、分娩、育儿 安心百科》（主妇与生活杂志社）提到：子宫出血是孕期最值得关注的症状，有时会伴有疼痛，但无论是否感觉疼痛，孕妇都应第一时间就诊。

"如果那时候我就知道孕期出血是不好的征兆，肯定会马上去大医院检查。"菜绪女士回忆道。

新年休假时她与丈夫去温泉旅行，享受了家庭整租的温泉浴池与孕妇养生理疗，与丈夫共度了愉快的二人时光。年后，她参加了诊所举办的父母学习班教室，对那里的助产士说："我挺担心出血的。"这一次，助产士改口道："你最好尽快去医院检查一下。"这天是1月8日，周五，从当天开始直到周日是三连休。"连休结束后的下周二去诊所看看。"她这样想着，却在1月10日也就是周日早晨，感到小腹剧痛，与阵痛有些类似，于是丈夫开车将她送到诊所。

医生很快给她输了液，搜索设有NICU的医院。菜绪女士在之前的妊娠体检中都没有发现异常，不安地想："才怀孕24周，到底怎么回事？"

由于神奈川县内没有找到接收急救转送的医院，她便被送去东京都内的医院。在孕期25周，产下一名女婴。分娩过程较顺利，是安产，尽管女儿体重过轻，哭声却洪亮，出生后立刻被送进NICU，一段时间后看起来与普通婴儿无异，菜绪女士见状就办理了出院手续。

然后，出生一周后女儿开始发烧，传染病导致她重度脑麻痹、四肢麻痹，即便长大也无法说话，更要借助氧气罩维持呼吸，依靠胃管进食。出院后，女儿一直在家接受治疗，菜绪女士惴惴不安地照顾着女儿。"不知道将来一家人的生活会变成什么样子。"

怀孕时，菜绪女士身边没有能够听她倾诉出血困扰的朋友。仔细想想，12月体检时，她告诉医生："目前出血倒是停止了。"医生便没有提醒她注意，只说："要好好休息。"如果换一家医院换一个医生，换一种看诊方式，结果是不是会不一样呢？她时常疑惑地想。

她在孕期工作繁忙，因为没有特殊症状却总是请假休息的话，会有偷懒的嫌疑。如果那时候医生就告诉她："安静休养1

至2周。"她肯定会照做，那么也就不会早产了。诸如此类的后悔总是在她脑海中盘旋不去。

到孕期第6个月为止，她每4周做一次妊娠体检。菜绪女士至今依然忍不住想："如果体检时间间隔再短一些，也许能在妊娠初期就发现有早产的可能；又或者换一个医生，便能及时察觉早产征兆了吧？"

她打算辞掉工作，在家寸步不离地守着女儿。眼下自己能24小时与女儿在一起，但总有一天先离开她，考虑到将来，她心中五味杂陈，得为女儿存一笔钱才行。

得知孩子发育异常，父母都会担心不已。有的父母像前文所述的菜绪女士那样不信赖医生，有的父母则因为医生或护士的一句话而情绪剧变。

角田纱织小姐（21岁）生理期一直不太正常。某天，她像往常一样去妇科诊所，却检查出十多周的身孕。她在餐厅工作，男朋友是系列店①的员工，两人正在筹备婚事，这个消息让她很开心。

男朋友经常工作到深夜，回家已经凌晨0点到1点，第二天上午10点接着上班，工作十分辛苦，两人经常无法联系。那一天，纱织小姐也迟迟联系不上男朋友。她很想尽快告诉他自己怀孕的消息，后来才知道，之所以联系不上，是因为男朋友骑着摩托车遭遇交通事故，不幸身亡。

他早已和老家的父母断绝来往，不久后，他的父母来到东京，只是为了处理掉他在老家的房子。纱织小姐告诉他的父母，

---

① 系列店：制造业从业者为促销自家制作的产品，特别开设的有组织的小店。

两人准备结婚，自己也怀了他的孩子，他的父母扔下一句"这种事我们可不管"，便扬长而去。男朋友的死给纱织小姐带来莫大的打击和不安，她的身体状况更加不好，便辞掉工作回到娘家。母亲坚决反对她生下孩子，但纱织小姐给母亲看了 B 超拍下的小小生命，说服了母亲。

为了寻找合适的分娩机构，她去当地诊所咨询，虽然告诉医生"这个孩子我想生下来"，医生仍生硬地说："你想好了再来吧。"如果总是跑医院，母亲可能再次反对，纱织小姐便好一阵没再去妇产科就诊。孕期 16 周时，她去某大学医院的分院检查，年轻医生随口道："妊娠中期也是可以做流产手术的。"看着超声波检查结果里显示的成形胎儿，她拒绝道："我不接受流产手术。"

8 月 31 日，纱织小姐在突如其来的腹痛中打电话给医院，并很快去医院就诊，结果是子宫经管较短，医生给她开了盐酸利托君药片。她服用一次后，感觉症状有所缓解，之后也正常做完了妊娠体检。

孕期 33 周零 6 天的妊娠体检，医生告诉她："胎儿发育停止了呢，一周前就没再发育了。"医生语气十分自然。纱织小姐却被一句"停止发育"打击得体无完肤。一周后再次体检，胎儿果然已经停止发育。她很快决定住院，开始接受输液治疗。某天晚上，她被叫到咨询室。"如果你同意转去设有 NICU 的医院，明天或后天就能剖宫产。"医生的口吻十分迫切，"啊？那么急？"纱织小姐情绪紊乱，医生却说："就这么让胎儿留在肚子里，他也不会发育。"

她转去了别家医院，在 5 位妇产科医生和儿科医生的包围下进行了 B 超检查，由于发现胎儿异常，这家医院决定将她送走，不得已她再次转院。在新的医院，她直接质问医生，医生彬彬有礼地告诉她："胎儿并非停止发育，只是延缓发育而已，别担心。"听见这话，她心里的大石头才算落了地。为了办理入院手续，她再次给之前那家大学医院打了电话，对方在电话中语气冷淡地说："你还没生吗？"听在纱织小姐耳朵里，这话就像在说："胎儿已经停止发育了，你还是早点生下来吧。"

她决定就在现在这家医院分娩，医生很有把握地说："再等3周生吧。"结果4天后，也就是1月10日，她产下一名体重2 001克的男婴。

在她怀孕期间，孩子已经罹患心室间隔缺损症（左右心室的室间隔有孔洞）以及胎儿宫内生长迟缓（IUGR：胎儿发育水平低于孕龄应有水平）等疾病。出生后，双足脚趾各有6根，颈椎较短。孩子在出生1周后，很快接受了手术，其后病情稳定下来，不再需要利尿剂，这时医生却发现孩子心脏肥大。1月28日，医院打电话通知纱织小姐，告诉她情况有变，孩子罹患坏死性肠炎（大肠血液循环不通，感染细菌后导致部分细胞坏死），必须完全摘除大肠，纱织小姐了解情况后，同意手术并安装人工肛门。在此期间，孩子再次被诊断出S状结肠炎，小肠开始坏死。此外，听力检查结果也不好，不排除失聪的可能。纱织小姐犹如搭乘云霄飞车，心里一直七上八下。

手术后，孩子很快便能借助奶瓶喝下母乳，一个月后，纱织小姐可以直接给孩子喂奶。这一次，住院时间拖得很长，NICU的医务人员虽然并不负责照顾他们母子，但见到母子俩，会齐声冲她打招呼，出院后，纱织小姐每天带孩子去医院就诊，心情也轻松起来。见孩子体重一点点增加，纱织小姐欣慰地表示："虽然宝宝成长缓慢，但有好好发育呢。能在这家医院生下他真好。当初听闻孩子得病，我确实很受打击，但这也是没办法的事。"

为何偏偏是女性无法工作

如果孩子患有需要长期入住NICU病房的疾病，被迫辞职的一定是母亲一方，也即是女性。同样为人父母，为何男性就能继续工作？如此简单的问题却困扰了不少女性。

川上美香女士（化名，39岁）生下儿子后，渐渐不明白女性选择婚姻或家庭究竟有何意义。

20多岁时，她曾在日本和美国担任日语老师，作为非正式职员，年薪约150万日元。在这样的情况下，她依然出版了5本著作，并于30岁时转行，以派遣社员的身份从事监察法人的工作，其后被录用为正式员工。34岁时，与公司里小自己10岁的男性结婚，其后又转到外资系的金融行业。她有过一次流产的经历，康复后再次怀孕，妊娠后期公司倒闭，正好那时，她在体检时发现胎儿发育异常，便留在家里休养，准备迎接分娩。

2009年5月，36岁的她在大学医院分娩，负责分娩手术的医生多达5名，因为她在孕期检查出胎儿罹患气管、支气管软化症。所谓气管、支气管软化症，即呼吸时气管、支气管的管腔出现不同程度塌陷，导致内腔变狭窄的病理现象。为此，婴儿无力吸吮母乳，她花了一个月尝试挤奶，最终放弃。婴儿出生一个月后参加体检，医生发现他呼吸异常，很快动了气管切开术，之后，孩子完全依靠插管进食。由于已经从NICU出院，按诊疗报酬的相关制度规定，孩子无法再次住进去，只好和其他孩子一起住在儿科住院部，然而病情始终无法稳定，见孩子不能如愿住进NICU，美香女士不得不陪着他在这里住了两个月之久，在此期间，她战战兢兢地在医务人员指导下学会了为孩子吸痰。

孩子出院后，丈夫向公司说明了家里的情况，获批不用加班，每天下午6点回家，代替美香女士在晚间给孩子喂牛奶，以及隔30分钟吸一次痰。

美香女士参加了父母集会，这些父母的孩子都罹患相同的疾病，大家在一起可以互相倾诉平日的烦恼，但美香女士不习惯与一群由全职主妇组成的"妈妈朋友"相处，发自内心地认为"通过工作保持与社会的联系很重要"。于是，她为了重回职场，开始寻找适合寄养孩子的托儿所，先后吃了自家附近8家托儿所的闭门羹。所长听闻孩子的病，基本反应都是："哎呀，那可不得了。""孩子怪可怜的。""我们社区的托儿所都不招收这样的孩子呢。"美香女士儿子的身体状况刚好处于健康小孩与残障小孩之间，因此尴尬地遭到拒绝。丈夫从一开始就对孩子进托儿所不抱希望，一副事不关己的态度，而热爱工作的美香女士毫不气馁，继续寻找别的入园机会。

也是在这时，美香女士脑海里萌生了一个念头："凭什么男人就能继续工作，凭什么因为我是女人，就得放弃职场？论实力，明明是我更能干啊！"甚至越想越气，考虑离婚。

自从有了这个想法，她的情绪似乎出现决定性转变，刻意减少了做家务和照顾孩子的时间，也懒得为丈夫放洗澡水。孩子是无辜的，但她如果不狠下心做到这个地步，丈夫根本不会察觉她的烦恼。美香女士对丈夫的怒气有增无减："他一天大部分时间都待在公司，回到家也只是陪孩子稍微玩一会儿，当然会觉得孩子可爱，他过得真是轻松呢。"她渐渐不明白婚姻与生育有何意义，越思考越苦闷，夫妻关系日益疏远，连被丈夫碰一碰都感到厌恶，也不再觉得儿子可爱，育儿变成了义务般的存在。

儿子1岁后病情稳定下来，同时，美香女士通过了某大型金融机构的中途录用考试，顺利成为正式员工，年薪1 000万日元，奖金另计。由于被区立托儿所拒之门外，她便将孩子送到了东京市中心的非认定托儿所，这里的工作人员主要由护士组成。孩子能从早晨8点待到下午4点，园费是每月12万日元。美香女士还请母亲帮忙每天把孩子接回去照顾，她下班后再直接到娘家将孩子接走。为此，她每个月给母亲10万至15万日元的抚养费，加上园费和其他费用，每月保育支出共计30万日元左右。美香女士深有体会地说："正因为社会习俗如此，大家才觉得孩子天生该由母亲而非父亲照顾。孩子一旦有个三长两短，大家往往会叫母亲辞职，这种想法本身只会导致家庭崩溃，让孩子也很难过。"

东京女子大学名誉教授柏木惠子指出："今时不同往日，职场上的工作内容出现了较大改变，在经济高速发展时期，大家主要是干体力活，如今随着机械化的推进，更多事务性或服务性行业的工作向女性敞开大门，凭借工作发挥自身能力、体验成长，对女性很有吸引力，然而，如果女性想在职场打拼，势必要面临兼顾工作和家庭育儿的两难困境。倘若家里有了小孩，男性可以照常工作，女性却因生育问题被迫辞职，那么当然会有越来越多的女性选择不生。"

另一方面，既然无法保证女性能被公司录用，男性会以"如果我不工作，这个家就维持不下去"为由，顺理成章地逃避育儿。职场能理解倒还好，可目前不少地方和企业依然拥有极强的性别角色分工意识，认为"男人取得育儿假或跑去当奶爸什么的，不过是电视剧里演的罢了"。本书描述了不少母亲与孩子遭到孤立的社会现实，放任这种情况继续发展绝不是好事。仔细想想，父亲在某个特定时期取得育儿假、按时回家真的是天方夜谭吗？以职场为单位，多花心思，多多体谅，这种想法并非不能实现。如果每个人在公司里都能呼吁增加与家人相处的时间，并积极付诸行动，总有一天社会传统意识也会迎来转变。

被幼儿园驱逐的"一无是处的孩子"

"别说自己惨遭公司辞退，就连孩子也被幼儿园赶了出来。"

人见佳代女士（化名，44岁）说起此事，依旧难掩怒意。由于孩子罹患疾病，她并不打算选择托儿所寄养。同一时期，她复归职场无望，好不容易将孩子送进一家幼儿园，不久后却被勒令退园。

她30岁那年结婚，却始终没能怀上小孩，35岁接受了不孕治疗。佳代女士是一名护士，工作时间很不规律，没法频繁前往诊所，治疗也渐渐懈怠下来，肚子一直没有动静，就这样直到38岁那年，她焦躁地想，"过了这个年龄就没法再生了"，于是再次就诊，接受了人工授精，第二次受精后成功怀上小孩。

孕期第8个月时，她参加妊娠体检，总觉得B超时间过长。"难道胎儿有什么问题？"她心里浮现不祥的预感，果然孕期第9个月时，"也许是三尖瓣闭锁症"，医生这样告诉她。这话犹如利刃，狠狠插进她的胸口，她脑海一片空白，感觉自己置身阴暗的气氛中，几乎陷入抑郁状态。医院介绍她去某大学医院复诊，她很快过去检查，胎儿被确诊为三尖瓣闭锁症。这种疾病的病理改变是，心脏右心房与右心室之间的三尖瓣先天闭锁，从全身流回心脏的静脉血液（多含二氧化碳）经过心室间隔缺损（心房间隔上的孔洞）流向本不会流至的左心房，导致含氧较多的血液中混入二氧化碳而缺氧。医生说不动手术的话，产后胎儿至多存活3天，佳代女士抱着一线希望地想："如果坚持治疗或动手术，说不定孩子能得救，也能健康地活下去。"虽然她是护士，但对产科和心脏、心血管、淋巴管等循环器官不甚了解，针对这个病上网查了不少资料，发现治疗状况不大乐观。在这期间，她渐渐丧失了继续查询的勇气，刻意避开相关信息。

不久，她迎来预产期。躺上分娩台7分钟后，顺利产下一名婴儿。当时她已经将"孩子哭声会不会很洪亮？身体应该没问题吧？不会昏迷状态出生吧？"之类的想法抛在脑后，所幸孩子出生后看上去与普通婴儿无异。"我希望他能顽强地生存下去。"她心里升起这个念头。

孩子出生后立刻接受了检查，为防止动脉血管堵塞，医生进行了一系列治疗，待血管成长后，实行了心脏BT分流术，将动脉血管与人工血管相连，让锁骨下动脉与肺动脉连起来，增加肺部血液流量。一个月后，孩子出院，并准备接受根治手术。

"这孩子有足够的力量活下去，他生而具有这样的宿命。"这样想着，佳代女士感到稍稍安心。

2009年1月，眼看育儿假就要结束，孩子的最终手术却没有完成。孩子因为罹患肺部高血压，必须进行人工输氧。而且，医院托儿所不接收需要输氧的小孩，地方托儿所也没法进，即便找到可以寄养孩子的地方，佳代女士也不能值夜班。育儿假结束前，医院护士长曾对她说："育儿假期间手术完不了的话，你也可以继续利用看护假。"可一旦她真的很难立刻回去上班，护士长立刻翻了脸。

她就此事去事务局咨询，事务局告诉她："之前没有你这样的先例。"双方僵持不下，过了数小时，对方说："你还是辞职吧。"护士长放话道："请选择能让你的家人幸福的做法。"那语气仿佛在说你快辞职吧。而事务局的态度是："你既不能上夜班，又不能按正常工作时间上班，这让我们也很为难啊。"佳代女士感到如芒在背，看来只能选择"离职"。事实上，虽然她接受了劝退，事务局却在离职证明上越俎代庖地写道："无法值夜班，请允许我辞职。"

从那以后，孩子跟着佳代女士生活到3岁，不管去哪里，佳代女士都会随身携带3千克的氧气罐，对感染的恐惧到了神经质的地步。街上陌生人随便咳了一下，她都担心会传染孩子，如果孩子摸了别人摸过的东西，她一定会用消毒湿巾给孩子擦手。

孩子3岁时，肺部状态暂时稳定下来，只需要睡觉时输氧，依然无法去托儿所。佳代女士考虑让孩子进幼儿园，过一过集体生活。"总之试着找找看吧。"她这样想着，便给偶然得知的一家私立幼儿园递交了入园申请。园长得知孩子的病情，爽快地说："如果身边有体弱多病的小孩，其他孩子也能学会如何善待他人。"

然而，到了5月，幼儿园却出言责怪佳代女士的小孩病情不稳定，并且施压放言："这孩子一无是处。"

佳代女士的儿子是1月出生的，与同在年初诞生的小孩相比，身体瘦弱，发育缓慢，加上有过手术和住院的经历，发育就更加迟缓。

1岁零8个月时，孩子接受了根治手术，术后先后出现呼吸不全、肝功能不全、肾功能不全等并发症以及其他传染病，险些丧命。为此，孩子睡觉时连翻身都无法做到，只能一直躺在床上。肌肉渐渐萎缩，四肢只剩皮包骨头。术前孩子体重有8千克，术后减少到6千克，尿布从M号的内裤型换为S号的贴片型，没有力气行走也没有力气落座，3个月后，好不容易才能跟跟跄跄地走几步。

刚进幼儿园的时候，输氧只需要在晚间进行，但是，由于需要服用7种处方药和利尿剂，孩子尿床的现象很频繁。负责老师嫌弃地说："就没见过一天之内接连5次尿床的小孩。"此外，孩子听见其他教室传来的钢琴声，开心得想跑过去瞧一眼，老师会嫌他走路不稳很麻烦。后来，园方冷冰冰地对佳代女士说："我们幼儿园里的孩子都是要参加考试的。您家小孩不适合待在这里。"

幼儿园担心佳代女士的儿子随时发病，动辄劝她将孩子领走退园，并且类似的言行越来越多。儿子呼吸稍微紊乱，连"难受"这种词都没学会，负责老师就报告说："那孩子说他很难受。"孩子搭乘巴士去幼儿园，明明花不了15分钟，老师却说："坐一个小时的巴士来幼儿园，真是辛苦呢。"

对于没法一直坐着不动的儿子，幼儿园表示："我们人手不足，照顾不过来。"规定他只能在幼儿园待到中午。到了秋天，孩子病情稳定下来，幼儿园允许孩子每周有4天时间留在园内，年度结束前告诉佳代女士："明年要为考试做准备，我们的课程会很难，您儿子恐怕跟不上学习进度，请他别再来幼儿园了。"于是，佳代女士的儿子遭到强制退园。

后来，佳代女士将儿子送入一所公立幼儿园，情况为之一变。佳代女士说："这所幼儿园因材施教，会根据孩子自身的能力授课，孩子慢慢培养出自信，反倒学会了很多事。"至此，儿子终于过上了正常安心的幼儿园生活。

受看护的残障人士与不受看护的残障人士

"唉，是有什么异常情况吗？"

原本孕妇体检一个月只需要做一次，然而上一次体检结束时，医生却告之："请两周后再来一趟。"这话令人惴惴不安，担心腹中的宝宝出了问题。

医生是看完B超结果对她说出那句话的。当时，坂口贵子小姐（化名，30岁）刚进入孕期第7个月，只觉这两周的焦灼不安终于变成了现实。心脏似乎在瞬间停止跳动，脸色苍白，只觉十分胆寒，又像被谁狠狠一把抓住心脏，又疼痛又慌乱。

"坦白说，您腹中的胎儿心脏有问题，单心室与肺动脉瓣恐怕出现了闭锁或狭窄。"医生开始解释。只见B超图像上，流经心脏的血液呈现赤色和青色，医生详细说明："这个血液流动……"贵子小姐记不清医生说了什么，当即抽抽搭搭地流下眼泪，不知道从今以后自己该怎么办。

经由埼玉县内她一直就诊的妇产科诊所介绍，贵子小姐去了某位专职医生供职的大医院，果然胎儿被确诊为罹患严重心脏病并伴随其他并发症。

医生说："如果孩子接受了手术，就能像其他孩子一样正常参加体育运动，别担心。"不过，她必须在设有NICU的医院分娩，生活随之出现很大改变。贵子小姐一度很烦恼，不知道寻找医院这件事会不会影响自己继续工作。

如果是在确诊胎儿罹患重度心脏病的那家医院，孩子出生后能接受先进的医疗服务，但考虑到孕期的突发状况、产后孩子需要动手术并住院，以及定期去医院就诊，当地又离娘家与亲戚家较远，如果这一切都由自己独立承担，贵子小姐觉得没有安全感。除了丈夫，她能依靠的只有位于千叶县的娘家人，于是她把家搬到了娘家附近，在东京都内寻找合适的医院。与此同时，贵子小姐面临是否辞职的选择。

贵子小姐是学童保育指导员，以前是外聘员工，为了成为正式员工，她转到另一家学童保育机构工作，两年后被提拔为机构负责人。她热爱工作，就诊期间医生却告诉她："罹患心脏病的孩子，父母必然有一方会辞掉工作。"自从发现胎儿异常后，她最烦恼的便是选择哪所医院和要不要继续工作。通过和保育机构协商，她得到了机构的理解："孩子出生前很多事情都不好说，要不你先休产后假和育儿假，最后再决定要不要辞职。"

考虑到孩子的身体情况，她决定选择东京都内的医院。能为孩童实行复杂心脏手术的医院数量有限，她迟迟没能决定去哪家医院，后来还是在埼玉县那家医院的医生劝说下，好不容易决定了去处。

不久，她产下一名男婴。孩子出生后立刻被送入保育箱。左手多出两根手指，将来势必要动手术，取出指骨，此外医生告诉她，怀疑孩子的听力也有问题。不过，贵子小姐认为"这些都是小问题，只要儿子的心脏病能治愈，一切都好说"。

贵子小姐每天都去医院看儿子，挤出数毫升的母乳，用玻璃吸管喂儿子喝。3周后，儿子动了手术，植入了人工血管，将来还须接受根治手术。医生解释说这个手术的死亡率高达15％，贵子小姐听后，险些无法承受，只感到无边的恐惧。再看看周围罹患重病的孩子，她越来越担心。

所幸手术很成功，儿子又住了一个月的院。儿子一出生就在手术中抗争，想要见到儿子就必须到医院去。她刚生完小孩，体力消耗巨大，每天跑医院非常辛苦，但她一心要见儿子，便带着挤出的母乳，每天往返于家和医院。护士劝她："如果连妈妈都累病了，孩子可怎么办？"她便偶尔休息一下，仅仅1个月，体重便下降了12公斤。

贵子小姐探望完儿子回到家，自然感觉家里空荡荡的。母乳依旧在分泌，稍微碰一碰，胸口便感到刺痛。她像喂奶那样，每隔3小时挤一次奶，如果不坚持这么做，母乳会渐渐不再分泌。为了提高儿子的免疫力，她希望多喂他喝母乳。儿子不在身边，贵子小姐独自承受着身为母亲的孤独感。夏天酷热，为了防止冷冻母乳融化，她在冷冻手提箱里加了很多制冷剂，顶着炎炎烈日，拎着沉甸甸的手提箱，步履踉跄地去医院探望儿子。

丈夫伸太郎先生（化名，30岁）的想法是："与其考虑儿子为什么会变成这样，不如把精力放在如何经营未来生活上。不要抱过高的期待，在根治手术结束前，我们只能尽量保持心态平稳。就算儿子健健康康出生，今后要在社会立足，依然会吃很多苦。我们还是想想当下力所能及的事吧。"贵子小姐的母亲也告诉她："这个孩子也许身体比普通孩子弱一些，但我希望他能借此体会人生百味。你要好好抚养他，让他将来得到更多的爱。"听了母亲的话，贵子小姐心里好受许多。

孩子接受根治手术前，可暂时出院随贵子小姐回家。贵子小姐对儿子的夜哭烦恼不已。这是她初次经历育儿期，丈夫更是不知所措。有一次白天，孩子不小心将头部撞出瘀青，她紧张得直接将电话打去了医院，待确定伤口的瘀痕渐渐消退，她才松了一口气："想不到这孩子很有精神嘛。"贵子小姐向来闲不住，和儿子单独留在家里的生活很乏味，她便背着氧气罐带儿子去了儿童会馆。

那年年度末，她想自己恐怕必须在方便离职的3月最后一天辞职。机构告诉她，7月她的育儿假便结束了，在那之前她可以继续休假观察儿子的病情。她觉得，根治手术结果还不好说，这样下去，自己会继续给机构添麻烦，便在7月直接离职。2012年1月下旬，孩子接受了第二次手术。

儿子病情稳定后，夫妻俩开始感受到生活中的种种不便。公寓里的上下台阶没有配备方便轮椅通行的斜坡，每次抬上抬下婴儿车都很费力。外出就餐时，很少能找到可以和儿子慢慢吃饭的餐厅。走在街上，路人吸烟时飘出的烟味对儿子来说也很危险。带着儿子乘电车时，乘客也不一定会给他们让座。儿子一旦哭闹，周围便有人不耐烦地啧啧出声，投来冰冷的目光。察觉这些情况，伸太郎先生想："算了，这都是小事。"

儿子出院后，若是在他输氧时带他出去散步，路过的人看到婴儿车会好奇地凑过来，但看到儿子的瞬间，大多数人都脸色骤变地问："咦，这个小朋友得了重病啊，怎么回事？"当没必要输氧并摘掉氧气罩后，儿子看起来其实和普通小孩无异。"当事人经历的，旁观者终究没法感同身受。"每一天，伸太郎先生都对此深有体会。同时，社会上存在着受看护的残障人士与外表看似健康的不受看护的残障人士。的确，社会会无条件地接纳婴儿，但孩子是否身有残疾，决定着周围人看待他的眼光——这个事实让人心里一沉。伸太郎先生向他们解释过儿子的病情，有人表示理解，也有人质疑："既然在孕期就通过B超检查出了问题，为什么不选择人流呢？"

根据《残障人士福祉法》的相关规定，罹患心脏机能障碍、肾脏机能障碍、呼吸器官障碍等的残障人士，均属于"内部机能障碍者"，可以得到一本残疾人手册。通常他们的外表与正常人没有太大区别，不明就里的人很难看出他们的病情。患有先天性心脏病的小孩，即便正常发育，体力也很差，上下楼梯都感觉疲倦，在学校上体育课时也受到各种制约，不得不在旁边观看。为此，有的监护人会亲自送孩子上学放学。伸太郎先生无比担心地表示，"不久的将来，儿子可能会苦恼地想为什么偏偏只有自己和身边的朋友不一样，也可能被同学欺负吧。"他还发自内心地祈盼道："对残障人士予以否定的社会习俗让人心生畏惧。每个人都可能遭遇意外，失去工作能力，真不希望看到这些不幸的少数群体被社会排挤。"

整个社会便是如此，在排挤弱者的前方，等待着的是强者生存的现实。伸太郎先生说，自从儿子罹患心脏病，意识到他是"内部残障者"后，自己在电车或巴士上看到坐在优先座位上的年轻人，才会想："或许他也是内部残障者，因为身体吃不消才会坐在这个位子上。"如今的现实是，社会只会把关怀分给那些一眼就能看出是残障人士的人，而那些"内部残障者"，很少得到理解。

伸太郎先生就职的公司里，有四个同事为人父母。其中一个同事的小孩罹患唐氏综合征，另一个同事的小孩也有心脏病，不过和自家儿子的病不一样。平时大家聊到残障或疾病，都是怎么想便能怎么说。对于孩子的成长，伸太郎先生深有感触地说："如果社会对残障小孩多一些包容，提及残障，不再让人感到难以启齿，该有多好。"眼下要过上正常的社会生活，他们每次都需要对周围人说明儿子的病情。

贵子小姐不得不辞职，专心在家照顾儿子。根治手术结束后，为了取得育婴师资格证书，她打算继续学习。"儿子十分有兴趣接触他人，我想多学些保育知识，让他过上朝气蓬勃的集体生活。"与前文提及的美香女士一样，对于一旦孩子遇到什么事情，双亲之中却总是要女性辞职的社会现实，她也有自己的看法。

"我觉得相比之下，在外面工作是多么轻松。当初我刚得知孩子患病时，犹豫了很久要不要辞职。那时候我觉得，必须把孩子放在第一位，辞职就是最好的办法。可是，现在回过头想想，也许自己可以一边上班一边照顾孩子。"

她的儿子至今没有再罹患重大疾病，主治医师说把孩子送去托儿所也没问题。接下来就是最后一次根治手术。贵子小姐考虑4月开始工作，事实上也敲定了去处。她向自治体递交了入托儿所的申请，对方以没有空额为由拒绝，她便四处寻找其他合适的托儿所。儿子白天在托儿所也必须服药，这一点很不好办，于是她接连被好几家托儿所拒之门外。

对于在育婴师监督下服药是否属于医疗行为，目前业界意见并不统一。2005年厚生劳动省医政局长发出通知，对《医师法》和《保健师助产士护士法》予以解释，在患者满足以下三项条件的同时，若辅助患者用药一方未持有医生、护士资格证，须遵循患者及其家属的要求，使用医生所开处方药，不视为医疗行为：① 患者无须入院治疗，病情稳定；② 无须担心药物副作用的危险性，且服药量的调整无须经由医生与护士的长期观察；③内服药的情况下无须担心误服，若为坐药则无须担心误涂会导致肛门出血等现象。但是，具体到现实中，不少机构害怕担责，一般不愿招收须在园内服药的小孩。贵子小姐夫妇经过一番周折，好不容易在年度末将孩子送进了某公立托儿所。

保育制度原本始于福祉行政，托儿所这类机构能在早期发现遭受虐待的孩童，让他们尽量免受伤害。然而，在公立托儿所数量减少的情况下，民营企业与开设幼儿园的学校法人也加入了进来。他们中的一些经营者公然无视保育的意义，只想控制人员费用支出，牟取利益。如此行为，为孩童带来一系列负面影响。

在东京都内某认定托儿所工作的育婴师仲原清美小姐（化名，33岁），便对自己所在的托儿所的运营方式抱有很大疑问。

她在每日的保育工作中观察到，这里曾是幼儿园，以学龄前的超前授课为卖点，获得了媒体的宣传报道。在清美小姐看来，这种做法不过是为自身谋利罢了，托儿所的运营方式也从来就没有站在福祉的角度，并不是为孩子们考虑。它提供的是需求量上升的应急式临时保育服务。曾经开设的幼儿园有缩小规模的趋势，原因是国家支付的补助金太少。

清美小姐叹息道："利用临时保育服务的，都是独自在家照看孩子、遭到孤立的母亲。她们中不少人对育儿一窍不通，苦恼了很长时间。另一方面，孩子们来到托儿所，我们才能发现他们中有谁被父母虐待，有谁发育迟缓。所以说，录用经验丰富的专业育婴师是必要的，而一旦考虑到控制人员支出，托儿所就不会录用这样的育婴师。"另外，托儿所规定可招收0至5岁的孩童共7名，而配备的育婴师只有1人，完全照顾不过来。

至于临时寄养补助金的基准额，国家按托儿所每年招收的孩童人数支付，比如，清美小姐就职的托儿所每日需照顾7名孩童，按每周6天计算，一年约招收2 000人，补助金基准额按"招收孩童在1 500至2 100人以内"的规定，合计约410万日元，考虑到控制人员费用和其他成本，托儿所很难为7名孩童配备多名育婴师。

　　一般来说，年幼的孩子在托儿所或幼儿园时，都有互相啃咬的行为，孩子处于发育阶段，这是很常见的现象。园长或理事长见状却大发雷霆："负责照看他们的老师干什么去了！？"为了改善教室里的视野，方便监督孩子们的行为，他们便命人拆去了玩具布置。开会时，育婴师们担心被开除，往往提心吊胆地面对上级给出的考评，不敢发表自己的建议和看法。清美小姐曾对上级说："如果我们好好对父母解释，他们也许不会再就孩子们互相啃咬的行为跑来投诉。"她的建议却被当了耳旁风，毕竟枪打出头鸟。这里的理事长总是唠叨"经营效率、经营效率"，导致良好的保育服务根本无法推行。

　　从本质上说，幼儿园和托儿所是迥然不同的两种机构。如果将其混为一谈，置身同一个班级的小朋友自然会乱作一团。清美小姐的班上，幼儿园和托儿所小朋友上午的日程安排相差无几，但午饭过后，托儿所的小朋友开始睡午觉，幼儿园的小朋友则放学回家。午觉组中，年长一些的小朋友会帮年幼的小朋友叠被子，学习如何照顾他们。而幼儿园组的小朋友会按时回家，彼此之间的感情很淡薄。同时，托儿所的不少小朋友看到幼儿园的孩子纷纷回家，只有自己还在孤零零地等着父母下班来接，情绪也会变得不安稳。

　　这些小朋友的父母也是千差万别。幼儿园孩子的父母对孩子的学龄前教育十分热心，将幼儿园视为补习班，会积极参加幼儿园组织的活动；托儿所孩子的父母是因为工作繁忙才将孩子送过来寄养的，平时难以参加园内活动，小朋友面对这样的状况，会感到特别失落。清美小姐认为："幼儿园是幼儿园，托儿所是托儿所，二者应该各司其职。"

正视虐待的现场

一些儿科医生遇见过这样的情况：在无人察觉的情况下，有的孩童遭受父母虐待，被送来医院后，等待他们的只有死亡。

某医院的儿科住院部——

"这里有3名孩子因遭受虐待被送来救治，只能靠氧气罩维持生命。其中一人重伤，整整1年半都戴着氧气罩，被判断为脑死亡。"供职于该医院的儿科医生难掩愤怒地说。孩子大概四五岁，睁着眼睛一动不动地躺在床上，面孔天真，眼神呆滞。医生说："这孩子的头骨裂了。"或许因为水分滞留脑内，脸蛋浮肿，然而跟他说话时，却总让人感觉也许他会应一声，或是笑一笑。护士一边同他说话，一边为他吸痰。那家医院的儿科医生表示："虽然可以判断为脑死亡，但受虐待孩童又不能将器官移植给别人，所以不会被正式判定为脑死亡。"

儿科住院部约有40张床位，像这样的孩子还有两三人，他们戴着氧气罩，频繁接受吸痰，勉强维持生命。这里的其他孩子均由护士一人照看，她也渐渐感觉疲惫。

病情稳定下来后，没有医院愿意继续接收这样的孩童，越是能力优秀的护士，越是容易在照看这些孩子的时候精疲力竭。孩子出院后，往往会再次被送回来，不过回来的只是一具冰凉的尸体。医生感叹："真不知道还能再为他们做些什么。"

医院附近有许多家工厂，其中的员工以派遣社员与非正式员工居多。工厂每周都有白班和夜班，对员工的家人来说，也是不小的精神压力。父亲持续上夜班，到家后白天几乎都在睡觉，母亲非常担心孩子的哭声吵醒父亲，为了让孩子闭嘴，便采用虐待的手段，诸如此类的情况屡见不鲜。

有一回，某家3个小孩都被送来了医院。老大已经死亡。老二头部受了外伤，戴着氧气罩躺在床上，呈植物人状态。老三被送到医院时，医生说："如果再让他回到父母身边，可能就没命了。"于是直接与儿童咨询所商量，希望对孩子加以保护。

有的父母明明虐待孩子致其重伤，对于孩子无法苏醒的现实却不愿接受，要求带孩子回家进行在家治疗。医生见状便想："太危险了。"两周后，孩子死亡，再次回到医院。也许是他的父母亲手杀死了他，但真相已无从知晓。

日本全国范围内，有些孩子出生好几年，父母才递交出生证明。医生肯定地说："其实在那期间，工作人员如果怀疑他们放弃育儿或虐待孩童，是可以采取措施的。"因为行政方面有孩子接受预防接种的底账，未参加接种的孩子被记录在案，如果怀疑父母放弃育儿，相关人员可采取防止虐待孩童等行政措施。不过由于虐待具有突发性，往往防不胜防。如果能协助解决放弃育儿的问题，也许这些孩童就能免遭不幸。

有些孩子夜哭剧烈，晚上不肯睡觉。保健师每周两次上门访问时发现母亲死死盯着孩子，也许快撑不下去了，于是给医院打了电话。母亲住了一周的院，其间与孩子暂时分开，精神上终于缓过来了，之后家人也帮着她照看孩子，育儿危机总算解决。

一些社会上的知名人士生下小孩后，也因对育儿不够了解，出现虐童行为。对此情况，医生认为："有位母亲在孕期对胎儿感情不深，孩子出生后，却发现'原来孩子这么可爱啊'，意识上仿佛打开了作为一名母亲的'开关'，也许这就是母性吧。我们需要思考的是如何帮助那些尚未打开开关的母亲。她们其实没有错，我们必须为其提供多方面支援。如果能做到这点，应该能避免孩子遭到虐待。"

不过，这位医生也指出一个事实："5年来，就保护受虐孩童一事，我联络通知儿童咨询所60多次，其中仍有4人死亡。"更为严峻的问题是，16年来，经由医生通知而被正式列入数据统计的虐待致死儿童只有2例。医生下达死亡诊断书时，父母拒不承认虐童，由于没有现场证人，那些儿童只能被判定为死因不明。

事实上，有些1至2岁的婴幼儿被送来医院时，父母谎称孩子遭遇事故，医务人员却一眼就能看出是虐待所致。婴幼儿遭受暴力时，可能当场死亡。医生感叹："据统计，每年虐待致死的儿童大约有50例，这个数字也许与真实数据差了两位数。"

另一方面，电视上总会煽情地播报一些虐待致死的新闻，不少医疗从业者发自内心地说："希望媒体能够在报道案件的同时一并告知大众，一旦发现受虐儿童，人们有义务及时通知儿童咨询所。"这些孩子的存在常常被家附近的大人们忽略，直到丢了性命才被送来医院。为尽早发现受虐待的孩子，《儿童虐待防止法》第五条规定，相关学校、儿童福利机构、医院等的职员有义务尽力在虐待早期发现端倪；第六条规定，即便非上述职业的工作人员，若发现可能遭受虐待的孩子，也须尽快联系市町村、都道府县的福利事务所或儿童咨询所。可惜这两条法律规定尚未普及。

不过，如果大家只是一味谴责虐待孩童不可饶恕，一些父母便会想，"莫非我在虐待孩子，莫非差一点就虐待孩子了？"反而更不愿意前去咨询。于是，一些潜在的虐待行为慢慢发展为秘密操作，更难被发现。医生说："就算只是有些不安，也希望这些父母能坦然地来医院或相关机构咨询。"

虐童或几近虐童的事件也许就发生在我们身边，并非什么罕见的现象，我们往往无法采取相应的措施。厚生劳动省报告的虐待致死案例只是冰山一角，自治体行政工作人员与警察能力有限，在他们力所不及的地方，一些原本可以得救的孩子便反复遭受虐待。

如果虐待给孩子造成后遗症，而重症身心障碍儿童设施或爱婴医院人满为患，那么无处可去的孩子们只好长期住在医院里，给急性期医疗带来不利的影响，致使医院和行政人手不足，即便想保护他们的安全，工作人员也有心无力。

不过，医院里有些医生或护士发现孩子和父母精神状态不正常，会积极联系社会福利工作者、地方保健师，大家一起寻求具体有效的解决办法。可以说，要支援这些精神异常、可能走向虐童的父母，对人才的质量和数量都有一定要求。

残酷的虐童现象并非个例。横滨市立大学附属市民综合医疗中心综合围产期母子医疗中心的部长关和男医生愤慨地说："虐童问题实在严峻。具有这种倾向的父母很多，我们几乎每天都在开会讨论。最近12年来，在我们医院出生的3个孩子被父母虐待致死，明明没有生病，却因虐待致死被送来医院，让人忍无可忍。"此外，日本红十字会医疗中心的杉本顾问指出："有些母亲通过不孕治疗才怀了孕，虽然想好好疼爱孩子，却控制不住虐待行为。高龄分娩的话，孕期由于激素的分泌，会显得精神焕发，产后却被格外辛苦的育儿折磨得心力交瘁。还有些孩子是早产儿，出生后被送进NICU，母亲习惯了和孩子分开生活，孩子出院后，她们尚未做好育儿的准备，倘若在抚养小孩的过程中遇到不顺心的事，便很容易出现虐童行为。"

然而，现实中却缺少足够的人才对其进行支援。新生儿死亡案例太多，要从妊娠期开始解决具有社会性风险的怀孕，便必须增加医疗从业者、儿童咨询所工作人员的数量，这已成为刻不容缓的课题。

发生在爱婴医院的事

当发现父母虐待小孩，儿童咨询所为保护婴幼儿，会将孩子送去相关机构，其中一个地方便是爱婴医院。不过，究竟有多少人真正知道在那里成长的孩子们的现状呢？

爱婴医院里有一名年满8岁的小女孩，长期瘫痪在床，同她讲话，她也只是无神地睁着眼睛，腿部怪异地弯曲。她出生时原本很健康，后来遭到母亲虐待，脑内出血的后遗症是身体留下了残疾。母亲患有精神疾病，倘若不是警察介入，大家还不知道她被送来爱婴医院的真正原因。除了这里，当初她没有其他地方可去，就这样长到了8岁。

此外，有位母亲才19岁，已经生下第二个小孩，产后因使用毒品被拘留。外婆忙着照顾家里第一个小孩，无暇顾及老二，便将老二送进爱婴医院。有位未婚孕妇在孕期33周早产，经济困难，孩子的外公外婆都在工作，没有人照看孩子，以此为由，她也将孩子送到了爱婴医院；有的孩子患有难治性癫痫病，上面有哥哥或姐姐，也被父母以抚养困难为由送进爱婴医院；此外，也有一些孩子的父亲长期对母亲实施家庭暴力等。

笔者曾走访过日本红十字会医疗中心设立的附属爱婴医院，在那里，约70名婴幼儿过着远离父母的生活。

爱婴医院接收的孩童，大多遭受父母虐待或放弃育儿，总之家里无法养育他们。根据《儿童福祉法》，出生后不久的新生儿到3岁左右的幼儿，都能在这里接受育婴师、护士、营养师的保护，医院为孩子们提供24小时的养育看护服务。全国目前设有129家爱婴医院，通过儿童咨询所的介绍，全国约3 000名婴幼儿被送入爱婴医院，在这里生活。东京都内有10家爱婴医院，日本红十字会的爱婴医院是医院附属机构，这里不少儿童都需要接受必要的医疗看护。2008年，19.5%的婴幼儿因"遭受虐待"入院，2010年这一数据上升到36.4%；同时，因"母亲精神疾病"入院的孩子占比从2008年的36.6%上升到65.2%（问题为多选）。

日本红十字会医疗中心附属爱婴医院位于一栋二层建筑内，这栋建筑外观类似托儿所。孩子们365天24小时都在这里生活。一楼设有宽敞的游戏室，孩子们可以在里面尽情嬉闹，做韵律体操。这里还设有生活体验室，与孩子分开生活的父母可以在体验室内留宿。日本红十字会医疗中心附属爱婴医院二楼属于生活场所，教室分布于建筑物内，从内到外按孩子的月龄、年龄顺序分成各个班级，有树袋熊班、松鼠班、熊猫班、兔子班、狮子班、长颈鹿班等。每个班级的性质均由孩子的年龄和发育进度决定。据说如果母亲因心理问题放弃育儿，那么即便是正常出生的婴儿也会发育迟缓。

树袋熊班里大多是躺在床上需要照看的新生儿，以及气管切开、需接受输氧等必要医疗救治的孩子。本文开篇提及的8岁小女孩就生活在树袋熊班。

松鼠班有医生指导孩子们进食，也有专人辅助虽能进食但无法正常吞咽的孩子吃饭。一名罹患SBS（婴儿摇晃综合征）的孩子在出生后7个月里发育正常，之后才被摇晃致使患病，因急性硬膜下血肿压迫脑部，发育会逐渐迟缓。急性硬膜下血肿的病因多为头部遭受外伤。这名孩子的咽喉受伤严重，连婴儿辅食也不能正常吃下去。熊猫班上，有孩子罹患外胚叶发育不全，这种病较难治愈，由于出汗较少、牙齿缺损导致其牙齿停止生长，因此孩子必须在这里练习如何使用假牙。

兔子班里有名罹患SBS的2岁小朋友，不会走路，连睡觉翻身都是好不容易才学会的。而另一名罹患同样疾病的3岁孩子，其发育程度仅相当于正常的1岁孩童，而且视力很糟，表达能力也欠缺，如果不进行眼底检查，无法准确得知他究竟是弱视还是失明。不过，孩子的耳朵与四肢很灵活，坐着时能借助身边的人或物，靠自己站起来。临床心理师每隔一周探访爱婴医院，为视力不好的孩子进行集中治疗。

在月龄较长的熊猫班，孩子们的房间被布置得像一个家，有厨房和浴室。升入狮子班，有的孩子已经学会换衣服。拥有自己的储物柜，可以随时按喜好存取物品。长颈鹿班的孩子已能独自去卫生间。

这里的孩子背景复杂，有的被父母虐待，全身都是红痕；有的因为哭闹不止，被父母狠狠摇晃，头部被剧烈晃动，罹患SBS后脑部留下残疾，一只眼睛失明；有的洗澡时被父母用很烫的水烫伤皮肤。罹患SBS的孩子通常发育迟缓，在本该正常发育的年纪，运动机能普遍低下，如脖子依然摇摇晃晃，睡觉不能翻身，无法站立等。2011年11月，笔者初次造访爱婴医院，这里有7名孩子罹患SBS，其中3人被父母摇晃而失明。

SBS的病因是因剧烈摇晃致使脑血管受创。0岁幼儿正值脑部发育期，摇晃会导致脑内出现空隙。尤其是出生后到6个月前，幼儿的脖子还比较松，如果剧烈摇晃头部，脑部也会随之摇晃，容易出现硬膜下血肿，导致孩子意识障碍或痉挛，甚至死亡。即便侥幸保住性命，也难逃偏瘫或视力障碍、智力障碍等后遗症。

有的孩子因为母亲分娩时发生意外而在身体上留下残疾，比如在昏迷状态出生，缺氧导致脑性麻痹。母亲在产后数日出院，孩子则进NICU接受治疗后出院。然而，育儿生活与母亲当初的设想相去甚远，母亲想回去上班，却找不到托儿所寄养孩子，于是孩子无处可去。当邻居好奇地问："宝宝怎么啦？"母亲也难以启齿。有些话只能对那些家里孩子体重过轻或身患残疾的母亲说，和普通小孩的母亲聊这些，无异于在自己的伤口上撒盐。现实残酷，要让她们面对并接受现状，积极向前看，都是需要时间的。

日本红十字会医疗中心附属爱婴医院的护士长臼井孝子说："没有哪个父母来到爱婴医院后，会承认自己虐童。"有个孩子手腕上留着烫伤的痕迹，父母解释是自己用卷发器时，不小心让滚烫的夹发棒烫到了孩子的手腕，但从伤痕来看，那分明是用发棒夹住手腕造成的。医生对父母牵强的说法感到怀疑，便将情况汇报上去。孩子手腕上的烫伤虽然能够治愈，但这件事无疑给他留下了深深的心理创伤。刚来爱婴医院时，他沉默寡言、面无表情。臼井护士长说："每次看见这样的父母和孩子，我都觉得很难给虐待一个准确的定义。有的父母不是不想照看孩子，但他们会很在意周围人冰冷的目光，也对孩子出人意料的迟缓发育与成长耿耿于怀。"

在 0 至 3 岁期间，能够得到爱婴医院保护照顾的孩子是幸运的。如果迟一些才被发现遭受虐待，那些负面经历会变成巨大的阴影，伴随孩子今后的身心成长。对父母来说，孩子能进托儿所后，育儿环境便有了很大改善，这时爱婴医院会让父母将孩子接回去。如果有的父母有虐童行为，爱婴医院会尽力保护照顾孩子，直到他们身心康复能够回家。回家的具体时间，由拥有一定权限的儿童咨询所视情况而定，比如孩子情绪安定下来，父母也有了成长。不过这种做法往往导致父母与儿童咨询所之间剑拔弩张，在他们眼里，是儿童咨询所将自己与孩子分开的，虐童的心理阴影也始终困扰着他们。随着时间推移，有人能与儿童咨询所和解，有人却一直记恨。

2013 年 1 月，笔者再次造访爱婴医院，遇见一位母亲来探望孩子。母亲站在房间外面等着，当看见 3 岁的孩子从房里出来，她立刻迎上去，紧紧抱住孩子。孩子也很开心，咧嘴笑了起来。这位母亲每月有一周时间将孩子寄养在爱婴医院。主要原因是她对待育儿过于严肃，发现孩子发育迟缓，便开始钻牛角尖。此外，有位母亲看似心疼地抱着孩子在院内散步。她之前说自己是一不小心才让孩子从高处摔落的，但院方判断她有虐童行为，便将孩子保护了起来。

不论出于什么原因，对父母与孩子而言，爱婴医院都已成为他们的避难所。臼井护士长根据自己每日在院内的切身体会指出："有的母亲孕期从来不做体检，也没有固定就诊的医生，等预产期一到，便直接去医院分娩，生下小孩后也弃之不顾，但其实，只要是在医院产下孩子，就意味着母亲还是想保住孩子的性命的。

"尽管出生环境那样不幸，尽管养父母与生身父母还是有区别的，我希望他们长大后依然能觉得，生而为人是一件值得庆幸的事。我也希望爱婴医院能为这样的孩子提供良好的成长环境，让他们将来可以敞开心扉，再次爱上他人。"

"必须告诉大家，养育孩子不是儿戏"

在日本红十字会医疗中心附属爱婴医院工作30年的育婴师佐藤礼子女士（真名，60岁）说，她们对来到这里的孩子传达的第一句话便是："现在很安全哦，放心吧。"

在这里，育婴师与孩子们借由身体接触建立信赖关系：陪在他们身边，轻声与他们说话，轻轻拥抱他们。一个曾经遭到父母忽视的孩子，从未被谁抱在怀里喝过牛奶，据说父母是将奶瓶放在地板上让他喝的。对这个孩子来说，那是理所当然的事。他不曾体会过被父母哄一哄的滋味，佐藤女士等育婴师同他讲话，他脸上没有一丝笑容，也不回应。佐藤女士想着他也许还不习惯，毕竟有些孩子讨厌被大人抱在怀里，为此她花了不少心思，一次次抱着他，希望他感觉舒适。

白天，3名育婴师要负责照看10名孩子。哪怕想同每个孩子都说说话，也苦于无法一对一交流，正为某个孩子伤脑筋时，佐藤女士感觉别的孩子又用"看这边看这边"的目光注视着自己。每当这时，她都会说："我在哦，某某小朋友。"孩子听见她的话，便露出满足的神情。也许正是因为置身集体中，这些孩子才有了表达自己的欲望。

当孩子们学会在地上爬行，学会独自站立，一点一滴的成长都让育婴师感受到自己工作的价值所在。在这里工作久了，有时会遇见早已成为某家人养子的孩子回来探望。"你都长这么大了呀。"一番寒暄后便和孩子回忆过往。另一方面，正因为如此，她有时会想："这些孩子被父母抛弃，来到这里生活，却很少有人能对他们的心情感同身受。"在爱婴医院工作越久，这个想法便越强烈。佐藤女士还说："被养父母领养后，我们也会为孩子松一口气。听闻他们在父母身边生活，体会到家庭的温暖，慢慢长大成人、结婚生子，我们心里别提多高兴了。"

兼顾着养育职责的育婴师、护士、家庭支援专门咨询员、临床心理师来到爱婴医院后，会围绕孩子们重回家庭、领养委托等核心问题，就养育、发展促进、依恋形成等各个方面展开讨论，制订支援计划。由于遭受虐待遇到心理阴影问题的孩子在增加，通过心理发展检查或集体治疗，对孩子提供心理看护服务的比重也在上升。为帮助孩子与监护人之间形成正常的依恋模式，爱婴医院还在成长期各个阶段反复举行"探望""外出""生活体验""外宿"等活动。

儿童咨询所判断亲子关系得到修复后，孩子便能回到亲生父母身边生活。从这家爱婴医院出院的孩子里，约60%回到了原生家庭，约15%被领养，约20%则转去了儿童养护机构等。

本为保护孩子而设立的爱婴医院随着时代的进步，其职能正在不断扩充。2007年，涉谷区开展了地方育儿支援委托事业，面向居住在涉谷区的家庭，举办了一次为期七天六夜的短期住宿活动。如果在下一个孩子出生前的一周，母亲受伤住院，便可以将孩子寄养到爱婴医院；如果父母双双出差，也可以将孩子短期寄养在爱婴医院。爱婴医院帮助了许多家庭，而它置身的大环境也在变化。根据部分修订后的《儿童福祉法》，2012年起，爱婴医院的人员配置、设备配置、运营标准等，从必须遵循厚生劳动省令改为遵循各都道府县出台的相关条例。

爱婴医院的院长今田义夫担心地表示："爱婴医院是少数群体，如果得不到议会、居民的理解，被削减人员费用支出，恐怕孩子们的幸福也会被一并剥夺。许多政治家根本不知道爱婴医院的存在。"为此，必须获得制定最低运营标准条例的议员的理解。全国婴儿福祉协议会计划制作针对政治家的宣传手册，让他们了解爱婴医院的方方面面。

倘若最低运营标准再度降低，在这里工作的育婴师纷纷辞职，那么最终堵死的是孩子们通往幸福的道路。

供职于某爱婴医院的育婴师山田富子女士（化名，60多岁）一针见血地指出："不少育婴师出于好心，怀着志愿者精神，想为这些孩子做点什么。面对这一事实，国家却摆出高高在上的态度。"

有的父母涉嫌欺诈罪被捕，需要服役2年，孩子便进了爱婴医院。他们乍一看去普普通通，其实发育有些迟缓。他们在婴幼儿时期的经历不同寻常，也没能交到朋友。如果在正常家庭长大，那么日常生活中很多小事都能为他们的成长带来良好的引导，比如散步时看见路旁绽放的花朵，对虫鸣或鸟叫感到好奇，搭乘公交车或电车外出，等等。育婴师希望陪他们亲身体会这些细节，但工作时间实在没有空闲，无法付诸行动。富子女士等育婴师只好利用休息日，以一对一的方式，每月带一名孩子外出游玩，当然这属于志愿者行为。

曾有一名母亲在博客上写道："看着自己的小孩就忍不住想掐死他。"她毫不考虑孩子的一日三餐，一门心思想着要去哪里玩。朋友察觉情况不妙，告知了儿童咨询所，孩子才被送来爱婴医院。虽然可以寻求领养，但实际情况不一定顺利。有的孩子在叛逆期会遭到养父母的虐待，这些养父母甚至可能虐待自己的亲生小孩。笔者切实认为："如今的年轻母亲抚养小孩如同儿戏，用玩游戏的心态，靠感觉做事，如果不明确告诉她们养育孩子不是儿戏，她们对育儿便一无所知。"

家庭背景复杂的父母与孩子正在增加，爱婴医院的职员配置标准是，1名护士或儿童指导员或育婴师负责1.7名1岁儿童；如果孩子2岁，则孩子与职员的比例为2：1；3岁以上则为4：1。按这样的人员标准，如果要值夜班，显然就会人手不足。白班从早晨8点到傍晚5点，白天工作时间，为了保证孩子的一日三餐，育婴师不得不用填鸭的方式。午饭后到下午2点半前是休息时间，如果插进会议，或是会议延长，休息时间就要被占用。虽然育婴师的职责是帮助孩子身心健康发育，但富子女士认为，"良好的保育也是有极限的"。

育婴师1人负责照顾10名孩子，很多宝宝必须服药，育婴师集中精力给他们喂药时，其他宝宝感到自己被忽视会吵闹不已。换尿布、换衣服、哄他们睡午觉、喂他们吃饭都是难度极高的工作。孩子们在清早情绪特别好，到傍晚时积累了一天的压力，想要睡觉或争吵，为了抢玩具互相啃咬，为此育婴师只好向前来探望的父母不停赔罪道歉。宝宝天生喜欢撒娇。"想要教会宝宝如何撒娇。"这是富子女士的想法，但她能分给每个宝宝的时间实在很少。

即便如此，富子女士就职的爱婴医院里，育婴师们还是会和孩子一起吃饭。富子女士说："在其他爱婴医院，育婴师和孩子一起吃饭的话，会向父母收取进食指导的费用。"假如不和大人一起用餐，孩子们便无法学会汤匙、刀叉、筷子等的正确使用方法。富子女士颇有感触地说："我们一起吃饭，孩子们便能体会到用餐的乐趣，当看见他们学会给蔬菜水果剥皮，我们实在很感动，花在这些事情上的时间是很重要的。"

年过六旬的富子女士不用值夜班，但每个月有5次从下午3点半到深夜0点的准夜班。年轻育婴师每个月有3次准夜班，3次深夜班。值夜班的育婴师一人要照看30名小孩，遇到夜哭的孩子，根本没时间一个一个抱着哄他们。婴儿每隔3小时需要喝一次奶，"虽然不愿意，但只能使用'牛奶枕'喂他们，否则简直忙不过来。"富子女士说。所谓牛奶枕，是指在睡着的婴儿嘴边插入奶瓶，用枕头将其固定。由于育婴师人手不足，没法抱着孩子用奶瓶慢慢喂奶，迫不得已之下，只能采取犹如给家畜自动喂食的方式，富子女士叹息道："这种情形，根本不敢让孩子的亲生父母看见。"

三班倒制度包括早班和晚班，早班从7点开始。大清早，若始发电车尚未运行，有些需要上早班的育婴师干脆头一晚便住在爱婴医院。有的孩子家庭背景特殊，照看起来特别费力，导致育婴师工作量增加。至于有薪假期，一年能休7天已经很好。育婴师的薪资较低，拥有40年以上专业经验的资深育婴师，每月到手也不过26万日元。

社会环境的变化对爱婴医院非常不利。孩子们非常喜欢在医院附近散步，但医院和散步的公园之间隔着某座大型高级公寓，要去公园，必须穿过公寓前的私家道路。公寓的居民曾向医院投诉，说"孩子们太吵"，育婴师只好打消带孩子们去公园散步的念头。

看大人脸色行事的孩子往往容易积累压力。在爱婴医院和孩子们相处了40年之久的富子女士表示："在来爱婴医院之前，有的孩子便受父母影响，非常固执，不肯表达自己的情感，也不肯退让，导致情感失衡，口头表达能力发育迟缓。"在这里，育婴师能够耐心教导他们，不过仅到他们3岁为止，其后如果孩子转去儿童养护机构，育婴师便没法见证他们的成长，工作中的成就感也会渐渐消失。

在普通家庭，日常生活中的育儿也变得越来越困难。第一章提及的矢部先生（化名，70多岁），便很担心女儿的育儿方式，经常亲自带孙儿去山里或河边郊游。孙儿正在念小学四年级，是喜欢去河边钓小虾或是抓独角仙的年纪。然而，去到山里后，他很快将包里的iPad拿出来，一阵捣鼓后，哭着对爷爷说："爷爷，iPad搜不到信号。"每当这时，矢部先生都感叹："孩子需要的是自由的玩耍方式。"

孙儿央求说"夏天要去上补习班的公开课"，理由是要为小升初的考试做准备，毕竟他的同学都在上补习班，自己也不能落后。矢部先生非常担心孙儿的成长环境。公寓楼下的庭院中，仅仅设有少量的玩耍设施，不能骑自行车。孙儿的同学忙着上补习班，平时的闲暇时间，孙儿仅有的娱乐活动便是玩游戏或看电视。矢部先生说："对孩子来说，从婴儿到小学时期，会萌生喂养小动物的想法。如果没有充分的时间在外面尽情玩耍，孩子的社会性便无从建立。而缺少自发性质的玩耍，孩子的领导性就没法培养。忽视与孩子的发育息息相关的教育，一味往他们脑子里灌输书本知识，不过是大人为满足自己私心的行为，会让孩子越来越讨厌学习。"

进一步说，"有的父母单纯是希望孩子能接受这样的抚育方式，他们眼里只看到了自己，而不关注整个社会。成年人的社会是很扭曲的，在未曾符合我们理想的社会中，追求培养符合自己理想的孩子，这样的孩子还真是可怜。"他希望通过自己的帮助，向子女传达"重视孩子感性培养"的育儿理念。

担任专科学校校长的矢部先生，对学校教育也持有某些疑问。如果老师只顾着催促"不快点完成作业，待会儿会做不完的哦"，孩子的学习欲望只会日渐萎缩。即便在玩耍时间，他们也不能悠闲自在地玩耍，因为日程表早已规定好了。对孩子来说，这是一种过饱和状态，会渐渐变得讨厌学习。越是4月1日前出生[1]的低年级小学生，越是需要放缓速度接受教育。平时，父母可以稍微抽些时间陪孩子看看书，这是很重要的。日积月累下，孩子能学到更多东西。父母的耐心辅导，能够极大程度地改变孩子的未来。

田中仁美（化名，40多岁）老师是2名孩子的母亲，由于她自己便置身教育行业，因此十分担心自家小孩的将来，原因是孩子在托儿所认识的朋友升入小学后，不是去学童班便是去补习班，大家没有机会再在一起玩耍。仁美女士回忆说，小时候，自己总会将双肩包扔在一旁，和同学在校园里嬉闹。

"现在的孩子，如果没有父母从旁安排，就交不到朋友，似乎连交朋友也变成了父母的责任。很多地方不允许骑自行车。周日父母还得商量自家小孩和哪个小朋友玩，但父母平日都需要工作，也只有周末才有时间陪孩子，能一起玩耍的小朋友并不多。"

有的孩子原本喜欢绘本，不知什么时候起却讨厌看到它。升入小学后，他们在语文课上被点名朗读课文，被纠正发音，但他们自己根本不知道该读哪里，光是站起来就很紧张，更别说当众朗读。对他们来说，朗读课文成为痛苦的事，原本那么热衷于让父母为自己读绘本的孩子，渐渐对绘本置之不理。类

---

[1] 日本小学每一学年的开学时间是4月，因此4月1日前出生的孩子较4月1日后出生的孩子可以提前1年上学。

似的现象持续出现，有的孩子便转去了特别支援班，世界变得越来越狭窄。

"NPO法人亲密接触之家OBACHANCHI"的副代表理事几岛博子女士指出："当孩子们被过度要求做什么，并以此被评价能力是否优秀，他们就会担心'万一得不到表扬怎么办'。如果经常处于被评价的一方，孩子们就会失去自信。即便大人对他们说失败也没关系，他们依然坚持认为绝不能失败，为此对某些看上去难度较大的事情他们便放弃挑战，对新的游戏也不再感兴趣。最近10年间，孩子们的这种倾向特别明显。"

让母子遭到孤立的食物过敏

导致育儿困难重重的不仅是社会环境的改变，还有越来越常见的婴幼儿食物过敏现象，而它正不断将母亲与孩子推入孤立的境地。

"您家孩子的情况很危险。"

10年前，才6个月大的三浦祥君（化名）喝下用奶粉冲泡的牛奶后，反复出现剧烈的呕吐与腹泻症状。母亲信子女士（化名，40多岁）感到奇怪，便带孩子去医院检查，这才发现孩子血液中电解质遭到严重破坏，若是放任不管，孩子会有生命危险。

X光片显示祥君的肠部有阴影，一直负责为祥君看诊的医生说："可能需要做紧急手术。"随后很快将孩子用救护车转送到有专科医生的医院。医生检查出祥君罹患过敏性肠炎，基本可以判断是由食物过敏造成的。

食物过敏是指摄取特定食物（变态反应原）后出现的过敏

反应，主要表现为荨麻疹等皮肤症状，以及腹痛或呕吐等消化器官症状，气喘或呼吸困难等呼吸器官症状。急性过敏的一种表现是过敏性反应，即摄取食物后突然出现严重的皮肤症状或呼吸困难现象，严重时伴随意识模糊、低血压等，若不及时救治，则有生命危险。

婴幼儿早期的即时型食物过敏（摄食后约2小时内发病）的主要病因是食物中含蛋、乳、小麦制品，通常长到3岁时，有50%的孩子能治愈，而到了小学时期，80%—90%的孩子不再对上述食物过敏。不过，不容忽视的一点是，无论小学生还是成年人，都会不同程度出现对甲壳类食物过敏的症状。

祥君自出生后3个月起，脸上便接连不断地出疹，信子女士带他看过皮肤科，医生开了含有类固醇的软膏。为保险起见，信子女士又带孩子去了另一家医院检查，儿科医生说："不是什么疑难杂症，先用类固醇软膏试试，观察一下情况再说。"信子女士曾是一名护士，心想"可能只是婴儿出疹，不会太严重"，便没有过于在意。

她不太敢给孩子用类固醇软膏，可是渐渐地，孩子的皮肤状况开始恶化，溃烂发红，面部肿胀，后来甚至皲裂流脓。睡觉的时候，不用纱布垫着，黄色的脓液会弄得被子上到处都是。因为又痛又痒，祥君一直无法安睡。在此之前，信子女士带他试过气功、汉方药、温泉疗养等，当然不起任何疗效，祥君的病情最终恶化到出现上述症状。

除了大米、蔬菜和稗子，祥君对其他食物都会出现过敏反应。他还处于依靠母乳摄取营养的时期，信子女士便尝试了"除去食疗法"，并用这个方法为他做婴儿辅食，一日三餐都将过敏性食物全部去掉。

顺便一提,《食物过敏的诊疗指南2011》(厚生劳动省科学研究班)指出,为预防妊娠期或哺乳期罹患过敏性疾病而限制饮食,目前并没有充分的医学依据,因此不建议在三餐中擅自去掉某些食物。信子女士只购买有机栽培的蔬菜,婴儿用的零食也是抗过敏的,每月家里的伙食费最高能达到20万日元。《食物过敏的诊疗指南2008》(厚生劳动省科学研究班)指出,三餐中去除的食物品种越多,QOL(生命质量)则越低,67.5%的人表示去掉蛋、乳、小麦制品后,家里经济负担增大,去外面吃饭或走亲访友时也诸多不便。

　　祥君在医院做了问题食物的试吃测试,结果舔几口鸡蛋都出现了过敏反应。见此情况,信子女士已经做好心理准备,"孩子恐怕没法去托儿所了",自己也放弃了工作。接下来便是母子遭到孤立的时期。本来孩子正值最可爱的年纪,但脸部过敏实在瘆人,信子女士无心给他拍照,去买东西时,不知情的人看到祥君的脸说:"是过敏吗? 真可怜啊。"说完很快尴尬地离去。也有人多管闲事地建议:"这种水不错,这种食物很好的。"每当听见别人对自己说:"真不容易啊!"信子女士就感到火冒三丈,渐渐讨厌外出,于是和儿子待在家里闭门不出。

　　祥君2岁那年,依靠除去食疗法,皮肤的过敏症状基本消失,终于可以进入幼儿园。"如果是提供午餐的幼儿园,别的孩子都在一起吃饭,儿子却只能吃便当,会感到很失落吧。"这样想着,信子女士便为儿子选了一所不提供午餐,要求小朋友都自己带便当的幼儿园。

　　祥君交到朋友后,也去朋友家做客,对方父母往往会拿出零食招待他。信子女士向对方父母说明了儿子的过敏症状,要么得到对方同情的目光,要么又被指手画脚一番建议,有时,不知内情的人还会误以为她是"啰唆的母亲"。孩子们正是天真烂漫的年龄，好不容易有机会交换零食，儿子很难讲出"我不要"这种拒绝的话。这些问题都给信子女士带来了思想负担，儿子不再和朋友们在幼儿园之外的地方玩耍。

小学选择的是私立学校，而且校方能够理解祥君的过敏体质以及信子女士为此采取的措施。上学时，祥君的过敏症状几乎消失，如今对大部分食物不再有过敏反应，但信子女士仍旧担心他随时发病，总是让他随身携带肾上腺素自主注射器"Epipen"。

NPO法人"担心孩子过敏的母亲会"（横滨市）每年能收到超过4 000件的相关问题咨询。

该NPO法人代表理事园部万里子指出："不仅是父母，就是为孩子看诊的儿科医生有时也欠缺食物过敏的相关知识，采取不适当的治疗手段，反而加重孩子的病情，为此不少父母找我们咨询。如果孩子在托儿所或学校发病，父母只能频繁接送，所以不少人直接辞了职。有的家庭得不到周围的理解，甚至考虑全家人一起自杀。向大众普及正确的医疗手段和知识很重要。"

野村武君（化名，2岁）对蛋乳制品过敏，出生5至6个月时，为了摄取婴儿辅食，初次尝试食用酸奶，没想到出疹不断。父亲洋介先生（化名，30多岁）与妻子都是育婴师，凭借敏锐的职业嗅觉，怀疑是食物过敏，立刻带儿子去医院检查，并将三餐中的过敏食物都替换成其他食物。虽然没有前文提到的祥君那么严重，但武君的忌口也很多。

比如，去家庭餐厅就餐时，菜单上他能吃的料理很有限。面包里含有鸡蛋，比萨里含有芝士，意大利面里含有生奶油和

不让生育的社会　　**201**

芝士粒，他都不能碰。此外，油炸食物的芡粉中加入了鸡蛋，三明治里加入了蛋黄酱，面条里含鸡蛋，包括蛋糕等甜品，都成为他的禁忌。通常餐厅的菜单上不会具体列出所用食材，这时"选择用白萝卜、胡萝卜、芋头、魔芋等熬煮的菜汤，以及味噌汤、饭团是最保险的"，洋介先生说。

在医生的指导下，武君尝试着少量摄取多种多样的食物，最近他试着吃了4块炸猪排，却脸色发青，唇下出疹，看来是对芡粉里的鸡蛋过敏。洋介先生无奈地说："我们根本不敢随便让他在外面吃东西，想必这孩子也觉得很落寞吧。"

相关行业有义务按照《食品卫生法》，在产品或经营范围内标示出会出现食物过敏的物质。根据厚生劳动省令的规定，发病率高且往往导致严重病情的蛋、乳、小麦、花生等7类食品作为特殊原材料，有义务予以标示；对于过去曾在某种程度危害健康的鲍鱼、墨鱼、鱼子等18种食材也建议标示，该义务仅限于有一定流通过程的商品。因此，客人在餐厅点餐或超市、店铺面向一般消费者售卖食品时，均无此义务标示说明，许多父母都担心孩子不小心吃下过敏性食物。

笔者暂时无法获取厚生劳动省与文部科学省的统计数据，不过普遍认为，10名婴儿中便有1名食物过敏。东京都相关部门每5年调查一次3岁儿童的过敏疾病，据结果显示，过敏人数在逐年增多，3岁前因食物过敏去医院就诊的孩子，从1999年的7.1%倍增至2009年的14.4%。

关于食物过敏的孩子年年增多的现象，神奈川县立儿童医疗中心过敏科科长栗原和幸医生表示："这一现象在全球范围内均有出现，目前医学界尚未找到确切的原因。"在这种情况下，父母费心照顾孩子饮食的同时还需要辛勤育儿，时间久了便感觉心力交瘁，于是有的父母干脆将孩子送进了爱婴医院。

在爱婴医院做育婴师工作的田中君子女士（化名，60多岁）表示："食物过敏的孩子逐年递增，我班上就有一个小朋友食物过敏。"2年前，孩子因食物过敏入院，主食只能摄入黍子，父母对抚养感觉头疼，把他送进了爱婴医院。孩子皮肤粗糙，周身缠着绷带，不能灵活自如地运用四肢。忌口过多导致他特别瘦弱，皮肤松弛。

总之，他必须摄入足够的营养。爱婴医院负责伙食和采购食材的营养师说："我们在购买面包和乌冬面时，必定会特别确认其中是否含有过敏物质，也会确认其生产线。有的孩子不能吃鸡肉、猪肉、牛肉，但马肉和鹿肉就没问题。"大家每天都吃一样的料理，但过敏体质孩子的餐食会另做，名单先后由烹饪师傅、营养师、两名育婴师检查4遍，尽量避免事故发生。

孩子们吃饭时，育婴师会从旁照顾，格外留意那些过敏体质的孩子，免得他们随意吃其他孩子碗里的食物。担心这些孩子失落地想："为什么只有我的饭菜和别人不一样呢？"育婴师会营造愉悦的用餐氛围，告诉他们："你的饭菜格外好吃哦，真棒。"

在医生的指导下，前文提及的那个原本连玩耍的力气都没有的孩子，一点点恢复了食量。在爱婴医院生活一段时间后，他不仅体重慢慢增加，也能做一些简单的运动，皮肤一天天好了起来，之后顺利出院回家。据说，育婴师还曾去他家拜访探望。田中女士说："有过这样一件事，一对父母感觉育儿有困难，便通过儿童咨询所将孩子送来爱婴医院，待孩子出院回到家却因意外亡故。好像当时才2岁，体重8千克。"这话不由得让人感到，由地方相关机构提供育儿支援是多么重要。

有的孩子对维持生命所必需的膳食感到害怕，但另一方面，积极的治疗方案正在得到推广。前文提到的栗原医生表示："查血时，我们发现不少孩子呈现伪阳性，就是说检查结果虽然是阳性，事实上对很多食物并不会过敏。"

目前医学界尚无治疗食物过敏的确切方法，一般采取的措施是在饮食中去除过敏物质或是干脆积极摄取各类食物。大部分患者随着年龄增长，过敏体质会自然消失，也就是所谓的"自然缓解"。不过，误食的人也不少。《食物过敏的诊疗指南2008》（厚生劳动省科学研究班）指出，每年约29％的托儿所发生幼儿误食现象，食物过敏的孩子中，约10％伴随具有危险性的过敏性反应的急性过敏，足以证明"膳食安排关乎生命安危"。此外，过敏体质如果延续至小学时期，其后要想期待它"自然缓解"，便有一定难度，孩子本人也始终会对过敏性反应感到畏惧。前文提及的母亲集会的园部理事表示："学校对食物过敏的危害理解不足，有的孩子在学校食堂吃饭时，剩下了不能吃的食物，校方为此对其提出批评，这样太危险了，可能会导致事故发生。"

为了帮助这些食物过敏的患者，神奈川县立儿童医疗中心过敏科于2007年积极推行"急速特异经口耐性诱导"（通称rush SOTI）的治疗方案。这种方案又称为"经口免疫疗法"，原则上以5岁以上的儿童为实施对象，入院后用3周时间，每天摄入5次餐食，每次由医生陪同，确认过敏反应。摄取量从达到症状"诱发阈值"的变态反应原的十分之一开始，每次增加20％。倘若摄食3至4次，出现1次过敏症状，则减少摄入量，但摄食次数继续增加。疗程进度因人而异，比如有的患者会以能够摄入一枚鸡蛋、200毫升牛奶而不出现过敏症状为目标。据说至今为止，入院接受该项治疗的患者，目标达成率为100%。不少患者不远千里从北海道、九州赶来接受治疗，医院的预约日程已经排到半年后。

医疗中心过敏科还提醒广大患者："专科医生数量稀少，无法为这类患者进行科学合理的诊断，医生为保险起见，有时会实行不必要的除去食疗法，这便是目前的现实。然而需要指出的一点是，经口免疫疗法尚处于研究阶段，必须在相关专业机构实行。"

NPO法人过敏支援网（名古屋市）为扩充地方支援，积极在患者家属与育婴师、营养师、护士之间普及相关专业知识，该NPO法人的理事中，也有人从事儿科医生或过敏症状研究工作，着手于食物过敏的临床试验等正规性活动。

中西里映子事务局局长的女儿（20多岁）曾经也苦于食物过敏。女儿在3岁之前都闭门不出，当时没有条件接受有效的治疗方案，只好实行除去食疗法，以至于女儿进入初中后，午饭依然是从家里带到学校的便当。

10年前，相关机构针对全国托儿所进行调查，解决食物过敏的措施无非是让孩子自备便当。如果托儿所予以理解，采取一定的支援措施，忙于上班的母亲也能稍稍放心。为提升育婴师和营养师等专业人士对食物过敏的理解，扩充落实防治对策，NPO法人过敏支援网在爱知县、千叶县、新潟县等地的全国6所大学开办了食物过敏讲座，今年已经举办8期。讲座不仅为大家普及医学、食品学、营养学的有关知识，还会讲授生长发育等知识，"我们期待大家听完讲座后，能够为全国各地的患者提供帮助。"

此外，在各地父母的强烈要求下，为扩充自治体针对食物过敏的防治措施，NPO法人过敏支援网还积极协助自治体举办父母集会、患者交流会。中西事务局局长说："自治体开展的婴幼儿定期体检，为过敏体质孩子的早期发现提供了机会。为了帮助因食物过敏而苦恼不堪的家庭，帮助那些有食物过敏症状却不自知的孩子们，我们有必要与自治体携手合作。"

如今的社会以各种各样的形式掠夺着孩子的幸福。为了孩子的将来，国家、自治体以及每一个成年人都应该认真思考能为他们做些什么，并切实付诸行动。

第四章　创造良好的生育环境

想对即将迎来宝宝的父母这样说

孩子的出生本应得到祝福，这是一群"expected baby"（被寄予期待的婴儿）。

50年来一直从事新生儿科医生工作、与孩子们打交道的东邦大学多田裕名誉教授说：

"从前，彼此住得很近的孩子们会一起玩耍，父母根本不用小心翼翼地守在一旁。而且，大家都明白孩子天生不会对大人言听计从。孩子的一言一行都被周围人看在眼里，父母也有信心，认为自己的育儿方式能得到周围大人的认同。如今却不一样，父母必须为孩子一手包办所有事情，自然会感觉育儿很辛苦，以至于达到极限。

"随着铺有榻榻米的日式房间日益减少，婴儿不再能自由自在地爬行玩耍，奔跑嬉闹的场所也跟着消失。他们很早便习惯了安安静静坐在椅子上的生活，运用肌肉活动身体的机会极其有限。稍微长大一些，便乘着婴儿车跟随父母外出，之后是自行车，靠自己的双腿行走的时间越来越少。越来越多的孩子吵闹不休，母亲们往往感觉头疼。其实，孩子之所以吵闹，是因为外出散步或购物的机会太少，他们很少运动，体内积蓄的旺盛精力需要发泄。近来，孩子的食量减小也带来了许多烦恼。倘若经常参加运动，感觉肚子饿了，他们自然会变得食欲旺盛。

"也许对父母来说，让孩子坐在婴儿车里，全家一起外出购物非常节省时间。如果让孩子和自己一块儿步行去商场，途中看到水洼或水沟，孩子就会好奇地停下来玩一会儿。这样做可能会耗费比平日多好几倍的时间，然而好处便是孩子的体力得到了锻炼，精神方面也随之成长。如果缺乏这样的体验，孩子就会撒娇哭闹，导致母亲焦躁不安，进一步增大孩子的压力，最终陷入恶性循环。话说回来，如今的社会，倘若放任孩子在外面玩耍，也许会被周围的居民嫌弃太吵，引来他们的投诉。所以说，是社会氛围逼迫孩子安静下来，这样的环境对他们的成长真的有益处吗？"

1994年，"石井第一妇产科诊所"（滨松市）作为私人诊所，首次获得BFH（Baby Friendly Hospital：为WHO及UNICEF认可的"婴儿友好型医院"）的认证，这在日本全国是第三家。院长石井广重表示："越来越多的母亲认为，要阻止孩子夜哭，就得将他们喂得饱饱的，同时为了增加孩子的体重，她们选择简单省事的奶粉喂养方式。这种事情换作其他人也能做，不一定非要母亲来。觉得育儿辛苦，就把自家孩子寄养到别处，直到孩子上初中才接回来，也许有些母亲就是这样想的吧？其实对孩子来说，母亲是无可取代的，母乳喂养也是最好的方式。"

圣玛丽安娜医科大学名誉教授、拥有近50年新生儿科医生资历的堀内劲对"异常安静的婴儿"日渐增多表示担忧，堀内教授曾出版《来自安静婴儿的警告》（德间书店）等著作，在书中指出正是那些不哭不闹的"乖宝宝"才更加危险。书中说："婴儿肚子饿了，会用哭泣的方式寻求母乳，去到陌生的儿科候诊室会因为害怕而哭，或是冲着一旁的宝宝捣乱，最终引发一场宝宝大战，这些行为都源自宝宝的本能。"早在1999年，堀内教授便指出，乖巧沉静、不吵不闹的婴儿正在增加，那是因为宝宝在婴儿前期的生存欲求没有得到满足，内心成长出现了停滞。

婴儿哭泣其实是一种信号，第一层含义便是宝宝在寻求母亲的怀抱。通过哭泣这种"语言表达"，他们寻求与母亲进行交流，感知到他人的存在，学会与他人接触，即学会某种社会性。发出哭泣这一信号，母亲会过来抱住他们，喂奶或是换尿布，对宝宝来说，能够从中获得无限的安全感，让他们知道不顺心、不愉快的时候，只要发出信号，一定会有某个特定的人出现并帮助自己。反复感知这一点，宝宝的内心深处会刻下"我有一座避难港"的印记，维持安定的情绪。如果欠缺这种感知过程，他们会渐渐成长为缺乏"现实感"、情绪失衡的小孩。眼下，类似这样的安静婴儿"预备军"并不少见。

堀内教授说："看见孩子哭泣，父母哄逗他们的同时，其实也是在控制自己的情绪。当母亲镇静下来，孩子的心情也会平静，于是母亲变得更加从容，这是由人与人的相互应和所导致的生理同步现象。必须慎重对待妊娠或分娩，它们是很大程度依赖于'感觉'而存在的世界。人的内心存在意识、潜意识、无意识等层面，无意识是一种瞬间式的体验，那些被人舍弃的东西包含莫大的意义。我们有必要激活自己的无意识，只有活出自我，才能更好地面对孩子。"

婴儿期的亲子交流非常重要，对于这一点，堀内教授进一步解释：

"要重视父母和婴儿之间的互相呼应，当父母把自己的想法传达给了孩子，孩子就会充满活力，笑得十分开心。如果父母过分干涉孩子的世界，孩子便很难完成自我认可。如果父母换一种做法，切断与孩子的过度连接，孩子也许会大哭不止，如果这时母亲思考'为什么孩子会哭呢'，然后静下心等孩子逐渐适应，母亲便会发现'这孩子原本就是这样啊'，便能修复为正常的亲子关系，而育儿期也进入下一个阶段。

"孩子能够摄取婴儿辅食后，不少父母会按照育儿书上教的去做，孩子便渐渐成为'跟风宝宝'。育儿书上提出的'让孩子乖乖坐着，吃软糯的食物'，仅供参考。日常生活中，全家一块儿就餐时，孩子对父母吃了什么很感兴趣，也会想尝一尝。这时候，父母为了按照育儿书上教的来做，表情会变得十分不自然，像戴了一张面具，于是便给孩子留下'吃饭是件可怕的事'的印象，渐渐抗拒吃饭。懂得如何喂孩子吃饭的父母，一般会说'啊，宝宝张嘴'，同时自己也张大嘴，表情逗趣，孩子见了自然能开开心心地吃饭。如果父母的情绪往消极的一面靠近，与孩子的良性互动就会中断。如果父母明明心里想着'这个死孩子'，却努力做出微笑的表情，孩子也能从父母的眼睛里明白他们在生气。此外，产后抑郁的母亲情绪失控，孩子无法与其互动，会逐渐成长为'没有活力的宝宝'。"

在婴儿期等特定时期，母亲对孩子而言是不可替代的存在。为什么不是父亲而是母亲？究其根源，堀内教授这样解释：

"女性在自身体内孕育卵子、孕育胎儿，这一生物现象自有其意义。孕期12、13周时，女性之所以会在白天嗜睡，在夜间醒觉，是因为新生儿的生物钟就是这样。产后夜间哺乳，身体或脑部会产生女性独有的变化，并与胎儿同步发生，这种生物现象可视为母性。

"通过与宝宝进行皮肤接触，会分泌脑下垂体后叶激素，这是脑部感到舒适的信号。女性会感觉孩子是自己的一部分，在母性的驱使下想要拥抱孩子。比如，哺乳类雌性动物看见幼崽离开自己，会想唤回幼崽便是这个道理。不过，如果母亲对孩子占有欲太过，会导致孩子无法独自外出。这时候，父性便作为某种外力，敲碎由母性形成的保护壳，带着孩子外出冒险。如果缺乏这种平衡，'育儿'便无法真正完成。健全的父性是必不可少的，有的母亲能够给予孩子这种父性，而有的父亲也能在孩子出生后，通过给孩子喂奶，成为母亲般的存在。产后女性需要完成角色的转换，从女性到母亲，催发自身的母性。"

除去倾诉妊娠前、妊娠中的烦恼，如果女性可以得到产后育儿时的经验谈或各种建议，便会卸下负担，发现"原来是这么回事啊"，某种程度上做好育儿的心理准备，这种心态也能给父亲带去积极的影响。如今，在围产期医疗中心等生育现场，究竟还有多少医务人员虽然未曾亲自抚养过小孩，却能耐心陪在孕产妇身边，给予细致的建议呢？大多数医生工作繁忙，没有时间倾听孕妇与产妇的烦恼。

和医生不同，助产士、护士以另一种方式陪在孕产妇身边，专业经验积累得越多，她们越能看似不经意地给予有效实用的建议。哪怕短短一句话，也会让孕产妇感觉内心有了依靠。可是，3次医疗机构工作繁重，不少医务人员因此辞职，如今在那里工作的护士，平均年龄不过28至29岁，骨干护士无从培养，资深护士不愿留下。如此惨淡的现实里，综合围产期母子医疗中心的一批50多岁的助产士与护士便是极其珍贵的存在。某位50多岁的助产士说："我们往往只消看一眼，就能明白那位母亲的烦恼，以及希望我们与她聊些什么。"孕妇体检时，面对那些排号等候门诊的孕妇，一位助产士这样建议：

"怀孕后身材不可避免地有了改变，以前能穿的衣服渐渐穿不下了，工作也好生活也好，都不可能再像怀孕前那样。怀胎十月期间，这些细节让自己一点点接受了'我正在变得和以前不一样'的事实，完成了成为母亲的心理准备，也不知不觉做好了晚上失眠、不分昼夜给孩子喂奶的心理准备。做了妈妈后，没法花很多时间在睡眠上，为此要抓住有限的时间，好好补眠。孩子最大的希望是与母亲待在一块儿。希望各位妈妈能以怀孕为契机，检查一下子宫或乳腺，排除癌症隐患，这样才能健健康康、随时随地保持笑容。"

有的孕妇因罹患妊娠糖尿病而大受打击。妊娠糖尿病是指，孕期出现的糖代谢异常症状。倘若母体血糖过高，那么胎儿的血糖也会变高。许多母亲容易出现妊娠高血压、羊水量异常等症状，引发胎儿流产、畸形、身材巨大、心脏肥大、胎儿死亡等危险。

"然而，宝宝希望能时时刻刻和母亲在一起，还能告诉我们，孕期哪些事情是母亲不该做的。没关系，从现在开始注意饮食，身体会慢慢变得健康，孕妇可以吃的东西有很多，别担心。"

候诊室里的闲聊只有几分钟，然而哪怕只是一句话，也能改变孕妇的认知，调整好心态，好好治疗妊娠糖尿病。孕期抑郁或产后抑郁的女性很多，这位助产士说："抑郁症在孕产妇中太常见了，就和感冒差不多，只要愿意接受治疗，好好配合医生，都是可以治好的哦。"她开朗乐观的语气，让在场的孕产妇放下了思想包袱。

她还表示："年长的女性很擅长抱婴儿，她们会一边说着'宝宝乖，宝宝不哭'，一边哄逗孩子。孩子出生后，有的父母失去从容冷静，很难主动哄一哄孩子，有的即便想说几句，话到嘴边却无法开口。这样下去，总有一天会情绪爆发。有的父母其实明白不能对着宝宝大吼'你为什么要哭'，可哪怕什么都不问，只是抱住宝宝，父母的烦躁不安也能被宝宝感觉到，因此，这时候父母最好能轻声对宝宝说：'不哭不哭，宝宝是不是累了啊？'

"如果宝宝哭起来，建议各位妈妈多多尝试，问一问宝宝：'啊，怎么了？想喝奶？想换尿布？想要抱抱？'没必要着急地让宝宝停止哭泣。很多母亲在照顾宝宝时，会忍着尿意不去上卫生间，其实这时候大可以对宝宝说：'等一等哦，妈妈马上回来。'上完卫生间回来，再对宝宝微笑着说：'好了，妈妈回来了哦，等久啦？'育儿期很重要的一点是，不要在最初便用力过度。父母需要学会调整节奏，给予宝宝许多尝试新事物的机会，让宝宝大量接触外面的世界，邂逅更多人，这是父母送给宝宝最好的礼物。另外，最好多花点心思在家里年纪稍长的孩子身上，让他们学会如何照顾弟弟妹妹。大家要记住，身体接触很重要。睡觉时，如果能紧紧依偎着母亲睡觉，宝宝会十分满足。"

助产士发现，产后一个月来医院做体检的母亲里，有的母亲烦恼相对具体化。倘若这时自己直爽地给出建议，母亲们便会感到轻松许多。

"育儿不需要过度用力，保持适当的节奏就行。不要制订育儿计划，因为即便想按计划去洗衣服、喂奶，很多时候也会出现突发状况。母亲最需要重视的，是自己的身体健康。身体一旦垮掉，育儿也无从谈起。

"育儿有很多种类型。有的母亲选择成为全职主妇，投身家庭，给予孩子良好的照顾；有的母亲选择回归职场，寻找合适的托儿所，依然能把孩子照顾得很好。现在，大家不用再担心孩子无处可去，从事各种各样职业的父母都会把孩子送进托儿所，通过托儿所建立起来的互动与交流，对孩子和父母们来说都非常珍贵。育儿需要地方社区的协助，单靠一己之力，很难做好这件事。

"有的母亲因为职业关系，需要经常加夜班；有的母亲怀孕或生下孩子后，无法继续工作。如果意识到自己的处境后不知如何是好，想获得相关建议的话，希望各位母亲能够积极来找我们医务人员协商。"

上述建议均来自资深的助产士，从学校毕业仅数年的年轻助产士或护士是远远无法做到这种程度的。

"正因为我在工作，育儿时才更有动力"

这里想给大家讲述在围产期医疗现场从事与分娩相关的工作，同时自己也在就职的医院经历了妊娠、分娩与育儿的助产士们的故事。

约40年前开始，某家医院一直坚持实行"母性保护"政策，不仅对孕产妇如此，对医院的女性医务人员也是如此。这家在医学界显得尤为难能可贵的医院，便是位于大阪府松原市的阪南中央医院。1977年起，医院便对前来妇产科做妊娠体检的女性就业状况与流产关系做了数据调查与管理，得出非就业群体的流产率在统计学上存在非偶然之差的结论。根据医院2003—2007年的调查显示，就业孕妇群体的分娩数达到874例，与之相对，流产数则为134例。与分娩数相比，流产数（流产率）占比10.8%。此外，医院很早便开始接收社会性高危孕妇。

在医院里，医生或护士等职员怀孕后，一直能得到院方细致周到的照顾。73年前，医院在设立之初，便以妇产科的佐道正彦医生（前院长）为核心，坚持对职员实行母性保护。医院制规定，即便当时尚未得到《男女雇用机会均等法》的认可，休生理假也是女性的权利，医院的女性职员可以申请该项休假。当然，如果申请孕期免除夜班，医院100%予以批准。不仅如此，医院设立之初，便采取了一系列极为彻底的措施，如对孕期8至12周左右极容易发生流产的女性职员实行强制夜班免除，至于孕期29周以后的准夜班和深夜班，即便本人未递交免除申请，只要向医院出示过妊娠证明，便从出示日起自动免除。另外，如果出现自然流产或人工流产的情况，医院必定批准该职员休假2周。职员产后回医院上班，头一年原则上可以免除夜班，无论如何都想加夜班增加收入的话，在拥有免除夜班的权限期间，需要提前与劳动组合协商。总之，医院早在40年前便营造出这种利于女性医务人员工作的职场环境。

林田理惠护士长在30年前入职，夜班每月不到8次，院内设有托儿所，非常方便护士工作期间寄养小孩。林田护士长育有3个孩子，在她上班时间，孩子均被寄养在院内的托儿所。产后她升职为主任，轮到晚间值班时，住在岛根县的母亲会过来帮她照看孩子,每月大概在这边住1周。

不少护士在休完一年的育儿假后会回医院上班。在孩子上小学前,可利用每日7小时的短时间工作制度,夜班每月限制在6次以内。妇产科住院部的医务人员中,助产士占三分之二,有8人利用了该制度。顺便一提,如果孩子不足3岁,也可以申请每日2小时的缩短工时制度,不过由于薪酬太少,利用的职员并不多。

超时加班维持在平均每月7小时左右,而据日本护士协会《超时工作、夜班、轮班制度勤务等紧急实态调查》显示,业界的平均加班时间以20多岁护士最长,每月达到25.9小时,其中四分之一的人每月加班超过35小时。加班不足10小时的,占总数的34.1%,约七成护士加班时间在10小时以上,每23人中就有1人每月加班超过60小时,达到了过劳死的危险级别。据日本医疗劳动组合联合会(日本医劳联)《护士的劳动实态调查》(2010年)显示,每月加班超过20小时的护士占总人数的20%,相比之下,阪南中央医院的加班时间显得少之又少。而且,加班时间还包括医院组织的学习会所占时间,医院从来不会要求职员免费加班。原则上说,医院在傍晚不会举行会议,即便开会,也会在院内托儿所关门的7点之前结束会议。

最近,不仅是在一般企业,医疗业界也需要让职员保持心理健康。护士就职后,每年会与社会福利工作者面谈4次,便于医院了解她们的想法,防止出现突然离职现象。2011年度大阪府的离职率为14.3%(日本护士协会),阪南中央医院仅为8.1%。

林田护士长说:"分娩、育儿适龄期的医务人员非常得力,即便每天在医院工作时间相对较短,也能起到很大作用。进入育儿期后，她们会在当地长住，也愿意长期留在医院工作，经历过妊娠、分娩、育儿后，她们回医院上班，对医院大有裨益。"

在阪南中央医院妇产科住院部工作的助产士藤森幸江女士（40岁），当初也是选择在这里分娩。如今她一边照顾3岁的孩子，一边在医院工作，是一名拥有18年资历的资深级助产士。

藤森女士辗转过三家医院，最终选择留在阪南中央医院。她曾在护士学校、助产士学校等设立的医院"受礼奉公"（上学期间获得该医院提供的奖学金，毕业后必须在医院工作一段时间的制度），也曾就职于大学医院的妇产科住院部。不管在哪里，休息日都有很多学习会和加班任务，分娩手术少则每月20台。8年前，藤森女士希望"趁年轻多积累助产士经验"，开始寻找转院的机会，同时她提出了三项条件，① 医院施行的分娩手术较多；② 离职率低；③ 加班少，福利待遇正规。而满足上述所有条件的医院便是阪南中央医院。2012年，医院施行的分娩手术达到649台，设有NICU和MFICU（母婴重症监护室），作为地方性的围产期母子医疗中心，也会接收来自开业医生推荐的风险孕妇。离职率如前所述，低至8.1%，并能满足藤森女士"在这里工作应该能有所收获"的愿望。

刚进医院时她尚且单身，为了充分享受工作与闲暇时光，她并未考虑结婚生子，因缘际会之下，她在35岁结了婚，37岁时做了母亲。

在其他医院工作的几位助产士朋友，生完孩子后基本都做了全职主妇，或兼职助产士，很少有人以正式员工的身份继续做助产士的工作。即便医院有育儿短时间工作制度，她们也很难利用。而藤森女士自怀孕后，便受到阪南中央医院的照顾，并且能够一直留在医院工作。

怀孕后不久，医生便建议她免除夜班，一开始她的想法是："医院人手不足，我继续上夜班也没问题。"但前辈告诉她："从年龄来看，你也是需要被厚待的孕妇啦，工作慢慢来，不着急。"周围的医务人员也热心地对她说："要好好保重身体。"看见孕吐严重的藤森女士，她们会纷纷劝说："很难受吧，早点下班回家休息。""今天的手术需要你辅助分娩，身体吃得消吗？"管理职位的同事分配她工作任务时也很留心，在流产和早产的高发时期，会根据她当日的身体状况，避免她做为宝宝沐浴、分娩辅助等需要使用腰力的工作，尽量安排她去照顾产后的妈妈们。

上班期间，见她孕吐非常严重，护士长和前辈便提议，让她暂时离开住院部，转去门诊部，那里的工作相对轻松，在她休产假前能稍微松一口气。住院部的同事，半数以上都有小孩，早已习惯互相体谅，藤森女士说："将来我的后辈怀孕生子，我也要像大家照顾我一样体恤她们。"

阪南中央医院以护士为调查对象，针对工作意愿、薪资、对医院的满意度、上司与同事间的交流这几项，进行了职员满意度调查。其中，大家对团队协作、同事间的交流等满意度很高，在这里，职场上的互帮互助已经变成优良传统。

藤森女士在医院分娩、取得育儿假，之后顺利复归职场。一年后，对于自己分娩前后的变化，她回顾道："孩子出生前，我拥有的也许全是从教科书上学来的知识，比如不能让孩子看电视、母乳喂完了就喂牛乳，等等，总之对生育的认知十分死板。"

尽管是妊娠、分娩领域的专业人士，自己分娩时依旧会不安，也是在那时，她切实体会到了一般孕妇常有的慌乱："唉，原来是这种感觉。"产后，藤森女士的小孩无法顺利喝下牛奶，住进了NICU。分娩前，她曾在工作中遇到过因孩子进入NICU而忧心忡忡的母亲，当时她劝说对方："只要打了点滴，孩子一定可以慢慢喝下牛奶的。"后来，她自己的孩子也住了进去，由此她真正体会到那位母亲的心情："原来那时候，她是这样想的。"

孩子在NICU病房住院期间，藤森女士必须出院回家了。见她因舍不得孩子落下眼泪，NICU的同事安慰她说："最后这段与爸爸共处的二人时光，是宝宝送给你们的礼物哦，真是值得期待呢。"同事是两名孩子的母亲，孩子也曾进过NICU。正是同事的这句经验之谈拯救了藤森女士，她说："我希望自己成为像她一样的助产士，能够直爽地为孕产妇、为妈妈们提供建议。"

不少产妇出院后，回到家心情都会不安，或是为婴儿的夜哭所困，藤森女士也不例外，而这些经历都被她活用到工作中，让她时常能与孕产妇分享经验。亲身感受过孕吐的辛苦，她十分清楚那是一种置身于看不到出口的隧道般的感觉，于是每当在医院看见孕吐厉害的孕妇，她不会再对她们说："要加油哦。"而是说："很难受吧，千万不要勉强自己吃饭，没有食欲也没关系，孕吐总会过去的。"这些温柔的安慰让孕妇明白自己的心情完全得到了理解。

在长年的经验积累中，才能明白一些事情，这个道理不仅限于助产士的工作。

"助产士在产妇经历痛苦的阵痛时陪在她们身边，直到她们分娩、出院为止，始终提供母乳看护服务，是无可取代的存在。

生下小孩后，产妇结束短暂的住院生活回到家里，必然会感到不适、不安，为了让她们在育儿期不过度用力，充满自信地回家，助产士便成为她们的心灵支柱，值得她们信任，而这便是助产士这份职业的意义所在。助产士见证了分娩这一幸福的时刻，始终陪在卧床静养的孕产妇身边，是最有权利听到她们道一声感谢的人。希望各位母亲都抱着能生下这个孩子真是太好了的想法，开开心心出院。"

截至2013年1月，阪南中央医院妇产科住院部便有24名助产士，其中20至29岁的有7人，30至39岁的有8人，40至49岁的有7人，50至59岁的有2人。这里工作氛围良好，各个年龄层的助产士都能发挥自己的优势。通过观察助产士们在看护中表现出的人生经验、眼力、对孕产妇的搭话方式等，都能培养出一批人才。医院也接收社会性高危孕产妇，如经济困难或遭受家庭暴力、怀有多胞胎、年纪轻轻就怀孕等。长年以来，医院就解决上述问题展开讨论研究，开会时让大家畅所欲言。

藤森女士回顾自身工作经历时提到，20多岁的助产士在工作中尚做不到事事以患者为主，因为光是为了按时完成工作便已竭尽全力；随着工作经验的积累，她们才能渐渐凡事优先考虑孕产妇，比如这样做是否让孕产妇感觉放松，当孕产妇情绪消沉时，自己该怎么陪她们聊天解闷等。35至40岁这段时期，她们业务熟练，可以指导后辈工作，率先扛起新人助产士无法完成的看护服务，并耐心传授经验。哪怕是为某一位母亲提供母乳看护服务，如果对方不能顺利哺乳，还是需要年长有经验的助产士给予建议指导。

助产士需要仔细阅读母亲们写下的分娩计划，理解她们对分娩的畅想，从而考虑一系列后续服务方式。正因为是骨干或资深的助产士，工作中才更具灵活性，可以想出各种各样的点子。年长的助产士能充分发挥自己的个性，藤森女士希望后辈向她们学习，并在自己的实际工作中融会贯通。

医院向来的经营理念便是重视病床看护。应该怎样回应孕产妇流露的不安、自己的看护服务是否到位，这些问题通过平日里观察孕产妇的反应，都能找到答案。"希望下次住院也由你负责。""这次也是藤森助产士负责照顾，我就放心了。"每当听到孕产妇的这些话，藤森女士都感觉："自己的看护服务有了价值，能成为助产士真是太好了。"这份工作关乎性命，伴随着风险，但在此之外也能收获巨大的幸福与快乐，是非常有意义的职业。

"那时候，多亏听了你的话我才能坚持下来。"一位产妇握住她的手感谢道。仅仅是这个细节，便给藤森女士留下深刻的印象。"还好有你在一旁陪着我，教我调整呼吸，否则我就放弃了。"也有产妇这样说。分娩手术时，自己具体说了什么，做了什么，藤森女士其实不大记得清，但提供那样的看护，她认为是理所应当的。也是产妇们的感谢，让她始终坚持做着助产士的工作。

"学生在就业活动中，往往只顾及薪水等眼前利益来挑选医院。我认为更重要的是选择一个良好的工作环境，这样可以对将来的分娩、育儿做准备。希望今后有更多的医院能够理解处于孕期或育儿期的助产士、护士。工作也好育儿也罢，总会遇到特别辛苦的时候，无论在哪里工作，身体的疲劳都是不可避免的。在这家医院里，由于大家习惯互帮互助，因此我能放松情绪愉快地工作。"

藤森女士的丈夫是一名系统工程师。一旦工作中有突发状况，即便是深夜，他也会被电话叫起来工作。对于育儿，他几乎帮不上忙。"如果我必须像其他医院的医务人员那样值夜班，很难早点下班或请假，如今大概也无法继续做这份工作了。"藤森女士深知改善劳动环境的重要性。她以前就职的医院，带薪调休形同虚设，如今她每年有20天假期，绝对不会出现义务加班的情况。如果利用育儿短时间工作制度，到了下班时间手头工作还没有完成，周围的同事会主动帮她分担。"为什么这里的工作氛围如此轻松愉悦？"她经常百思不得其解。其实这是因为这里的每一代助产士都会继承上一代的传统，重视母性保护，将之当成一种"理应如此之事"来教授后辈。其他的医院，大多顾虑育儿期员工的工作、生活平衡度，会让单身未婚的助产士受委屈，而单身时期的藤森女士，从未在这里受到类似的待遇。

对她而言，助产士是天职。"正因为我在工作，育儿时才更有动力。不能因为是女性，社会就认为她们理应辞去工作，这种对于女性职场的不理解，应该予以消除。"她再次表示。

林田护士长充满希望地说："医院对我颇为优待，我才能兼顾育儿与工作。我们曾经试过以每人每月夜班不超过8次为目标，但由于新人对业务不够熟悉，我们必须花时间培养她们承担晚间工作的能力，所以有时候没法达成这个目标。要把夜班次数控制在8次以下，需要医院配有足够多的能值夜班的护士。不过，如果真的能够确保人才，对于那些利用短时间工作制度却申请值夜班的护士，我希望将她们的夜班减少为每月4次。另外，现在能够利用短时间正式员工工作制度的只有女医生，希望今后能让护士也享有这一权利。"

像阪南中央医院这样主动对员工实行母性保护的医院，在全国还有不少，它们并没有什么奇思妙想，只是采取了踏实可行的解决方案。夜班问题对孕产妇影响很大。日本医劳联的调查显示，全国三至四成孕产妇需要面临值夜班的情况。夜班会破坏女性体内激素的平衡，一定概率导致妊娠异常等问题。《劳动基准法》规定，如果孕产妇递交了申请，则应免除其夜班。现实中因需本人提出申请，这一规定也得不到贯彻实施。

2012年，秋田县厚生农业协同组合联合会在秋季要求提高工资的会议上，扩大了免除孕产妇夜班的实行时限。按劳资协定的规定："可根据孕产妇本人提出的申请免除夜班，然而，妊娠32周到产后7个月的这段时期，免除夜班无须本人申请。"后来，这一时间段被提前为从妊娠30周开始。与全国平均数相比，秋田县的护士紧急流产率较高，日本医劳联调查的全国平均数据是34.3%，秋田县医劳联调查的本县数据为37.7%，秋田厚生联调查的本县数据为41.9%（均为2009年的数据），劳动组合将之视为大问题，以集体劳资谈判的方式，积极要求改善劳动环境。

另外，济生会新潟县第二医院的护士长、劳动组合干部丸山规子女士表示："我们这里并没有特别的规定，住院部的氛围却让人感到放松。孕吐还难受吗？没有做给身体造成负担的工作吧？大家都会这样主动关心怀孕的护士。"即便怀孕、分娩的护士被免除夜班，给周围同事增加了夜班次数，大家也能理解，毕竟谁都有遇上困难的时候。没有人露出嫌恶的表情。而且，每个人的夜班次数仅仅是增加1次而已。基本上每个月的夜班，都能控制在9次以内。即使安排好了轮班表，临时需要变更的话，同事们能都私下协商调整。医院早已获得BFH的认定，是新潟县内唯一一家认定医院，为助产士提供了充分发挥自己能力的工作空间。丸山女士颇有感触地说："由于劳资双方共同致力于劳动条件的改善，护士们也很细致周到，同事之间才能彼此体谅。"

而想要让这种母性保护的传统在职场生根发芽，用人单位则必须调整人员配置，改善员工的工作条件，否则一切无从实现。

从育儿复归职场的助产士们的心声

在东京都市区的3次医疗机构工作的医务人员，很少有人经历过妊娠、分娩还能顺利回归职场。这些医疗机构接收转运来的母体，为高危孕产妇提供看护服务，分娩手术、难产手术相当密集，因此能留在这里的多是扛得住超负荷工作的年轻医务人员，资深的医务人员纷纷离开。接下来，我们将介绍少数几家为育儿期的助产士提供活跃舞台的3次医疗机构。

横滨市立大学附属市民综合医疗中心及综合围产期母子医疗中心，针对休完育儿假后回医院复工值夜班的医务人员，做出了较为周到的安排。医院劳动组合中央副执行委员长早川阳子表示："每年临近夏季，医院会在各科室各部门进行'人员要求''院长要求'两项调查，人员要求是指了解在职员工的想法，其中涉及空缺职位的补充以及离职、招聘的预估，在此基础上重新招人；院长要求是就人才以外的课题进行调研、询问大家的意见，如医疗设施、医疗器械用品等出现困难的方面。经过长年努力，医院达成了下述四项目标：① 家里小孩不足1岁半的医务人员，免除其夜班；② 家里小孩不足3岁的医务人员，批准其育儿假；③ 家里小孩是未就学儿童且丈夫每月夜班达4次以上的医务人员，免除其夜班；④ 利用育儿短时间工作制度的医务人员，每月夜班不超过7次，每次90分钟。"

医院的妇产科住院部也负责施行分娩手术，院内育儿假取得率却最高，每日的夜班人员配置充足，多达5名，十分有利于护士开展工作。如今，有4名护士在育儿的同时顺利回到医院上班。她们纷纷表示"由于对分娩有了亲身体会，工作中便能给孕产妇更多具体的建议"。

就职于妇产科住院部的返田纪子女士（42岁）正处于育儿期。她曾遭遇流产，在39岁时终于成为母亲。

分娩时的破水、阵痛自不必说，即便有助产士从旁进行分娩辅助，也无法避免臀部疼痛以及胎盘娩出时的意外痛苦。"那种感觉会有点奇怪哦。"她往往会将这些细节提前告诉孕妇，让她们做好心理准备。

孕妇们大多在孕期专心为分娩做各种准备，却极容易忽略预防接种等相关事宜。婴儿出生后2个月需要进行预防接种，不少新人妈妈便手忙脚乱地瞪着日程安排，不知道该怎么办。返田女士说："如果护士们自己也有小孩，就能提前和孕产妇聊聊预防接种的话题了。"

休育儿假时，她曾辗转于7家托儿所，寻找适合白天寄养孩子的地方，可是处处人满为患，连非认定托儿所也有40名小孩正在排队等空额。返田女士只好考虑将孩子送去地方上的托儿所。她有1年零3个月的育儿假期，4月回到医院上班，隶属部门依然是产前的妇产科住院部。夜班减少为每月不超过7次。

倘若孩子忽然发烧，她必须回家照顾时，同事们都欣然为她顶班，她说正是因为大家的支持，自己才能坚持育儿。而且她的家离娘家较远，母亲帮不上她的忙，幸亏夜班控制在7次以下，否则无法兼顾工作。她遇见过不少像自己一样缺少助力的母亲，因此在工作中，她会首先问她们："孩子出生后，娘家有人帮忙照看吗？"这些母亲一般会告诉她，白天没空出去购物，孩子夜哭吵得人心累，老公回家后非常疲倦，没有精力帮自己照顾孩子，孩子每天都处在无法和大人交流的状态。孕产妇出院后，护士很难再帮上忙，因此她一般在孕产妇住院期间询问她们是否找得到人帮忙，如果本人表示"总有办法解决的"，她会善意地提醒她们去市役所相关窗口咨询。

以前，孩子生病却恰好遇上她值夜班，她也产生过"有必要拼到这个地步工作吗"的想法，而一旦跨过那个时期，她还是感觉"能坚持工作真是太好了，正因为有工作，育儿才像现在这样顺利"。医院的前辈看似不经意地告诉她："难过的只是这一段时期，坚持一下就好了。"便是这句话为她注入了勇气。NICU病房里，同事的孩子与她家孩子年龄相仿，因此大家平时有聊不完的共同话题。"如果没有这些先例，我一个人恐怕无法承担，早就辞职了吧。"

对返田女士而言，能够看到妈妈们顺利分娩、健康开心地出院，她的工作便有了意义。

医院妇产科住院部的另一位助产士（约45至50岁）家里的女儿今年14岁。针对住院部里后辈的妊娠、分娩，她说："如果作为一名助产士，却连自己的妊娠、分娩、育儿都无法做好，也无法照顾同事，那么还能指望她好好守护其他孕产妇吗？"因此，她的后辈有了小孩，她都会积极帮忙。

大约14年前，她在产后回到医院上班，被免除了夜班。可在孩子3岁之前，住院部始终面临人手不足的尴尬状况，她决定恢复夜班。刚刚学会平假名的孩子，每天都和她写交换日记。

有一次，女儿在日记里写道："妈妈，请你告诉护士长，说家里有孩子，不能值夜班。"正因为有过如此经历，她才越发希望为同事的育儿尽一份心力。

护士们平日聊天时，也提到其他医院，这些医院倡导医务人员保持工作、生活的平衡，实际上却不是这么回事。这位助产士颇有感触地说："在我们医院，大家总是互相帮助。倘若产妇分娩遇到危险，麻醉科等其他科室的同事会前来支援，因此我们在工作时非常安心。"

妇产科住院部的川合淑子助产士长说："我在医院7年了，依然觉得自己没有足够的能力管理科室的夜班工作，现状却让人不得不硬着头皮上，还好有生完小孩的资深护士回来支持住院部。最繁忙的时候，NICU的助产士也会来接手照顾婴儿。NICU里有50多岁的超级资深助产士，但我们住院部只有一位这样的助产士，如果再多出几位，就能让年轻的助产士跟着她们熟悉工作、磨炼技能了。"

不仅对育儿期的助产士照顾有加，医院对单身的医务人员也很友好。拥有14年资历的助产士吉川智惠子（2012年度末离职）曾说："助产士配置充足，医生们也理解大家，因此住院部的工作氛围很轻松。"

若遇上出血或心率减弱等异常分娩，便轮到医生登场，一般情况下，医生都放心地将产房的一切交给助产士。这里的助产士，拥有20多年资历的有3至4位，10多年资历的有3位，其他助产士年龄多在20至35岁之间。夜班分为准夜班和深夜班，每次安排5位，可谓人手充足。顺便一提，夜班能同时安排5位及以上值班人员的情况非常少见，就全国平均数据而言，这一情况在准夜班占比6.6%，在深夜班占比5.5%（日本医劳联《2012年度夜班实态调查》），相比之下，这里是全国为数不多的人员配置充足的医院。

在这里，一旦出现突发状况，产科医生或NICU医生都会及时赶到，让助产士们能够安心地为产妇提供分娩辅助。

川合女士之所以希望成为助产士，是因为当年护士学校时代的授课给了她很大影响。她在上课时观看生殖纪录片，精子与卵子相遇所产生的神秘奇迹让她深深着迷，能在一个孩子的人生之初见证他的诞生，她觉得是很棒的事。孩子出生前，助产士应该怎样与孕妇相处，怎样与她们交流，怎样为她们提供帮助，即便在同一家医院，由于助产士不同，也会存在多种多样的处理方式，而这便是助产士们展示职业技能的好时机。

采访当日，深夜班刚好结束。"今天值完分娩科的夜班，遇到两位产妇分娩，时间较长，值班期间都没生下来。其中一位本来预计会分娩的，但从3天前就出现阵痛，一直嚷着不想生了、不想生了，希望终止分娩。恐惧和不安会助长疼痛，助产士不可能24小时守在她身边，但如果我离开，她说自己会更加不安，便不让我按护士铃，希望我一直陪着她。"

而她之所以能像这样陪着孕产妇，也是得益于夜班人员配置充足。若是以前，在拥有35至40张床位的住院部，准夜班人员有2名，深夜班人员有2名，但后来渐渐增加到5名。而医院为100张床位配备的护士人数，放在全国来看也算相当多的。10多年来，住院部的夜班人员配置最少都会有3名。

医院的NICU负责部部长、医局局长关和男医生断言："良好的看护依赖于相应的劳动环境。"关医生继续说："包括NICU在内，围产期医疗中有'家庭、集中、看护'的说法，意思是围绕婴儿与家庭提供看护服务是工作的重心。然而，倘若医务人员没有充分的时间与足够的精力，这种看护服务就无法实现。如果她们超负荷工作，光是为完成自己的任务已经用尽全力，毫无被医院重视的感觉，又怎么可能为患者提供安心体贴的服务呢？不用说，医生与护士的人员配置必须充足，其中勤务体制是关键。不改善这一点，就没法避开过劳问题。依靠少量医务人员，根本不可能提供优质的看护服务。只有人员配置充足，才能形成良性循环。能否明白这一点，直接关系到医务人员的录用与待遇，这本来是个相当简单的道理，不是吗？"

根据约2年前的统计，NICU的医务人员大多是毕业15年以上的资深人士，关医生说："资深人士的存在大有裨益，简单说来，哪怕医生能力不足，只要有能干的护士在，整个NICU就能正常运作。"资深级别的护士大多能及时察觉新生儿的异常情况，避免病情恶化。在指导手册并非万能的NICU里，她们发挥着唯有资深人士才具备的力量。

不仅如此，年长的医务人员还能洞察新人的心态变化，化解人际关系中的剑拔弩张，据说这里很少有护士是因过劳而辞职离开的。关医生严厉地指出："我在其他医院看见有的护士即便怀孕也得值夜班，如果本人不愿意，就无法成为正式员工。院方这种做法简直是二三十年前才有的。"

让离职率锐减的住院部

为身体异常的新生儿看诊的NICU，属于围产期医疗的重要机构，同产科一样，这里也存在超负荷工作与难以培养人才的状况。其中，作为3次医疗机构的长野县立儿童医院是长野县内的中坚医院，近几年，院内NICU的护士离职率显著降低

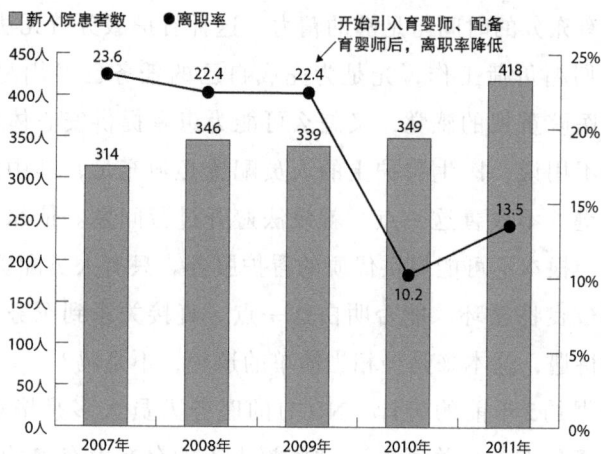

开始引入育婴师、配备
育婴师后，离职率降低

23.6　22.4　22.4

314　346　339　349　418

10.2

13.5

2007年　2008年　2009年　2010年　2011年

（资料提供：长野县立儿童医院）

图12　长野县立儿童医院的应对措施

（图12），犹如安装了刹车机制。

通过在NICU配备育婴师，护士的离职率大幅降低。

如今，长野县立儿童医院为NICU配备了育婴师，白班2人，夜班1至2人。当初采取这项措施，是为了给长期住在NICU里的婴幼儿提供看护，而它带来了出人意料的结果。

考虑将育婴师引入NICU协助工作的是鬼泽典朗护士长。从普通住院部调到NICU后，眼看出生6个月的婴儿迟迟无法出院，她思索着自己能为孩子们做些什么，于是忽然想起普通住院部里的育婴师们。2000年起，普通住院部便配备了育婴师，由于NICU里的新生儿大多是命悬一线的重症患者，需要戴着氧气罩或打点滴维持生命，因此这里并未配备育婴师。那些侥幸捡回一命、身体却留下后遗症的婴儿以及早产儿需要长期住院，解除生命危机后，接踵而至的便是发育问题。最初，NICU采取的方法只是拜托普通住院部的育婴师抽空前来照顾一下孩子们。

2009年1月，NICU正式录用了一名育婴师，安排的是白班。育婴师的配备预算按照诊疗报酬中的游戏室加算方法，每年约为500万至600万日元。

育婴师来到NICU工作后，着眼点与鬼泽护士长等护士们的全然不同，让她们目瞪口呆。一开始，育婴师便将目光投向了前来探病的患者的哥哥姐姐。为防止感染，患者的兄姊均被禁止进入NICU病房，父母进去探病期间，他们只能在病房外等着。然而，等待时间一长，他们便有些不耐烦，纷纷哭着嚷道："我想回家。"如此一来，不少父母也没法安安心心地探望住院的孩子。育婴师注意到这个问题，便在病房外的等候区放置了一些绘本和DVD供他们解闷，父母便能不慌不忙地探病。

此外，探病期间倘若婴儿已经入睡，百无聊赖的母亲便只好回家。见此情形，育婴师为母亲们安排了工作时间。婴儿每隔3小时喝一次奶，其余时间几乎都在睡觉，以往母亲们只能站在婴儿轻便床或保育器前看看宝宝就回家，现在这里设有玩具制作区，母亲在等待期间可以为宝宝做些拿在手上玩耍的玩具，随着探病时间的延长，母亲们之间有了加深交流的机会。面对宝宝刚出生就住院的事实，她们常常感到焦虑，精神压力很大，而自从育婴师来到这里，她们的抱怨也少了许多。

在NICU工作了13年的护士西原淑惠女士（48岁）谈到了配备育婴师后NICU出现的变化。

"配备育婴师前，哪怕听到孩子在哭，护士也没时间哄他们。听到婴儿哭闹，我们的情绪也会变得焦躁不安。没有护士愿意惹住院期间的宝宝哭泣，但在哄这个宝宝时，的确就腾不出手给其他宝宝喂奶或是精心照顾，因此育婴师前来帮我们哄宝宝，真是帮了大忙。有育婴师在，宝宝再也不用排队等喂奶。对那些患有先天性心脏病的宝宝来说，哭闹本身就会加重心脏负担，育婴师的工作之一便是让他们尽量别哭，这样我们也有更多时间进行医疗看护。而到了哺乳时间，宝宝们因为肚子饿了，会不约而同地一起大哭，以前每到这种时候，我们都焦头烂额，现在有育婴师替我们哄宝宝，给宝宝喂奶，我们的情绪也平静下来，不再需要一边照料宝宝一边做看护工作。"

以前，她们需要同时负责10名患者，重症患者增加后，医疗看护随之增多，如今她们最多只须同时负责5名患者。看护的具体内容随宝宝病情调整，不可能完全按照看护手册上说的做。西原女士说："育婴师的到来，确实让我们很少再有焦躁之感。"此外，有些母亲产后接受不了宝宝住进NICU的事实，精神大受打击，照顾她们是件困难的事。往往母亲们希望与护士聊聊心中的烦恼，护士也很想耐心地听她们倾诉，奈何这样做的话，必然耽误工作，护士们实在有心无力，愧疚感慢慢变成精神压力的一部分，降低了工作效率。正是育婴师的到来，切断了这种恶性循环。

斋藤依子副院长兼护士部长指出："对长期住院的患儿的母亲来说，育婴师的存在拯救了她们的精神危机。育婴师与患者家属间的交流，相当于一块缓冲区，比起减轻护士的工作量，更主要是从情绪方面缓解了护士的压力。"鬼泽护士长说："不论在哪家医院，孩子一旦住院，父母都会担心，明明有不满却不好对医务人员开口。而育婴师不提供医疗看护，对着他们，父母反倒能够畅所欲言。"

2010年起，医院开始安排育婴师协助护士值夜班。婴儿的哭泣是不分白天晚上的，但能值夜班的护士并不多。为此，解决婴儿哭泣的措施是采用7至8台摇杆椅，代替护士哄宝宝睡觉，如今有了育婴师抱着宝宝耐心哄逗，摇杆椅渐渐派不上用场了。有的患者家属写信给医院，表示"非常感谢育婴师深夜抱着我家孩子哄他睡觉"。

NICU具有独特的看护方式，育婴师会接受一系列培训，比如对于依靠呼吸机呼吸的孩子，应如何采用"接触看护"的方法哄逗；与宝宝身体相连的监护仪器上显示的数据代表什么意思；体重过轻的婴儿的特征等。此外，这里还有一项规定，即警铃响起后，要立即呼叫护士，再请她们关掉警铃。

鬼泽护士长说："由于出勤时间的限制，护士不能时时刻刻陪着孩子，对他们的发育情况总有不清楚的地方，而总是陪在孩子身边的育婴师就不存在这种问题。"不少住进NICU的新生儿照顾起来都颇为棘手，出院后，也极容易被丧失育儿耐心的父母虐待。有些父母很想向护士请教喂奶的方式、哄逗的方式，但护士是三班制，时常与前来探病的父母错过，另一方面，每名育婴师的白班与夜班安排相对固定，对孩子的身体特征或行为习惯更熟悉，父母向育婴师请教，反倒更容易了解自家孩子的情况。比如，育婴师会告诉父母："宝宝喜欢用这种姿势睡觉呢。"

有的母亲害怕触碰宝宝，而育婴师在对孩子进行接触看护的同时，也能加深与母亲的交流。由于并非医务人员，母亲对着育婴师反倒感觉安心，愿意倾诉很多烦恼。见孩子住进NICU，母亲深感困惑，不懂如何与孩子相处。育婴师会告诉她们："宝宝今天做了什么，露出了怎样的表情，或是这样哄宝宝的话，他就会停止哭闹了。"育婴师通过这样的方式填补母亲与宝宝之间的隔阂，而这种关系也能缓解母亲的精神压力。此外，育婴师还会及时与护士交换患儿的信息。

西原女士讲到了育婴师存在的意义："由育婴师给孩子讲绘本故事，是孩子发育时期必不可少的一环。他们能持续观察孩子的状况，留意孩子看到玩具发出声响时的反应，陪他们玩耍，或是一边给孩子讲绘本故事，一边向他们展示书里提到的玩具，这些都能促进孩子发育，也是育婴师的专长所在，而且他们对医院玩具的卫生管理也十分用心。如果换成护士来做这些，她们往往只能利用闲余时间完成。"斋藤护士部长表示："以前我们安排了其他专业领域的工作人员配合护士工作，但进展不太顺利，后来以孩子为中心配备了育婴师，NICU便能顺畅运作了。"

小池晶女士（42岁）负责NICU白班的保育工作，提及自身的变化，她说当初刚来这里时，"人一踏进NICU，便听到警铃大作，仿佛踏入异世界。为防止宝宝感染，进入前通过严格的扫描检测后NICU的门才会打开，我竟错觉自己来到了宇宙空间基地。按照以往对新生儿住院大楼的印象，我以为这些孩子住不满一个月，事实上一些早产或罹患重症的婴儿，都会在里面住很长时间。隆冬时节，室温也是按宝宝所需要的温度来调节的，因此大家都穿着短袖。这里的环境与普通住院部实在大相径庭，我简直怀疑'自己无法胜任这份工作，不知道能为这些宝宝做些什么'，抱着这样的想法，努力配合护士，为患者和家属提供必要的帮助。"

小池女士照顾的第一个宝宝依靠气管插管才能呼吸，小池女士无法抱着他，也无法给他喂奶。孩子动辄便哭，呼吸状态立刻变得紊乱。"究竟能为他做些什么呢？"小池女士烦恼不已，思索着怎么做才能妥善照顾他。她凝视着宝宝，冲他打招呼，一点点缩短两人之间的距离，于是注意到一个问题，宝宝接受治疗时会被护士触碰身体，但其余时间几乎没有体验过"身体接触"，以至于稍微碰一碰他，他都极不适应，异常受惊。"在这里，我们育婴师的存在是有意义的，我想问一下，在治疗现场，我能为这个孩子做些什么？"她将自己的想法告诉了护士。

育婴师中村佐友里小姐（34岁）是她的同事。谈及自己的工作时，她表示："一开始躺在婴儿轻便床上的宝宝并不看我，也讨厌被人触碰，对宝宝的这种反应，我感到惊讶。以前总以为当我握住宝宝的手，他们也会反过来握住我的，这是理所当然的事情，然而事实却出乎我的意料。"她困惑地说，不过看着睡着的宝宝，她又想，"这孩子有爸爸妈妈，有哥哥姐姐，对他的家人而言，他非常重要，如果能顺利出院，回到家人身边，应该会被父母万般珍惜地抱在怀里，所以不管他怎么哭闹，自己都要轻言细语地哄他，随时给他温暖的拥抱。"抱着这样的想法，她耐心细致地照顾着这里的宝宝，护士说正因为育婴师如此尽心地工作，原本为宝宝们准备的摇杆椅也渐渐不需要了。

有一个宝宝给中村小姐留下深刻的印象。他从东京转院过来，除了指尖可以微微动一动，整个身体只能仰躺，无法动弹。做复健时，第一个目标是让他能用手玩玩具，后来，他慢慢能用手啪啪地拍气球玩。随着复健的循序渐进，他甚至能把手举到脸部位置。

前文提到的小池女士细心地表示："这里与普通住院部的区别是宝宝与家人之间是否产生了情感羁绊。在这里，一切都是从零开始的。宝宝从未回过那个属于他的家。每个新生儿母亲对我们所说的话都有不同的理解，家庭背景也各不相同。"有一次，一对父母前来找她商量，说双休日跟父母来医院探病的老大说自己讨厌来医院。按医院规定，不满14岁的孩子不能进入NICU探望弟弟妹妹，父母探病期间，他们只能待在家属接待区。听完后，小池女士建议："下次不妨带上姐姐来一趟医院，二位和姐姐一块儿待在家属接待区，也许就能明白姐姐的心情了。"父母依照小池女士的建议去做了，随后母亲哭着表示："原来以往都让姐姐等得这么难受啊。"这以后，父母便让姐姐和自己一起，隔着病房玻璃窗瞧病房里的宝宝，之后一块儿回家，渐渐地，姐姐再也不说讨厌来医院等话，每次来探病都笑逐颜开。

一个孩子长期住在NICU病房，他的母亲（39岁）说："住院部的育婴师无异于孩子的第二个母亲，多亏育婴师告诉我孩子的成长情况，看着他慢慢地能做这样或能做那样，我便非常欣慰。"这个孩子出生8个月，罹患的是发病率在十万分之一的先天性疑难杂症，无药可治。母亲当初参加孕妇体检时，未查出任何异常，因此孩子出生后她才得知这一噩耗，仿佛晴天霹雳一般。孩子在预产日顺利出生，早期母子接触仅仅一分钟，之后孩子便被带去了NICU，呼吸状态不太好。

母亲每天从家里赶来医院探病，仅是单程便需要一个小时左右，不久前累倒了，改为每周休息一天。她母乳不多，却天天拼命为宝宝挤奶，巴望着孩子哪怕只喝一口也好。给予她动力的就是一个想法：自己必须为这个孩子做些什么。

母亲无法24小时守在孩子身边。这位母亲表示："在我不在医院的时候，只要有人摸摸抱抱宝宝、给他读故事，我已非常感激。晚上值夜班的护士很少，但有育婴师陪着宝宝，跟他说话，轻轻拍着他哄他入睡，即便宝宝待在昏暗孤独的NICU里，也会感到安心了吧。"作为父母，哪怕自己的孩子身有残疾，也希望他们能像普通孩子一样玩玩具，尤其是能对会发出声响的玩具抱有很大兴趣。而这些事情都有育婴师为他们考虑，并花心思耐心实践，对父母来说无疑是一种鼓励。

"孩子能活着真是太好了。我家孩子住院时间很长，看着他的住院时间一个月一个月地增加，我其实非常高兴，对他又心疼又怜爱。医生说孩子只有一年的时间，但我希望他能活着从这里离开。"

为了实现这类母亲的心愿，医院安排了其他专业领域的工作人员配合护士工作。NICU病房旁边便是游戏室，里面铺着榻榻米，配有育婴师的办公桌，角落里还有床铺，以供母亲来探病时陪宝宝一块儿睡觉。NICU每月会给育婴师制定工作目标，并举行讨论会。

育婴师的到来为NICU带来积极的影响，鬼泽护士长惊讶地表示："多亏了育婴师，宝宝们才能在晚上保持充足的睡眠，发育良好。父母前来探病的时间也增多了，这些良好的改变也许在数据上显示不出来，但我们还是能够通过数据发现另一些积极的二次影响，比如突发事件减少了，护士们的离职率也有所降低。配备育婴师前，2008年度的离职率为22.4％，育婴师来到这里后，2010年度的离职率降低到了10.2％。此外，NICU一向会出现阶段性压抑紧张的氛围，育婴师便在复活节、圣诞节将这里装饰一新，疗愈大家的身心，而这些都是护士们想不到的点。"

奋战中的地方诊所

承担了全国一半分娩手术的各地方诊所，也在努力创造良好的生育环境。作为1次医疗机构，它们的服务对象主要是低风险孕产妇，但每年依然有诊所在不断放弃施行分娩手术。厚生劳动省的《医疗设施实态调查》显示，"施行过分娩手术"的一般诊所，从1996年的2 271家减少至2008年的1 441家。尽管2011年恢复到了1 327家①，却改变不了濒临灭绝的事实。东京都杉并区有这样一家诊所，它致力推进产后育儿，为社区的新晋父母提供支援。

"从妊娠到分娩是组建一个家庭的起点，我希望由地方诊所来见证。"

大约20年前，赤川诊所的院长赤川元继承了父亲的诊所。父亲是名开业医生，原本在医院妇产科工作，赤川院长还在念高中时，父亲的诊所已经停止施行分娩手术，主要为内科疾病患者提供诊疗服务。赤川院长继承医院时，前来就诊的约八至九成是高龄患者，孕妇很少，即便有人来做孕妇体检，孕期30周后便转到别家医院分娩。赤川院长感到苦恼，热爱分娩手术的他表示："施行分娩手术就好比妇产科医生的身份认证。"于是，他决定将诊所改建为妇产科医院。一开始，每月为1至2名产妇做手术，3年后增加到了每月10名，如今诊所已需要每月施行30台分娩手术，在当地可谓无人不知无人不晓。

赤川院长说："1次医疗机构的职责是面向孕产妇提供密切细致的诊疗服务，重要的是竭尽全力、贴身看护。"为此，他几乎将365天24小时都花在了这里。他还认为，1次医疗机构理应施行自然分娩手术，3次医疗机构则不必，那里的医务人员仅是面对高危孕产妇，就已精疲力竭。

---

① 原文如此。

赤川院长常说，我们1次医疗机构要将低风险孕妇维持在低风险状态，直到她们顺利分娩，这是我们的使命，并且我们要专注于孕期的生活习惯，如饮食、睡眠、瑜伽、肚皮舞、针灸以及整体疗法的指导。一旦出现出血或腹胀现象，可随时打电话咨询。哪怕再轻微的症状，倘若放任不管，也可能酿成大祸，无法挽回。每次门诊结束时，他都会询问患者："还有什么不明白的地方想问吗？"这话并不是在赶人，而是"请别介意，尽管问吧"的意思。

　　不仅如此，赤川院长还说："孕期是培养家庭意识的重要时期，男女相识相恋结为夫妇，再经由怀孕、分娩组建家庭。家庭是与此前迥然不同的崭新阶段，要走到这一步，要求双方必须有足够的心理准备。所谓家庭，便是孕育生命的场所。希望大家都能组建一个良好的家庭，培养能为社会做出贡献的下一代。"不少男性陪妻子来就诊，当看到B超图像时，有的人甚至喜极而泣。

　　赤川院长这样解释"家庭起点"的含义：

　　"分娩是谁的事？毫无疑问，是夫妇的事，因为婴儿是夫妇的结晶，女性可以通过身体感知到婴儿的存在，男性只能通过认知。杉并区有四成孕妇都是回老家分娩，也就是说手术是在地方上进行的。真替那些将孕妇赶回老家分娩的社区感到难为情。孕妇好不容易决定了安居乐业的社区，当然希望在当地分娩。而回到老家分娩，除了让母亲感到'轻松'，没有任何益处，因为产后那段十分重要的时期，父亲无法陪在孩子身边。孩子出生后的1至2周都见不到父亲，只能跟着母亲在老家生活，一个月后再回来做体检，这是要不得的。怀孕是一个随着时间不断向前推移的过程，从那时候起父亲便缺席的话，生育将很难变成夫妇共同的事。"

当地居民的增加，让赤川院长感到欢欣鼓舞。有时他会在街上遇到处在发育期的孩子，觉得这才是真正意义上的"街区"。

对院长理念表示理解、共同支撑着诊所的助产士上原直子女士拥有20年以上的助产经验，是一名资深人士。她于5年前来到赤川诊所工作。在短暂的交流时间里，她的电话数次响起。据她说，经常有孕妇就一些琐碎的细节来电咨询。很多母亲没有抱婴儿的经验，她们自己的母亲和婆婆也忘了当年是如何抱婴儿的，因此助产士必须从头教起。

上原女士说："诊所的理念是支持一个家庭将孩子作为'人'去好好培养，我对此非常认同。"她之前工作的妇产科医院是家私人诊所，提倡海外流行但在日本尚未普及的无痛分娩手术。那些前来分娩的女性，由于整个过程中感觉不到阵痛，甚至一边生小孩一边用手机发信息，态度敷衍，也不关心自己正在经历什么，一切交给医生与助产士处理。等孩子出生后，母亲问："啊？这就生下来了吗？"语气中没有感动，而婴儿给人的感觉仿佛也是无精打采、缺乏活力的样子。产后，妈妈随手将婴儿交到医务人员手中，闲聊般道："帮我稍微照看他一段时间。"至于医务人员，本该一迭连声地恭喜付出艰辛努力的妈妈："真好呢，您辛苦了！"然而，这些慰问或庆贺的话她们一句都不说。上原女士无法认可这样的分娩手术，决定辞职离开。

"女性怀孕后，满含爱意地在体内孕育胎儿，历经痛苦后诞下新的生命，这样的生育才有意义。"上原女士再次感慨道。正因为克服了阵痛，在催产素的作用下才会分泌母乳，不是吗？在赤川诊所，上原女士领会了这份工作的另一面，即克服痛苦的意义以及在距离痛苦最近的地方，给予孕产妇支持的人是助产士。

再来看看赤川诊所举办的父母学习班。在这里，我们能感受到前来学习的父母与医生、助产士之间几乎没有隔阂。2012年10月7日，面向孕期超过20周的夫妇，诊所举办了父母学习班，地点位于诊所附近的杉并区公会堂。大家按预约日期就座，医务人员提醒道："请大家务必在今天的课堂上多多结识朋友。"

接着，赤川院长发表演讲："今天我打算和大家随意聊聊，并没有想太多。这是我们第一次举办父母学习班，没有规定任何主题。"然后，他展开了让人心情愉悦的"说教"，大家听得格外认真：

"政权终会再次更迭，孩子的生活会出现怎样的改变呢？从今以后，日本社会将变成什么样呢？我今年56岁了，对这些问题依然没有答案。各位年轻的爸爸妈妈，大家齐心协力，希望在怎样的社会、怎样的世界中抚养孩子呢？至少笼统思考一下这个问题，再做出生育的决定，这是很重要的。我们的时代充斥着太多不安因素，暗淡无光的现实让人无奈，为了让孩子们将来能够拯救这样的世界，请一定认真抚养他们。请将孩子培养成一个善良的人，看到身边有人倒下，孩子能主动对他说别害怕；看到需要帮助的人，孩子愿意主动为他做些什么。我的工作，是为社会创造更多健康的家庭。我坚信女性能够凭借与生俱来的力量孕育生命，为此，我通过自己的工作支援女性的分娩。

"自然分娩是非常棒的，但女性是拼上了性命在对待分娩。如今这个时代，几乎没有什么事情真的需要我们搭上性命去完成。生物随时处于生死之间——面对生育，我们只要怀着这样的心情就够了。自然分娩当然是我们的目标，但实际情况可能不如人意，总会有需要施行剖宫产手术的时候。希望大家在怀孕分娩之前，首先理解这一点。

"我们诊所的方针是，不施行会阴切开术。因为即便只是切开2厘米，并且事先注射麻药，也有不少产妇感觉痛苦。不管分娩过程会经受怎样的疼痛，一旦切开会阴，都会给母亲留下'被切开了'的心理阴影。我们希望尽量减少母亲精神上的不适感。

"分娩这项自然而然的工作，需要用到女性自己的身体。应该避免稍微走几步便感到疲劳的状况。心里感到不安的时候，能够支撑女性的恰恰是健康的身体。保持正常的饮食和适当散步，听起来很简单，却是我们实实在在应该做到的。也许不少母亲怀孕时坚持工作到深夜11点才回家，而后匆匆吃饭，如果在孕期34周休产假之前一直保持这样的状态，会导致身体很难调理。休息日夫妇手牵手散步，用餐时细嚼慢咽，都是很重要的。

"在杉并区，产妇于产后8周以内，可在指定的医疗机构免费参加'产妇体检'。有的母亲生完小孩后，罹患产后抑郁，如果觉得病情影响到了自己的正常生活，欢迎随时来诊所和我们聊聊。

"我们开业医生希望大家能选择在自己生活的这片街区怀孕生子。分娩本身并非生育的终点，关于育儿，有太多课题需要大家钻研，希望大家在育儿时积极利用行政政策。"

听完赤川院长的演讲，一位男性表示："今天听完赤川院长的话，我决定以后要争取早些下班回家。"

这天下午，诊所还举办了面向不同孕期的另一些夫妇的孕妇学习班。参加这个学习班的母亲们距离预产期只有1至2个月。

课堂上，赤川院长使用附有脐带的胎儿身体与骨骼模型，详细解释了分娩过程和风险，包括阵痛、破水、预产期推迟将出现怎样的风险、何时使用催产剂、剖宫产手术如何实行，等等。在开始上述医学说明的同时，赤川院长表示："人类由于直立行走，骨盆形状出现改变，变得不利于生产。正因为易于造成难产，所以总得有人伸出援手，这就是人类的分娩。因此，我的工作也含有无条件为她们提供支持的意思。母亲们凭借自己的力量分娩，而我会为引导出这份力量从旁建议。"

父母学习班上，聊完分娩的大致过程后，赤川院长说："好了，接下来让我们试试'分娩'。"于是，他点名邀请一位男性上台和自己一块儿演习。分娩的最后一步即剪掉婴儿的脐带，是父亲的职责。

大部分产妇都能进行自然分娩，而部分产妇必须接受剖宫产手术，她们中因此遭受精神打击的人不在少数。赤川院长说："只有母亲能决定是否宁愿剖宫也要孕育生命，谁也无法代替她完成这件事。另外，孩子也应该感谢历尽千辛万苦给予自己生命的母亲。"最后，赤川院长总结道："祝各位母亲实现优质生育。所谓优质生育，是指为了给孩子提供良好的成长环境，一家人每天生活在一起。希望父亲能够陪伴孩子的母亲度过这段她们不惜牺牲自己，也要诞下新生命的时光。"

在父母学习班上相识的"妈妈朋友"们，产后也会定期在诊所附近的杉并区公会堂聚会。产后两个月左右，赤川院长会寄给她们参加赤川诊所同学会的邀请函，月龄相近的孩子的父母们聚在一起，热热闹闹地聊着产后的各种话题。培养出深厚友谊的母亲们，也会私下结成小组，每月举办一次小型聚会"Gen-kids"。每期并不规定特别的主题，妈妈们可以心情轻松地参加。这项活动由5位妈妈负责，分别担任企划和会计。

笔者造访那次，大约有20组父母带着孩子前来。现场有的母亲在给孩子喂奶，有的母亲在逗着步履蹒跚的孩子，大家各做各的，互不相扰，却随时能够轻松地展开话题，诸如"什么时候带孩子去儿童会馆比较合适呢""哪些餐厅允许母亲推着婴儿车进去用午餐""孩子的衣服是在哪里买的呀"，等等，都是大家感兴趣的日常闲谈。如果某位母亲轻声嘟囔一句："最近都没时间看电影呢。"马上会有其他母亲点头赞同："我也是呢。"有的母亲表示，孩子满1岁后，外出散步看到别家小孩，会调皮地动手打对方，自己感到很烦恼。别的母亲听完纷纷热心地建议："必须告诉孩子不能那样做哦"或是"事后再教训效果可不好，必须当场不厌其烦地告诉孩子不能那样做"。

"Gen-kids"的负责人之一、曾经做过幼儿园教员的某位母亲开始为大家读绘本，原本高声嬉闹的孩子们立刻听得入了神，静静地坐着一言不发。之后，瑜伽教室的老师前来授课，指导各位母亲和孩子一起做简单的体操："轻轻拍孩子，哄他们睡觉"或"用力按摩足底"。

参加聚会的母亲无不笑逐颜开地表示："生我家宝宝时感到安心极了""育儿期的不安减少了许多"以及"下次怀孕，希望能在赤川诊所分娩"。

必不可少的是"寸步不离的助产士""能严厉责骂的医生"

"在浓郁的家庭氛围中，与家人共同感受生命的纽带。在助产士与医生的守护下，迎接安心、安全的分娩。"——这是东京都府中市"府中之森 土屋妇产科"的宣传标语。这里为孕产妇创造了良好的生育环境，实现了优质生育。其中，起到关键作用的便是助产士的力量。

　　妇产科医生土屋清志院长习惯退居二线，"消除"自己的存在感，经常被孕产妇说："等我回过神来，才发现医生也在呢。"他将门诊、分娩、产后看护等相关工作都交给助产士负责，只在需要采取医疗措施时登场。"要实现理想的分娩，围产期最好缩减规模。""府中之森"作为地方诊所，2010年开始营业，每年约施行500台分娩手术。

　　如第一章所介绍，土屋院长指出，约六成孕妇在生下自己的小孩前，从未抱过婴儿，对分娩与育儿怀抱巨大的不安。土屋院长指出："团块世代的育儿方式造就了许多钥匙儿童，这代父母毫无维持工作与生活平衡的概念。眼下，我们必须了解新生代父母是如何成长起来的。从网上搜集来的资料基本不可靠，那些知识零碎不全，是作者东拼西凑出来的有利于自己的信息。因此，重要的是孕产妇看助产士门诊时的实时交流，站在全局高度，相对把控孕期、分娩、育儿三个阶段，并且同时推进，给予指导。"

　　在助产士门诊，助产士会就"分娩方式关系到今后如何进一步育儿"等相关问题指导孕妇，年轻助产士通过观察前辈的工作方式，重新认识孕期、分娩、育儿三个阶段，为孕产妇提供看护服务。资深助产士与新人助产士配对工作，可以让她们发挥各自的优点，而新人助产士从中也受益匪浅。

　　有的孕产妇在瑜伽教室成为朋友，私下举办午餐会。由于怀孕，大家暂时离开了曾有的社交圈，渴望结识新朋友，这种时候，土屋院长会尽量避免自己成为其中一员。至于原因，他这样解释："作为医生，我一直提醒孕产妇们要多与助产士沟通。如果医生与母亲看待问题的方式过于一致，那么分娩时遇到突发状况，医生就不能做出冷静判断，也当不好'指南针'，又如何拯救深陷困境的团队呢？从某种意义上说，医生必须站在父爱主义（即父权主义，指为本人利益着想，代替本人做出决定）的立场，尽到他的职责，而非母亲的好朋友。那些性命攸关的重大决策，请放心地交给医生来做。"

如果说，在分娩一线由医生与助产士组成的团队中，助产士需要寸步不离地守护孕产妇，那么医生则应扮演严厉责骂的角色。

据说围产期医疗存在双重标准。医生从医学层面出发，按照科学理论进行思考，为孕产妇看诊并施行分娩手术；助产士有时会根据随月相盈亏的神秘变化推算出分娩浪潮，凭借经验与实践中的种种感受，观察孕产妇的身体状况。土屋院长细心地指出："一切问题并非全部依赖科学解决，分娩领域还存在大量未知现象，如果母亲置身于轻松舒适的环境，分娩情况会大不一样。与只重视安全的分娩管理不同，我们提倡科学与非科学的双重标准，换句话说，希望母亲在自然科学与人文、社会科学的共同指导下进行分娩。"

如果母亲在放松状态下，躺在榻榻米上，采取自由姿势分娩，那么基本无须接受会阴切开术。在土屋院长的诊所，2011年的会阴切开率为初产妇20.9％，经产妇2.8％。只有在医生判断必须施行吸引分娩、手术钳分娩、骨盆位分娩，或遇到会阴伸张不良、胎儿巨大等情况时，才会考虑会阴切开术。会阴切开率的高低，某种意义上也能体现医生与助产士是否配合默契。

一般医院的会阴切开率普遍较高，这是分娩流程的机械化所致。土屋院长说："产妇躺在分娩台上毫无技巧地拼命使劲，最终往往需要切开会阴。在监控仪器的影响下，她们容易紧张，致使胎心率下降，会阴伸张不足。当然，如果是风险产妇，会阴切开与剖宫产都是可能的，这种时候考验的是医生的眼力。医生和助产士的分娩知识大多来自医院，缺乏在助产院的实习经历，一些没有见识过自然分娩的妇产科医生，很难想象产妇能在不切开会阴的情况下顺利分娩。我们府中市正在培养一批年轻的妇产科医生，希望为他们创造机会，了解学习全新的分娩方式，它与医院那种在监控仪器的管理下进行的分娩完全不同。"

某些孕产妇最初希望自然分娩，却因为种种原因不得不切开会阴或施行剖宫产，这时如果有助产士片刻不离地提供看护服务，她们心理上也是可以接受的。在土屋妇产科分娩的某位女性告诉笔者，虽然最终她还是接受了剖宫产，但依然感觉能在这里分娩实在太好了。

佐藤良子（化名，31岁）小姐的第一个小孩是在东京都内娘家附近的某私人诊所出生的。由于胎位不正，她不得不接受剖宫产。进入预产期的那个月，医生忽然告诉她，孕期37周最好施行剖宫产，听完后她大惊失色，胎儿的预测体重为2 100克，良子小姐说："能否再等一等？"医生却说："快到新年了，要想在今年内完成手术，就必须定在12月27日分娩。要是新年期间发生什么，可不好办了。"医生语气专横，不留余地，完全只考虑自己的时间安排。手术时，听见良子小姐呼痛，医生冷冰冰地说："还能喊痛就说明没有大碍。"良子小姐只觉心里一阵恐慌。

当初良子小姐会选择那家诊所，完全是被它倡导的母乳育儿所吸引。良子小姐的母亲育有三子，良子小姐排行老二，是喝母乳长大的，其他两位都是喝的牛奶，因此只有她从小不易患感冒。有了小孩后，她坚持母乳喂养，但突如其来的剖宫产给她造成了心理阴影。"下一次绝对不要剖宫产。"她暗暗在心里告诉自己。

计划要二胎时，她特意寻找可以进行VBAC分娩（即剖宫产后阴道分娩）的医院，于是发现了"府中之森 土屋妇产科"。

怀上二胎后，她毫不犹豫地来到土屋妇产科，首先了解到的是助产士的存在价值。

"这里有助产士门诊，每次我都有充足的时间和助产士交流。关于VBAC的知识，她们也会详细告诉我，以前我从来都不晓得，原来助产士是这样了不起呢。"她心情愉快地对笔者说。

和上一次不同，第二次怀孕的良子小姐腰痛得厉害，她担心是不是骨盆歪斜，便请助产士为她护理骨盆。让她不敢置信的是，戴上专用腰带后，疼痛便渐渐消失了。和上一次不同的地方还有，她常常遇上疲倦、嗜睡等小问题，这里的助产士总会耐心给予建议，经常与她聊天。

临近预产期，她住进了诊所，怎知腿部浮肿得厉害。助产士在病房中点了香熏，为她足浴按摩，而且前来护理的每位助产士都拥有相同水平的技能，有问必答，很快消除了她心中的不安。"不管哪位助产士来，我都觉得放心。"她回忆道。

由于迟迟不见分娩，土屋院长耐心地将原因悉数告知："虽然我们很想再让你等一天，但要是在周日分娩，万一有个什么，必须把你转送到大医院。周日的话，那里人手不足，风险也大。"最终，良子小姐的分娩日比预产期迟了13天，由医生为她施行了剖宫产手术。她满意地说："虽然没能实现VBAC分娩，但是医生为了我们母子耐心等到了最后一天。因此哪怕是剖宫产，我精神上也完全能够接受。"

质问医疗水平高度发展之后的时代

我们知道，孕期存在各种风险，分娩也是同样的道理。分娩异常会导致胎儿在昏迷状态下出生，即便抢救过来，身体也会留下残疾。哪怕产前诊断技术日新月异，仍无法避免产后才发现孩子罹患重病或身有残疾的情况。

在家同时进行看护与育儿十分困难。有的家庭因为各种原因，无法接受这样的孩子，便将孩子送去了重症身心障碍儿童机构等专门的收容所，但那里名额有限，大部分孩子需要排队等候，并非申请便能入院。

某位就职于疗养机构的医生指出："超重症儿童的增加，延长了他们在收容机构的入住时间。由于护士资源紧缺，即使没有满额，有的孩子也无法进入NICU，有的出院后转去收容机构，能一直待在机构里，不用为腾位子而回家，反倒是种幸福。目前的问题是，社区环境无法为照顾这些孩子创造足够的条件。比起增加设施，更重要的是提供强有力的居家医疗支援，让孩子们更容易回家，不是吗？充实访问看护师或短期入院、医院救急等资源才是必须的。"

由于医疗水平的高度发展，许多进入NICU的孩子们得以保住性命，哪怕因早产，体重只达到500克的孩子也不例外。住进NICU的孩子，有的体重过轻，有的罹患先天性心脏病、肺病等各种各样的疾病。出院后，不少人转为居家治疗，0至9岁儿童中利用访问看护的人数年年增加。根据厚生劳动省保健局医疗科的调查，2001年利用人数仅为842人，2009年增加到

3.5倍，达到2 928人。

孩子罹患疾病或身有残疾，会给育儿埋下巨大的不稳定因素。如第一章介绍的，"有的母亲是在自己的孩子出生后，才第一次抱'婴儿'"，这样的女性大约占了六成，对育儿这件事本就十分迷茫。从这个层面来看，能为她们提供助力并切实发挥作用的，正是访问看护。

"Coco Baby"是日本第一家以NICU出院儿童为接收对象、为他们提供专业访问看护服务的访问看护基地。由于现有访问看护基本以高龄者为服务对象，鲜少有为儿童提供相关看护的基地，因此这家机构的存在十分难得。看护师兼所长吉野朝子表示："在医院NICU工作期间，一旦出院，被社区访问看护机构拒之门外的孩子我见多了，'既然如此，何不为孩子们设立一家专门机构呢？'某位母亲的话提醒了我。"于是，这家机构在6年前应运而生。

抱有相同想法的NICU护士并不少。吉野所长创立"Coco Baby"后，很快便聚集了一群志同道合的伙伴。录用标准是拥有5年以上NICU或儿科工作经验，一些对NICU这种特殊环境非常了解的医务人员专心为出院后的孩子们提供细致的看护服务。

在NICU，孩子们随时要靠监测仪器监测血氧饱和度（SpO_2）和心率等，病房内警铃不断。如果父母不遵守探病时间前来医院，就根本见不到自家孩子。如果只是住院几周而后出院还好办，不少孩子却是一住便长达几个月甚至一年。

有的孩子病情会突然恶化，即便出院，也需要父母在育儿的同时进行24小时贴身看护。而他们的父母若不事先做好心理准备，孩子转为居家治疗后，家里就会乱作一团，父母也会不知所措。很多母亲在孩子出生前拼命工作，生下孩子后便辞职在家，专心照顾孩子。孩子住在NICU里时，天天担心他的生命安全，出院后又与孩子关在家里，过着与世隔绝般的二人生活。有的婴儿无法适应出院后的环境变化，夜哭不止，吵得父母也无法安心入睡。新人妈妈、爸爸搞不清孩子是因为本能而哭，还是因为身体不适而哭，心里越发不安。

如第一章所述，即便抚养健康的小孩，母子也容易遭到孤立，更不要说孩子罹患疾病或身有残疾。这种时候，每周上门一次的访问看护师，能够为母亲减轻不少心理负担。

有的父母心理上无法接受罹患疾病或身有残疾的孩子，便与需要接受医疗看护的孩子一块儿闭门不出，几近与世隔绝。能够为他们提供支援的，只有访问看护制度。母乳、奶粉、发育等方方面面的建议都很重要，毕竟看护大人与看护孩子性质全然不同，因为成年人症状相对稳定，而儿童处于发育期，哪怕只是过去一个月，身体状况也会出现显著变化。测量脉搏也是，大人只需要按住腕部，儿童则需要使用听诊器听取心跳。

针对小儿专门访问看护的必要性，吉野所长这样说："随着孩子的成长，出院后必须继续进行的医疗看护渐渐中断，这样的例子有很多。一些孩子克服了手术和治疗，接受了胃造瘘手术，依靠胃管进食。我们根据孩子的病情和身体状况，发掘孩子的潜力，提出建议、制订方案，让孩子慢慢能够通过咀嚼进食。当孩子不用再输氧时，才算开启了孩子的未来。访问看护的作用就是陪在家人身边，引导出孩子的潜力。"

对访问看护来说，重要的是走入家庭，站在医务人员的角度，配合孩子的节奏思考力所能及的事，同时从整体上把握家庭状况，提供看护服务。

吉野所长继续道："孩子从NICU出院后，每月会去医院复诊一次。不管怎么说，医生要在有限的门诊时间里把握孩子的具体生活状态是相当困难的。在这里，有我们专业访问看护师接棒，寻找适当的时机给予建议，才能共同思考如何促进孩子的成长。"

虽说诊疗报酬中关于访问看护的部分已经有所改善，但仍旧无法满足当前的需求。由于小儿访问看护可利用医疗保险支付部分费用，因此无法套用为高龄者提供看护的居家医疗制度。吉野所长指出："如果要同时进行哺乳指导和医疗看护，90分钟的时间是远远不够的，有时我们的看护师还需要每周上门3次以上。从NICU出院后的孩子，住得比较分散，靠看护师骑着自行车一家一家去访问，效率较低，一位看护师每天最多访问4至5家。另外，还有不少病患被忽略，出院后没能接受任何医疗看护，无法与访问看护师或自治体的保健师联系，那些母亲便只能独自烦恼。"

有的孩子必须借助呼吸机治疗，有的孩子则无须如此，而还有更多夹在二者之间需要接受医疗看护的孩子，要么罹患疾病，要么身有残疾，更别说一些病情容易突变的孩子必须频繁地住院出院。由于很难预估何时出院，给经营带来不安定要素，因此一般看护机构都不愿意提供小儿访问看护服务，而来自自治体的支援，从质量上看又参差不齐。吉野所长说："不同的成长时期有不同的烦恼。为孩子与家人排忧解难，恰好能够发挥访问看护师的巨大作用。"

当孩子的容身之处减少时

不少罹患先天性疾病或身有残疾的孩子会在婴幼儿阶段的

成长期失去容身之所，幸运的是，如今他们与父母一起重新找到了归属。

走进东京都台东区藏前的江户大道，很快能看见一座名为浅草圣约翰的教堂。每周二、五，从10点到14点半，这里会举办小型聚会，参会者多为孩子与母亲、育婴师等，有的女孩喜欢玩过家家，有的男孩喜欢弹钢琴，还有的男孩每次来都要读绘本。在教堂里，大家尽情嬉戏，谈笑风生。

自主保育小组"小鸠园"是专为罹患心脏病的孩子设立的，这一天，一些母亲像往常一样，带着自家孩子来到小鸠园。这里共招收了15名小朋友，在园内与自己的母亲形影不离。母亲们在小鸠园采取自主管理、运营的方式，保育费为每月3 000日元，学籍费为每月200日元。这里的大多数孩子容易罹患感冒，或是频繁住院出院，无法长期来小鸠园，按照园规，他们可以在身体条件允许的情况下自由入园。除了罹患心脏病的孩子，一些身有残疾的孩子也能入园，不过前提是家住台东区，年龄在1至5岁之间。如果接下来孩子能进入社区幼儿园或托儿所，则可视为从小鸠园毕业。

这里的工作人员皆持有育婴师或幼儿园教员的资格证书，正式员工3名，其余为临时职员。有的小朋友曾在小鸠园待过一段时间，后来他们的母亲便参与到运营工作中。由于这里的孩子极易感染疾病，因此平日里只要哪个孩子或母亲、工作人员出现咳嗽、流鼻涕的症状，哪怕很轻微，也可在家休息，不用来小鸠园。如果有谁接触了罹患流行性感冒或其他传染病的孩子，考虑到距离发病存在潜伏期，那段时间也可以在家观察。如果哪位小朋友家里的兄弟姐妹在托儿所或幼儿园有可能被传染了疾病，他可以减少来园次数，所以这里的小朋友都不用太担心感染疾病。

在小鸠园工作20年的长桥雪子表示："罹患心脏病的孩子即便想去儿童会馆，母亲也担心他感染疾病，渐渐不让孩子外出，在育儿期可能变得神经衰弱。我们小鸠园设立于1976年，创立者就是那些患病孩子的父母，他们在园内实行自主保育。虽然近几年，普通幼儿园或托儿所也开始招收患病的孩子，但毕竟是少数。如果孩子不能去幼儿园或托儿所，就没有机会体验集体生活，之后可能会直接升入小学。为了给这些孩子创造机会，我们才设立了小鸠园。"

在东京都内的大学医院工作的护士大田由美女士（化名，30多岁）说自己在围产期医疗中心工作，早已习惯NICU的环境与节奏。自己的孩子出生后，被检查出罹患先天性心脏病，脚部发育也有异常。由美女士很想继续工作，在和医院谈到职场复归的问题时，医院告诉她："院内托儿所不接收患病的孩子。"并且她是医院的正式员工，无法免除夜班，而医院又不招收外聘医务人员，无奈之下，她只好辞职。作为护士，她的月薪甚至比丈夫还高，尽管如此，为了照顾孩子，她还是决定找一份外聘的工作。

咨询托儿所时，对方听说孩子有心脏病，随时需要输氧，纷纷表示拒绝。于是，在孩子满3岁前，由美女士一直待在家里照顾他。由美女士说："把孩子完全交给祖父母抚养不太现实，我希望他能多和同龄孩子玩耍。自从来到小鸠园，他慢慢学会走路、说话，虽然这里的孩子都比他健康，但我想这其实是一种良性刺激。"现在，她将孩子寄养在娘家，自己做着兼职护士的工作，每周二、五请假休息，陪孩子来小鸠园。从她家到小鸠园，单程大约要花一小时。

另有一位母亲告诉笔者："我家孩子在2岁之前都是去的儿童会馆，我担心他被传染感冒或其他疾病，渐渐就不让他去了。"之后，她便选择了小鸠园，打算在孩子的根治手术结束后，自己便恢复工作。然而，等待手术期间，医生说孩子罹患的是扩张型心肌病，伴有心室收缩功能减退等症状，无法实行手术，只能考虑心脏移植，她便打消了回归职场的念头。她笑着说："在小鸠园，罹患感冒的孩子一定会在家休息，所以我很放心。即便是体力较差的孩子，也能在教堂的大'教室'里玩耍。"

　　担任小鸠园代表的桧垣君子说："孩子出生后立即住院，接受手术，其实积累了不少压力，对大人也产生了不信任感。而这里能够消除他们的不安，让他们感觉原来大人们并不可怕，慢慢产生自信，这对他们的发育有良好的促进作用。小鸠园的教育方针比较特别，并非对这些孩子进行针对残疾儿童的治疗保育训练，也不会勉强他们做自己做不到的事，而是开发他们的兴趣爱好，辅助他们积极主动地玩耍。"曾经从事育婴师工作的长桥女士也说："园内的孩子年龄各异，有些游戏能玩，有些游戏不能玩，我们会根据孩子的身体状况，采取自主保育的方式。妈妈们告诉我们，希望在这里营造出某种积极的氛围，让大家感觉'能够坚持到如今，真是太好了'。在工作人员眼里，1至5岁的孩子是最可爱的，看着他们就觉得心灵得到了慰藉。"

　　此外，小鸠园还成为容易遭到孤立的母亲们的沟通交流场所。她们可以互相交换关于医生、医院的各种信息，如果对某次就诊不放心，或是担心术后孩子的身体状况，也能在这里商量找别的医生重新就诊。一些孩子在园内成为朋友，从小鸠园毕业后，学会了坚强地面对接下来的幼儿园或小学生活。每年

3月，小鸠园会举行校友会，由大人带上孩子，一块儿坐着巴士去郊游。

这里不会勉强孩子们做任何事，大家各自拥有灵活自由的时间表。孩子们尽情嬉戏，母亲们畅所欲言。桧垣代表的女儿也患有心脏病，曾与母亲一块儿在小鸠园待过一段时间。女儿毕业后，桧垣女士便担任了这里的运营委员工作。经历过育儿，又亲眼看见了自己朋友的育儿方式，以及一批批入园的孩子与母亲，她表示："母亲和孩子没必要刻意分开，在某段特定的时期，哪怕成天黏在一起也是好的。孩子们总有一天会长大成人，自然地离开母亲。日本已经变成不愿意花时间等一等的社会，工作固然重要，然而花一些时间耐心等待（孩子成长）也很重要。勉强把孩子送进托儿所或幼儿园，孩子便会产生被妈妈抛弃的感觉，心里的不安会越来越强烈。有时候，哪怕妈妈去上厕所，孩子都会黏人地问，妈妈你要去哪里？孩子们总会经历这样的时期，为了减轻他们的精神负担，这种时候，母亲最好调整节奏，暂且放下手头的工作。相比无法出去工作的焦虑，花个2至3年的时间陪陪孩子，以后会轻松许多。我正是希望将小鸠园打造成这样的场所，母亲们在这里能够相互鼓励，愉快地度过这两三年。"

类似小鸠园的保育机构目前并不多。就东京都内而言，除了小鸠园，还有位于涉谷区的"小熊园"，立川市的"小鹿园"，横滨市的"横滨小熊园"，都是非常难得的。桧垣代表说："日间护理服务是根据《自立支援法》制定的。尽管台东区表示理解与支持，但每个社区的实际情况不一样，对该服务的需求也不一样。那些罹患心脏病的孩子，有的能免费获取残疾人手册，有的则不能，也就是说，能够享受这一服务制度的孩子是有限的。和其他残障孩子不同，大多数患有心脏病的孩子无法利用《自立支援法》或日间护理服务。另外，目前《自立支援法》并不支持广域利用，但罹患心脏病的孩子和高龄者不同，在一定的行政区域内，患病孩子的数量是不固定的，这种状况也无法适用《自立支援法》。某种程度来说，我认为今后有必要扩大《自立支援法》的利用范围，也就是说不要总以原本的地方自治体为单位。"

目前，每100个孩子里就有1个罹患心脏病，倘若我们能为这些孩子和父母提供更多的帮助，让他们过上健康正常的生活，也就意味着赋予了这些孩子更多的未来可能性，不是吗？

心疾患者的光明未来

大约有1%的新生儿都患有先天性心脏病。最近30年来，先天性心脏病的死亡率降低到患病总人数的三分之一。自1950年起，日本便开始实行更换人工心肺的手术，但尚不清楚手术后患者的具体生活状况。大部分先天性心脏病手术都不同于无须定期观察的根治手术，术后还伴随着各种并发症、后遗症和继发症。

胎儿心脏病形成于母体妊娠初期，换句话说，那段时期若是胎儿心脏发育异常，则会导致先天性心脏病。原因可见于染色体异常、单一遗传基因异常、药物影响、感染等环境因素，等等。环境因素与遗传因素在相互作用下可出现多基因遗传疾病。

1980年前后，先天性心脏病患者多为儿童；2000年，成年人患者数与儿童患者数基本持平；预计在2020年，成年人患者将超过儿童患者，先天性心脏病也即将变为成年人疾病的一种。循环器官儿科医生资源紧缺，能为成年人患者看诊的循环器官内科医生中，只有极少部分能同时为患先天性心脏病的儿童看诊，这是因为在解剖与血液循环动态方面，儿童的情况与成年人不同。虽然95％以上罹患先天性心脏病的儿童都能活至成年，但成年之后也会继续请循环器官儿科医生为自己诊治。大部分中等症状、重症患者需要继续使用药物治疗。若在儿童时期植入了人工血管，随着年龄增长，会出现血管尺寸不适合或老化等问题，需要再次动手术更换，而能够解决这些难题的人才已逐渐枯竭。

专攻成年人先天性心脏病与儿童循环器官的圣路加国际医院循环器官内科部长、心血管中心负责人丹羽公一郎医生说："目前成年先天性心脏病患者的数量，与每年罹患心机梗死的患者数量持平。先天性心脏病患者即便接受了根治手术，其中八成的人必须继续就医。成年后，约四成的人依然维持中等症状。"据推测，当前全日本成年先天性心脏病患者约有45万，从儿童时期覆盖到成年时期的诊疗体制中，"过渡期问题"尤其值得我们关注。

以东京大学循环器官内科医生八尾厚史为核心，2008年，东京大学医院设立了ACHD（成年先天性心脏病患者）门诊，并开发了由循环器官内科医生负责的ACHD患者管理系统，旨在全国范围内培养专科医生。丹羽医生说："在各都道府县，至少得有一家医院能够救治重症的成年先天性心脏病患者。"目前，针对过渡期问题，千叶县儿童医院里15至20岁的患者，均能被转送到千叶循环器官疾病中心。丹羽医生还提到了未来的一项医学课题："妊娠、分娩是大课题。90％的女性患者可以正

常怀孕、分娩，但仍需要产科、麻醉科、循环器官科、NICU
等各部门组成团队，采取应对措施。当前，在东京都内，只
有圣路加国际医院和东京女子医科大学医院拥有这样的医疗
技术。"

　　此外，在婴幼儿时期，医疗费用可全免，成年后则转为自
费。为接受手术，患者还面临向公司请假与易遭解雇等大问题。
丹羽医生说："一些慢性疾病若在儿童时期无法根治，则会带入
成年时期，那时候患者得不到补助金，而对医院来说，治疗疑
难杂症的诊疗报酬是很高的，即便患者想挂心理咨询门诊，加
算费用也得自己垫付。此种情况下，患者若离开医院，一旦出
现心律不齐，甚至可能猝死。如果平日定时到医院复诊，不仅
能预防某些突发状况，还能及早发现问题，但终究不如住院方
便医生掌握其具体病情。"

　　东京都内的医院，存在差额床位费高、住院费昂贵等问
题，为了照顾患病的孩子，母亲只好辞职，其中不乏经济困难
的家庭，没有条件购买生命保险或互助保险，而这些从外表看
不出来的"内部残障者"又很难获取1级残疾人手册。丹羽医
生表示："中等症状以下的患者，大多能像普通人一样从事一
般工作。在大城市，有些岗位会面向残疾人士公开招聘，在小
地方却很难说。每月1次的定期复诊也给患者的求职造成很多
不便。"

　　成年先天性心脏病患者都面临经济独立、建立家庭的社会
性难题。为帮助他们渡过难关，需要制订合理的就业支援、生
命保险、税制、诊疗报酬体制等，而这些课题眼下堆积如山。

　　居住在东京都内的某位男性，罹患大血管错位的先天性心
脏病，2岁时植入了人工血管，8岁时接受了"根治手术"，之

后生活与正常人无异，初中时加入了学校的吹奏乐社团，也能参加橄榄球、柔道活动。高中毕业后，他参加了公务员考试并被录用，早晨上班时，爬几级楼梯心率便高达每分钟180次，是正常人的数倍以上。由于健康状况恶化，甚至引发心律不齐，危及生命，他不得不向单位请假并很快住院。住院期间，他接受了电击治疗，没想到出院后不久再次引发心律不齐，又住了一周的院。而他之所以接受劝退离职，是因为人事部告诉他："现在还是试用期，你已经连续两次住院，单位可能没法正式录用你。最好主动辞职，免得今后给自己带来不必要的麻烦。"

其后，他继续挑战公务员考试，虽然分数合格，但在健康诊断时被筛了下来。他报考了专科学校，一边打工一边不断重考公务员。25岁那年，他终于进入对他的疾病予以理解的单位，工作暂时稳定下来，27岁时结了婚，也有了小孩。虽然不再频繁住院出院，但是健康状况时有波动，需要停职休养。回单位上班时，上司对他颇为照顾，根据他身体的情况安排工作时间，每周他有两天可以每天工作2小时，之后慢慢增加出勤时间。这位男性表示："仅靠打工的话，无论是维持身体健康，还是在社会保障方面，都存在诸多不安因素，结婚也成了奢望。而作为正式职员，拥有稳定的工作，便可以请假去医院复诊，还能利用短时间工作制度，错开早晚高峰上下班时间。如果这些在将来都能实现，那么更多心脏病患者就可以像普通人一样工作。"

倘若在职场，心脏病患者也能享受与孕产妇类似的待遇，那么大多数成年先天性心脏病患者便能正常工作、结婚、组建家庭，描绘光明的未来。

收获好成绩的"职业妈妈小组"

被社会视为包袱的弱势群体，不仅有疾病患者和残疾人士，还包括"养育小孩的女性"。头胎出生后，六至七成女性会失去工作，这一现状对社会来说有百害而无一利。如果仔细观察产后复归职场女性的活跃表现，就能明白这种损失究竟有多大。

下面为大家介绍的真实事例，充分证明了拥有丰富工作经验的女性在产后回归职场，能为企业创造多大的价值。大型人才派遣公司保圣那集团于2011年，在总部创建了"职业妈妈小组"（组员7名），收获了不俗的业绩。

组长矢野美纪女士一边抚养2岁的女儿，一边担任公司的营销职位，充分发挥出自己的能力。出生于1974年的矢野女士求职时恰逢日本的就业冰河期，之所以选择目前的公司，是因为她被"保圣那无视性别差异，只看工作能力"的企业文化所吸引，担任营销职位后她注意到，在人才派遣业界，工作人员以女性居多，而营销职位也由女性担任的话，她们在工作中会更加积极。

每天，她都需要在没有预约的情况下，直接上门拜访约50家企业客户，进入公司的第4年，升任组长。2000年时，她负责的外资系企业与证券公司纷纷扩大市场规模，她的业绩飞速增长。在担任营销部组长的时代，她与公司同事结了婚，32岁时成为公司里最年轻的执行干事，不论是责任还是工作量都更加繁重。不分昼夜地加班、搭乘末班车回家是家常便饭。在她的带领下，小组营业额比前一年增长了160%，获得社内优秀小组称号。"这时候要孩子大概比较困难吧。"她这样想着，在

35岁时首次考虑生育问题，次年生下女儿。

女儿出生后，她和人事部部长进行了面谈，当天社长也出席了。就育儿假期间复归职场的问题，社长鼓励她说："目前适合妈妈担任的营销职位很少，不如就由矢野带头，为大家创造更多的工作机会，怎么样？"每年公司里约有100名员工休产假以及育儿假，如果身处公司营销最前线的员工退居幕后的话，不仅本人职业生涯受到不利影响，公司也会损失一批营销人才，于是，"职业妈妈小组"应运而生。

矢野召集休产假的员工与已经回公司上班的妈妈员工们开了好几次会，列出育儿时期的营销活动中实际存在的阻碍，探讨具体的解决方案。2011年11月，女儿1岁零8个月了，矢野女士回到公司上班。每天早晨都带着女儿一起去公司，将孩子寄养在公司的托儿所后，便开始了一天的工作。

在移动通信尚未普及的年代，她已经在自己的家里打造出便于工作的环境。组内必须由组长出席的会议调整到了白天进行，为每家客户公司配有1名营销人员、1名顾问，后来这两个职位分别增加为2人的配置规模，即便她们因小孩忽然发烧或罹患流感需要请假，小组也能及时找到人顶班，降低不必要的风险。同时，负责与客户进行邮件对接的员工有4名。

回到公司的矢野女士每天的日程安排是这样的：早晨4至5点间起床，首先检查公司邮件，5点半开始做家务，6点左右刚好洗完衣服、准备好早餐，她会叫女儿起床，照顾她吃早饭，7点多带着女儿一起赶往公司，将孩子寄养在公司的托儿所。晚上7点托儿所关门时，她才匆忙去接女儿，到家时大概8点，之后是吃晚饭、洗澡，9点半哄女儿睡觉。上下班路上要花2小时，对母女俩来说是无比珍贵的共处时间。虽然她也申请过社区的托儿所，但最终决定将孩子寄养在公司的托儿所，只为尽可能多地和女儿待在一起。在公司，不只矢野女士如此，作为职业妈妈的员工都以自己的方式与家人一块儿努力着。

在孕期和育儿假时，矢野女士也考虑了许多亟待解决的问题。比如作为公司干事，哪怕是晚上，也需要接待客户，产后自己还能像从前一样利落地干活吗？如果从干事职位上退下来，下属将变成自己的上司，大家能够毫无芥蒂地协作吗？见过婚后留在公司的营销组长，却没见过抱着婴儿来上班的组长；同一职位的同事即便家有子女，也多是大学生或高中生。如此看来，自己真的能够继续留在公司做以前的工作吗？

11月回到公司上班后，矢野女士不再担任干事，以组长的身份留在营销部门。从11月到翌年1月为止，是她复归职场后的适应期，如她所料，由于流感、感冒的盛行，小组成员永远没有凑齐的时候。估计即便安排两个人同时担任一个职位也忙不过来，于是，她在小组内部实行了"可视化"办公策略，将"订单""人选""事务所访问""签约"等人才派遣的流程写在白板上，这样一来，大家在早会、晚会上能随时确认由谁负责哪个环节，就算临时发生紧急状况，也能随机应变。

大家为了在有限的时间里高效地完成任务，在把握彼此任务进度的同时，自发展开互帮互助，如果某位组员手头的案子遇到了困难，有余力的其他组员会主动帮忙。人才介绍行业竞争激烈，客户希望派遣公司尽快安排人员上门，因此对矢野女士所在的部门来说，效率决定胜负。接到客户的订单后，她们安排处理得越快，签约率越高。得益于组内成员的团结协作，矢野女士她们的订单很快便顺利签约。而且，成员里还有不少担任过组长的资深人士，每个人都擅长预判，能妥善解决纠纷，为此小组负责的许多企业都乐意与她们签约。比较2012年12月前后半年的签约率，明显后面半年成倍增长。公司的整体业绩也大幅上升，并始终保持在较好的水平。

同时诞生的意外产物则是，客户公司对矢野女士她们的职业妈妈小组非常有兴趣，因为那些公司也存在类似的不安和烦恼，比如担任营销工作的女员工一旦休产假，部门业务就无法正常开展。矢野女士颇有体会地表示："只要支援体制到位，职业妈妈也能在实际工作中取得业绩。"因此，在给客户提出相关建议时，她也显得十分自信。

妇产科医生也面临诸如此类产后女性的持续就业问题。国立成育医疗研究中心围产期中心的产科医生久保隆彦提道："为了避免因妊娠、分娩导致的社会地位下降等现象，必须调整公司内部结构。而医生们也面临同样的问题。在一定时期内，也就是育儿期间，大家互相分担工作，比如让育儿期的3名医生同时承担一位在职医生的工作，而非完全休假，这样大家都能受益，不是吗？"

另外，久保医生还说："在大企业工作的女性，大都希望过了35岁再生下头胎，这个认知其实存在很大问题。作为医生，我们希望她们在25至30岁生头胎，30至35岁生二胎。如果要考虑职业生涯的连续性，这一目标自然无法实现。然而，如果女性能在适龄期怀孕，那便可以大幅度降低妊娠异常的风险，医疗费也能减少许多。为了让女性在分娩、育儿的同时也能正常工作，同时不给企业造成负担，国家可以考虑按一定比例实行男性育儿假政策，并且减少企业法人应纳税额，这样，休育儿假的男性员工也不会有太多负罪感。倘若企业负担过重，必定只能抓紧自己的权利奋战，否则无法在商场立足。如果大家都知道高龄孕妇流产率较高这种常识，那么孕妇本人以及周围人都会更加重视上述问题了吧。"

如前面几章所提到的，只要女性在育儿期的工作方式无法获得企业的谅解，那么在妊娠期便会遭到解雇，或是产后被迫辞职。正因为这些现象早已变成不容置疑的事实，不少女性才迟迟不敢怀孕，或是一再延后怀孕、分娩的时间。等年龄大了，又担心"是不是再也生不出孩子了"，而后匆匆忙忙前往医院进行不孕治疗。

妇产科医生一致认为："如果条件允许，希望大家尽早生育。"某位医生说："40岁才开始手忙脚乱地希望怀孕，是时代对生育问题的巨大误解。"至于为何这样说呢，是因为类似的风险怀孕在现实中太常见了。

某位50多岁的女性接受卵子提供后怀孕，却被东京都内好几家大学医院拒之门外，而后经由介绍，来找上面那位医生就诊。经检查，医生发现她不仅患有子宫肌瘤，而且胎盘前置（受精卵于子宫下方着床，胎盘附着于子宫下段，堵塞子宫颈内口，分娩时会有大出血等危险），可以说是超高危孕妇。生下孩子后，她回到位于六本木的家里，却不亲自抚养小孩，而是雇用了一位保姆，负责24小时全职照看。得知情况后，医生不由得感慨，在这种环境里成长的孩子算是幸福的吗？这位医生心情复杂地表示："高龄孕妇往往没有经济负担，一般选择无痛分娩、不必要的剖宫产等，孩子出生后也被完全托付给保姆，总之她们有各种方式逃避育儿，因此亲子关系日益疏远，降低了生育本身的幸福指数。"

在东京都内实施分娩手术最多的是日本红十字会医疗中心，35岁以上的孕妇占48%，40岁以上的超过10%。医疗中

不让生育的社会　　267

心的杉本顾问在提及高龄分娩的风险时，说："随着高龄分娩的增加，难产的例子也增多了，以至于不少产妇最终选择剖宫产。从35岁开始，孕产妇会更容易罹患高血压、糖尿病、子宫肌瘤等并发症，乳腺癌患者中，90％都是35岁以上的女性。这些并发症的出现和分娩能力降低有关。初产妇的话，由于年龄不同，出现并发症时存在显著差异。母乳的分泌也是同样的道理。"在医疗中心，20多岁产妇的母乳喂养率达到90％，30多岁的为80％，40多岁的则为70％。杉本顾问说："换句话说，哪怕到了40多岁，依然可以进行母乳育儿。因为个体差异很大，所以需要具体问题具体分析。随着高龄分娩的增多，新晋父母要担负育儿和赡养双亲的重任。这种时候考验的便是家人间可以维持怎样的理想状态，以及社会能够为生育问题提供怎样的支援。"

理应重新认识的母乳价值

母乳中富含脂肪、碳水化合物、蛋白质、维生素、矿物质等，其中约九成为水分，其余固态物质则由碳水化合物（乳糖）、脂肪、蛋白质等组成。《母乳育儿支援讲座》（水野克己、水野纪子著，南山堂）中指出，母乳中脂肪量占比为30—50g/L，占总热量的45％—55％，其中主要含脂肪酸、胆固醇、磷脂、脂溶性维生素等，二十二碳六烯酸（DHA）、花生四烯酸（AA）等多价不饱和脂肪酸则能够促进中枢神经及视神经的发育。另外，婴儿出生后，脑神经突触急剧增多，需要大量胆固醇，而喝母乳较多的婴儿的血清中，胆固醇含量较喝奶粉的婴儿的高。当开始摄取婴儿辅食后，这一差值会渐渐消失。为此，母乳喂养的婴儿较少罹患动脉硬化等疾病。

而且，母乳中含有的免疫物质是奶粉中不具备的。中性脂肪经过代谢分解生成的游离脂肪酸，可抵御细菌、病毒、寄生虫的入侵；母乳还含有130多种低聚糖，防止病原体与黏膜上皮结合，从而避免黏膜感染。可以说，母乳喂养的好处数不胜数。《一本就能理解的母乳育儿》（水野克己主编，Health 出版社）面向一般读者，介绍了母乳的组成与好处，下面为大家做一个简单介绍。

母乳喂养可防止婴儿罹患传染病。母乳中不仅含有婴儿身体所必需的营养元素，而且含有多种增强抵抗力并强化免疫因子、酶和白细胞等婴儿免疫系统的元素。对腹泻、消化器官传染病、支气管炎、肺炎、尿路感染等有显著的预防效果。未经母乳喂养的婴儿，在出生后2个月内，因罹患传染病而导致死亡的人数是母乳喂养婴儿的5.8倍，出生在2至3个月内的，死亡率是后者的4.1倍，出生在4至5个月内的，死亡率是后者的2.6倍，出生在6至8个月内的，死亡率是后者的1.8倍。据调查，通过母乳育儿的方式，5岁前孩童的传染病死亡率可减少13%。

婴儿单纯靠喝母乳，可防止、延缓肠道对抗原（致过敏物质）的吸收。由于未摄取人工乳制品（原料为牛乳），也就远离了大量牛乳蛋白质，有效防止牛乳过敏。这是因为母乳中所含的黏蛋白覆盖住肠黏膜后，有效防止了病原体附着于黏膜上，也避免了导致过敏的异种蛋白质穿过黏膜。婴儿在出生2至3周内，由肠道生成微量分泌型免疫球蛋白A（igA），而母乳中富含igA，因此在婴儿的肠道自行生成大量igA前，是一种很好的补充。另外，与人工乳制品相比，母乳可降低婴儿肥胖风险，且有抗癌效果。

母乳还能提高智力水平，促进神经发育。脑的成长离不开长链不饱和脂肪酸。从妊娠后期到出生后6个月，婴儿的脑部处于急速成长期。母乳中含有DHA、花生四烯酸等不饱和脂肪酸的所有构成元素，对脑部发育具有巨大的促进作用。与牛乳育儿相比，母乳育儿的婴儿其中枢神经及末梢神经较为早熟，认知能力也较高。

哺乳行为不仅对婴儿有利，对母亲来说也有许多好处。该书指出，婴儿吸吮母亲乳头时可促进母体分泌催产素，这种激素能加快子宫的修复。此外，有研究指出，哺乳行为还能大幅降低女性在绝经前罹患乳腺癌、卵巢癌、子宫颈癌的风险。

执笔过程中，笔者曾参考过两本由昭和大学医院准教授水野克己医生执笔、主编的书籍，水野医生建议："喂奶时最初15分钟的母乳分泌量，往往占了总量的90%。之后的时间便留给母亲与婴儿悠闲地度过。每位母亲都需要榨乳，并将母乳冷冻保存，以便在将孩子交给别人照看或母亲突然住院无法喂奶时，孩子依然有足够的备用餐食。"

母乳本身存在科学与非科学的两面性，女性对它了解越多，母乳育儿的意愿便能越强烈。最重要的是，哺乳行为能增强母亲与婴儿之间的亲密依恋。圣玛丽安娜医科大学名誉教授堀内劲说："哺乳意味着婴儿吸吮母亲的乳头，当母亲以为婴儿已经不再吸吮时，低头一看，发现婴儿还在吧嗒吧嗒地吸着，对婴儿来说，这就是无比幸福的时刻。"宝宝一边吸吮乳头，一边感受母亲的温暖，与母亲一块儿度过安心、宁静的片刻时光。

作为私人诊所首次获得BFH认证的石井第一妇产科诊所的开业医生石井广重院长，这样解释母乳育儿的意义："母乳育儿与母乳营养是两种不同的概念。所谓母乳育儿，并非单纯给婴儿喂食母乳，母亲的哺乳行为本身具有重要意义。因此，现实中不依靠吸吮乳头进行的母乳育儿也是可行的。当然，相比人工乳制品，母乳具有无与伦比的优越性，与它一样重要的是婴儿在母亲的怀抱中，通过与母亲的亲密接触，感受母亲的体味、体温，被母亲珍视、疼爱，以及由此产生信任感。我们不应忽视在母亲长年累月的拥抱中婴儿自身所受的影响。人类的母乳没有动物的那么浓郁，易于消化吸收，每天可进行8至10次哺乳，这种长期的补充营养行为，不正好体现了母亲对婴儿的关爱与守护吗？"

如石井院长所说，母乳育儿并非仅仅是指给孩子喂奶。如果母亲一边喂奶，一边看电视或玩手机，哺乳行为的意义就会减少一半。笔者在第一章提到，有的母亲即便亲自给孩子喂奶，行为也与虐待无异。白天，由于丈夫不在家里，母亲与婴儿过着几近与世隔绝的生活，一边怒气冲冲地想："那个人今天也要很晚才回来，也不知道究竟在外面干了什么。"一边将婴儿的头猛地按在胸口。堀内教授也曾指出："母乳喂养并不必然意味着母亲是母性泛滥的。母乳喂养也必须得到来自周围人的支持与守护。"

2011年10月举办的日本母乳哺育学会学术集会上，就推进母乳育儿等问题展开了讨论。来自鹿儿岛县的开业医生回忆道："勤务医生时代，我个人对母乳的相关知识了解不多。某一天，偶然得到一家乳业制造厂商赠送的钢笔，医院里也随时备有这家厂商生产的奶瓶。当时，我的父亲指导我多给孩子喂牛乳，出院时，医院送我的慰问品也是罐装奶粉和乳业制造厂商的宣传手册。"2003年，医院为了获取BFH认证，不再为各病房发送罐装奶粉，调乳指导也需要产妇递交申请。于是，在2002年到2010年间，该医院产妇的母乳喂养率明显提升。

另外，不少孕妇有种先入为主的观念，即孕期理所当然要喝用奶粉冲泡的牛奶，究其原因还是为她们看诊的医生们受了乳业制造厂商的营销影响。杏林堂是一家以静冈县为主要销售区域的药店，其员工告诉笔者："当初刚进公司，社长就告诉我们，婴儿只喝牛奶，所以奶粉是家里的必备品。奶粉属于特别贩售商品，因而价格竞争激烈，薄利多销，一般多在药店而非超市销售。静冈县东部与西部的主流乳业制造厂商各不相同，医疗机构所受的营销影响会直接反映在市场分布上。"

在20世纪70年代，WHO与UNICEF便致力于推进母乳育儿。1981年的世界保健总会上，WHO通过了"母乳替代品的市场销售国际标准（通称WHO CODE）"的决议，该标准是为促使奶粉、婴儿辅食等母乳替代品的公平销售与流通，维护企业正当利益，并防止制造商向不需要母乳替代品的母亲们大肆宣传产品而制定的。医院要想通过BFH认证，必须满足WHO CODE的十项条件，如不可针对一般消费者进行母乳替代品的广告宣传，不可向母亲发放试用品。

东京都内获得BFH认证的日本红十字会医疗中心的杉本顾问指出："母乳育儿是孩子本应享有的权利，必须予以充分保障。在优先发展经济的国家，BFH的认证率都不高，美国仅为1.8%，日本为2%，这是因为背后涉及利权结构，而像瑞典这种100%优先发展福利事业的国家就不同了。"

日本红十字看护大学的井村真澄教授（助产士）说："关于母乳育儿，如果只让母亲们自己想办法参与，容易给她们造成精神压力。母亲抚养自己的孩子，给他喂奶，是天经地义的事，必须营造这样的社会环境，让母亲们能够理所当然地进行母乳喂养，而不是孤军奋战。还有，世人对母乳育儿总是冷眼以待。有少数母亲因体质特殊，无法分泌母乳，对于她们，社会应当给予温暖深厚的关怀和适当的支援。另一方面，正是由于社会过分迎合某些标准，才导致逆向差异的出现，不是吗？"井村教授还建议："孩子尚处于婴儿时期，有的母亲便选择复归职场，放弃母乳育儿，她们不太了解的是，母乳自身也是很'聪明'的：当孩子不在身边时，乳汁分泌会减少，当她们晚上下班回家，则可能大量分泌。我们助产士希望母亲们能够享受哺乳时间。"

8月8日是"paipai日①"，即"母乳日"，这一天全国各地会举行"护士外出"（室外哺乳）的活动，母亲带着自家宝宝聚集在会场，从上午11点开始，一起进行时长1分钟的哺乳。2011年，共有587组母子分别在全国27处会场参加了该活动。2012年，笔者参加了在东京都文京区举办的"护士外出"活动，到场母子大概有10组。

现场的女性纷纷告诉笔者她们的感想："我女儿出生7个月，但朋友中很少有人用母乳给孩子喂奶，在这里我可以和志同道合的人聊母乳的话题。""次子出生2个月后，我带着4岁的长子一起参加了这个活动。长子是3岁零3个月断的母乳。""老二出生才10个月。4年前，我也参加过这个活动，一到11点，现场立刻变得安静，大家一起给自家孩子喂奶，让我十分感动。老大2岁时，我仍然在给他喝母乳。我很喜欢给孩子喂奶的时间。""我家孩子直到2岁还在喝母乳，那是一段让我体味到幸福的时期。"

---

① 日语中，乳房发音为"oppai"。这里取日语中8与"pai"的谐音。

自我介绍结束后，临近11点，现场自然而然地被某种静谧的氛围笼罩。婴儿吸吮着母亲的乳头，神情十分满足。大家都仔细品味着这无比醇厚的一分钟。

"护士外出"这项活动旨在让母亲们走出家门，共同分享哺乳时间。这些愿意进行母乳育儿的母亲们聚集在一起，同时喂奶，向社会宣传母乳育儿的重要性。主办方表示："产妇们在产后各自出院，少有机会目睹别的母亲给孩子喂奶。哺乳并非什么特别的事，让我们一起来感受快乐的哺乳时间吧。"

为了推广母乳育儿，普及WHO所认可的育儿基本守则，世界母乳育儿行动联盟与UNICEF共同倡导"gold standard"（金色蝴蝶结运动）。蝴蝶结的末梢两端各自具有不同的含义，一端表示在长达6个月的时间里仅用母乳给孩子喂奶，另一端表示孩子有适当摄取补充性食物（婴儿辅食），而母乳育儿已经持续2年或以上。

备受瞩目的"袋鼠式护理"

如第二章所述，近年来，为推进母乳育儿而出现的"袋鼠式护理"方式正备受瞩目。"袋鼠式护理"（以下简称KC）是指，在母亲分娩后，只要新生儿体征正常，母亲便可亲自抱一抱孩子，感受肌肤相触的瞬间。KC的称呼多种多样，容易招致误解，本书将足月分娩后的"袋鼠式护理"均视为"早期母子接触"。

此种早期母子接触，是让自然分娩状态下出生的婴儿直接碰触母亲的肌肤，不可思议的是，婴儿碰触到母亲的小腹后，会在本能的驱使下探寻乳头，并开始吸吮母乳。足月分娩的早期母子接触时间会到婴儿能靠自己的力量吸吮母乳为止。相关研究认为，让母亲感受刚出生婴儿的柔软肌肤，可增强她们与婴儿之间的亲密依恋。

KC源自1978年南美国家哥伦比亚的首都波哥大，是当时的人为应对保育器不足而发明的新生儿看护方式。这种方式于1995年出现在日本，由圣玛丽安娜医科大学名誉教授堀内劲（儿科医生）负责的NICU首次引入，其后渐渐普及，变成以足月分娩的新生儿为对象的早期母子接触。

KC原本是指在NICU进行的一种看护服务，这种服务与足月分娩后所实行的早期母子接触在概念和实施方法上略有不同。在母子分离的NICU中进行KC，有助于母子亲密依恋的形成，还能促进婴儿体重增加、减少罹患传染病的风险等。

专家大多将NICU以外的所谓KC统称为"母子早期（皮肤）接触"。总之，没有十分明确的定义，称谓也多种多样，如表示皮肤接触的"Skin To Skin Contact"（STS），表示与新生儿进行皮肤接触的"Early Skin To Skin Contact"（ESTS）、"Birth Kangaroo Care"（BKC）等。据说在美国，对KC称谓的使用也较为暧昧含糊。

不过，假若对新生儿的死亡事故、突发情况不够重视，可能导致严重的后遗症，为此有必要统一称谓，给出确切定义。2009年出现的医疗诉讼中，有一条十分扎眼——"接受袋鼠式护理的婴儿遭遇心跳与呼吸骤停的事故"，它意味着人们认定袋鼠式护理具有负面效果。2012年频繁举行的关联学会、学习会上，学界就KC与早期母子接触的含义和关注点再次展开讨论。

2012年6月，学界举行了"思考袋鼠式护理"的科学研讨会。圣玛利亚学院大学教授桥本武夫（儿科医生）针对产后早期母子接触曾指出："这是天经地义的行为，出生后的第一天，通过直接接触，促成母子间亲密依恋的形成，对之后的育儿也有积极影响。婴儿在母亲的怀中，自觉自发地靠近乳头，调动嗅觉、表情、触觉、味觉、听觉等五感与母亲交流。"

堀内教授指出："新生儿的行为让母亲们成为了真正意义上的'母亲'，分娩后，婴儿需要度过一段从胎内到胎外的适应期，同样地，母亲也需要度过这段身份转换期，袋鼠式护理不正是为这段时期而准备的吗？"

目前，学界普遍认为早期母子接触有助于提升母乳育儿率。东北公济医院的上原茂树产科部长指出，自己所在的医院于2002年开始实行早期母子接触，2005年，母乳育儿率从原本的75.5%上升到93.1%。不过，当中也存在一些需要继续研究的课题，2006年，该医院有些母亲在接受袋鼠式护理时，明明发现新生儿已经精疲力竭，却依然不肯按护士铃呼叫护士；一旦施行分娩手术，护士值班处便空无一人。后来，医院采用了血氧监测仪器，当仪器发出警报后很容易为护士察觉，第二年还增加了助产士配置，并让全员学习苏醒法等相关知识。

同年6月举行的袋鼠式护理交流会上，学界人士就NICU中进行的KC做了临床现场报告。针对圣玛丽安娜医科大学NICU的KC效果，协助引入KC的儿科医生笹本优佳指出，NICU为出生时体重过轻婴儿提供了袋鼠式护理，证明该看护方式具有以下效果：① 保温；② 增加安静睡眠时间；③ 减少呼吸暂停症的发作；④ 增加体重的同时降低能量消耗；⑤ 改善人工换气时的呼吸状态；⑥ 增加消化道激素分泌；⑦ 防止出生后由于常在细菌的附着而出现的MRSA（金黄色葡萄球菌）感染。

该大学临床心理师提及相关安全对策，指出KC中，需要每10分钟确认一次婴儿的呼吸与皮肤状况。当判断可能出现风险时，需使用监测仪器测定SpO_2。每10分钟记录一次观察结果，制订相应标准，以便出现预料之中的异常情况时，儿科医生明白该在哪个时间点前来诊断。

另外，心理师还提到了这些举措的意外产物，即"NICU中，母亲与婴儿都能放松情绪，安心入睡，卧床静养的母亲们慢慢变得关系融洽"。NICU的氛围从"治疗环境"变为了"育儿环境"。母亲主动叫住护士，把护士们没能及时察觉的宝宝的身体状况反馈给她们，分担了护士的部分工作量，让她们不再在住院部疲于奔命。心理师说："NICU变得越来越有人情味，KC与母乳育儿一样都是理所当然的事。一个对婴儿与家人关怀备至的地方，也会让医务人员感到舒适。"

上述两场交流会结束后的7月，学界又举行了日本围产期新生儿医学会学术集会、日本母乳会，总结了学界对于"STS的见解"，调查了BFH医院的实际状况。根据2010年的调查，77 510台分娩手术中，仅有3名新生儿在接受STS时，出现心跳或呼吸停止现象，即每1 000名出生婴儿中有0.039人发病。与2008年调查显示数据的0.055人相比，心肺停止事故的发生率有所降低。当前，暂且无法判定STS与突发状况的因果关系，不如说应当积极实行STS。另外，为了给足月分娩的新生儿提供袋鼠式护理，医院有必要确保医务人员的人数，进行相关制度改革。

在2012年9月8日举行的日本母乳哺育学会学术集会上，国立成育医疗研究中心的久保隆彦产科主任医师疑惑地说："最近，产科对袋鼠式护理的抱怨日渐增多，我感到很是震惊，希望大家首先检讨产房的医务人员配置是否充分。"在以他为核心所展开的2010年《针对产房、新生儿室内母子安全性的全国调查》（儿童未来财团）中，也可以看出几点问题。

共有585所机构接受上述调查，早期母子接触实施率为65.4%。然而，实施标准的配备率仅达到30.7%，39.9%的机构计划中断或中止实施早期母子接触。为防止新生儿头部埋进母亲胸口，发生窒息事故，规定了分娩台的角度标准的机构仅仅占比13%。至于人员体制方面，他说："因要兼顾产科与上述的工作，准夜班、深夜班的常驻护士职位的配置人数可能为0。"调查显示，实施早期母子接触的医疗从业者常驻率为74.8%。换句话说，每4例早期母子接触中，就有1例是没有护士或医生在场的。

此外，大约每1万新生儿中有1.5名会出现突发状况，每3万新生儿中有1名死于交通事故。久保主任医师解释了为何大众对孕产妇或新生儿的死亡人数会有夸大认知："医疗从业者与一般人的常识认知度本就不一样，普通人过于相信分娩中的安全神话。"

圣隶滨松医院的大木茂新生儿科部长说："突变发生时，母亲有明显警觉的大概有六成。突变主要集中在婴儿出生后的2小时内，预后不良的情况也很常见。在我们解剖的55例中，有32例是由传染病、先天性异常、代谢异常等基础疾患所致。"他表示，不进行解剖，就无法弄清真正原因，并且否定了新生儿的突发状况与早期母子接触有关。作为专家集团的一员，他提议，有必要面向社会，将所有新生儿纳入早期母子接触服务，并制定相关管理方针。

该学会上，有关人士介绍了石井第一妇产科诊所的各项措施。山田恒世助产士长说："诊所25年来倡导实行自然分娩、自然育儿、母子同室、母乳育儿，未出现过1例死亡事例。"

诊所指出，在实行早期母子接触的时间段里，新生儿极易出现突发状况，母亲在前30分钟容易忽略，但更危险的是后60分钟，母亲出现睡意，基本不可能留意孩子的状况。因此，要特别注意早期母子接触开始后的60至90分钟，为防止事故发生，最好将时间限制在1小时内，且保持一定的湿度和室温，医务人员在一旁指导，为防止孩子从床上摔落，要在病床边沿设置隔栏，医务人员还应学习苏醒法的相关知识。

在观察新生儿的状态时，大多数医院都倾向于使用可监测血氧浓度的仪器，山田助产士长说："过于依赖医疗器械，无法锻炼医疗从业者的眼力，如果一门心思都放在监测仪器上，早期母子接触的意义就丧失了一半。我个人认为，还是不使用监测仪器为宜。"医务人员还应一边观察新生儿状态，一边详细记录各项数据，便于尽快发现异常。该诊所曾实施过11 000次早期母子接触，仅有2次出现异样。

根据学会上的各项讨论，2012年10月，日本围产期与新生儿医学会和日本产科妇人科学会等8个团体，将一般KC视作"早期母子接触"，总结归纳了早期母子接触实施的注意点，明确了实施标准。具体说来是，① 医务人员制订生育计划时要对孕妇详细解说；② 实施前与母亲充分沟通；③ 婴儿出生后，尽快开始早期母子接触，时长30分钟以上，到婴儿吸啜乳头为止（上限2小时）；④ 母亲的上半身应抬高30度；⑤ 一旦婴儿进入睡眠或母亲感觉到睡意，即刻终止接触等。

今后，为了更加安全地实施早期母子接触，不可回避的一个问题是医务人员的配置。在人手不足的分娩现场，想要提供高质量的看护服务，必须保证有足够的医务人员。一些在知名医院分娩的产妇，经常遇到这种情况：开始袋鼠式护理后，助产士告诉她们，有什么事就叫自己，说完便转身离去，只留产妇和孩子两人在产房里，令产妇心下惶然。增加人员配置自不必说，既然助产士置身于早期母子接触这种人生的重要阶段，更应该为她们创造良好的工作环境，不是吗？

在母乳育儿和早期母子接触中，不能忽视的还有以下几点。横滨市立大学综合围产期母子医疗中心的关和男医生（新生儿科医生）说："如果早期母子接触的参与者是人，那么自然会被质疑效果如何，假设将实施对象换为黑猩猩，不少人便很容易接受。明明生下自己的孩子，拥抱他、用自己的母乳喂养他，是天经地义的育儿行为，可惜世人不刻意从黑猩猩的角度考虑这件事，就没法理解。

"母乳为何优于人工乳制品呢？从循证医学的角度来说，它能减少罹患传染病或白血病的概率、有助于婴儿身体发育。当然这是很重要的一个原因，但倘若只有这个理由，那么当比母乳更优良的人工乳制品开发出来后，大家便会想'不用母乳喂养也可以啦'。所以说，根本原因其实不在这里。如果我们不从根本上思考究竟什么东西对母亲与孩子而言才是最重要的，便始终无法正确理解母乳育儿的意义。诚然，育儿十分辛苦，但如果缺失了这段令人愉悦且能丰富我们人生经历的信息，少子化便将持续下去。学界曾围绕育儿是不是人类的本能展开讨论，我觉得，且不管它是不是本能，必要的是亲自去体验，不靠自己的双眼观察，是没法理解它的。为此，创造出能够观察他人育儿的社会环境也是必需的。"

有的医院认为，早期母子接触的参与者不仅是母亲，还应该让父亲也参加进来，为此医院举办了一项在全国都很少见的活动。石川县能美市的芳珠纪念医院以副院长兼儿科部长多贺千之医生为主要负责人，举办了名为"父亲的袋鼠式护理"的活动。

2004年10月，该医院里一位目睹妻子和宝宝进行早期母子接触的父亲自言自语地说："我也想试试啊。"医院以此为契机，举办了这项活动。首先由医生确认产后的母子状态，让母亲在前30分钟与宝宝进行早期母子接触，父亲则在接下来的30分钟进行袋鼠式护理。

2004年10月到2010年6月的5年零8个月里，111人体验了"父亲的袋鼠式护理"，占分娩总数（共287件）的39%。2010年，有55%即半数以上的父亲尝试了袋鼠式护理。

在该医院分娩的母亲与宝宝的父亲一起参加了医院的调查问卷，实际体验过袋鼠式护理的父亲们纷纷表示："实实在在感受到了我家孩子的存在。""感到自己肩上的责任沉甸甸的。""有点亲自生下这孩子的感觉。""母亲们十月怀胎，在腹中孕育出这么重的孩子，真是不容易。"在事前说明的环节，有21位父亲对袋鼠式护理持否定态度，实际体验过后，他们无一例外地改变了想法。

多贺医生指出："在由夫妻与子女组成的核心家庭中，要求父亲在育儿方面发挥出比昔日更大的作用。因此对当前处于育儿期的夫妻来说，很重要的一点是，通过体验'袋鼠式护理'，更早、更高地培养出爸爸们的父性。"

茨城县首次发行的"母乳券"

茨城县大洗町约有18 000常住人口。每年出生人数为110人。随着老龄化的加剧，出生人数逐年减少，町内没有一家可以施行分娩手术的医院或诊所。县内唯一采取的育儿措施是母乳支援，具体方式是派发"母乳券"。在日本全国，这是相当难得的一项措施。

在大洗町健康促进科负责母子保健的保健师有3人，负责上门访问100家母子，大家住得很近，关系也很亲密，通过每天频繁的接触，维系当地家庭的联系。2006年10月到2010年11月，保健师们展开了新生儿访问，发现孩子出生后的1至2个月间，实际母乳喂养率低至28.3%。而根据调查数据显示，拥有母乳喂养意愿的女性占比多达90%，是什么原因导致两者之间存在如此巨大的落差呢？助产士告诉了我们答案："产后1周内不接受看护服务的话，母乳分泌量会受到影响，因此大概和产后住院期间缺乏哺乳指导有关。"事实上，町内或邻近町镇都没有BFH医院，自然无法为产妇提供母乳支援。

在地方上，大多数医院或诊所都无法为产妇提供母子同室的看护服务，会以婴儿夜哭打扰母亲休息或深夜哺乳辛苦为由，将孩子安置在别的病房。其实晚间哺乳最为容易，因为这个时段，母体会分泌大量有催乳作用的激素，由于孩子不在身边，母体缺乏相应刺激，自然较难分泌母乳，孩子便只能喝牛乳，并陷入母乳喂养率不断降低的恶性循环。

有的牛乳制造公司会出入医院推销产品，借口为母亲们做奶粉的调乳指导，其实是劝她们出院后买自己的产品。医院没有进行任何哺乳指导，再加上照顾孩子的祖父母当年出生时，奶粉刚刚在市场上出现，经历过"牛乳神话"时代的他们十分推崇奶粉喂养。孩子一哭，祖母便认为是母乳喝得不够，哪怕孩子的母亲其实非常希望母乳喂养，她们也会半强制地让母亲给孩子喝牛乳。而孩子究竟有没有喝够母乳，母亲也无法通过数据得知，与其顶着压力给孩子喂母乳，不如直接喂牛乳。也就是说，主客观条件都十分不利于母乳喂养的普及。

庄司麻记等保健师告诉笔者："我们无法通过行政指导让医院提供母乳支援，等自治体的保健师上门访问新生儿，他们早就已经出生一个月了，那时候再进行母乳支援为时已晚。"为此，大家绞尽脑汁，想方设法解决这个难题。庄司女士认为："自治体能做的，主要是在孕妇产后一周内，帮助她们接受由助产士等专业人士提供的看护服务。只要保持乳腺畅通，母乳分泌良好，再加上助产士的安慰，母乳育儿并不难继续下去。"于是，她想到了派发"母乳券"的方法。

每张母乳券价值5 000日元，可在助产院接受一次母乳看护服务。大洗町通过这种方式，为当地母亲宣传母乳喂养常识，也为她们提供了咨询母乳喂养的好去处。于是，孕产妇在领到母子手册或妊娠体检辅助券的同时，手里也会出现一本《母乳喂养好处多多》的小册子，里面简明易懂地讲述了母乳喂养的基本流程、哺乳方法等。母亲们去助产院，不仅可以咨询母乳喂养，还能倾诉育儿期的各种烦恼，预防产后抑郁。关于母乳喂养的好处，前文已有详细叙述。

大洗町于2009年开展母乳咨询服务，这一举措不仅在茨城县是史无前例的，在日本全国也难得一见。当地母乳喂养率从2005年的27.3％大幅上升到2010年的39.7％。2011年，由于东日本大地震的影响，母乳喂养率有所跌落，原因可能在于年轻母亲们受到精神刺激，母乳分泌困难。此外，"只用牛乳喂养"的人数也从2005年的27.3％大幅降至2011年的20.9％。从整体上看，随着大洗町母乳喂养率的上升，只用牛乳喂养小孩的母亲越来越少了。

构筑互帮互助的场所

罹患痴呆症的大山育世女士（化名，70多岁）怀抱一名出生4个月的女婴轻声哄着。听到对面的孩子哭声，女婴开始好奇地东张西望，育世女士见状便赞赏道："哎呀，这个孩子正一个劲儿找哭声从哪儿来的呢。"笔者打算拍下这一幕，刚摆好拍照的姿势，原本正在哭泣的女婴发现相机，立刻兴致勃勃地瞧了过来。育世女士笑着说："哎呀，真稀奇，竟然知道看着镜头呢。"接着滔滔不绝地对笔者聊起这名女婴："今天这孩子午觉睡得够久，心情不错。我每天都来，对孩子的状况再清楚不过啦。真是惹人疼。她还会把手指衔在嘴里，智力有好好发育呢。"

"如今她长到8千克了，但是我一点也不觉得重。哎，她很在意周围孩子的哭声呢。乖宝宝，乖宝宝。跟你说啊，我可是还记得怎么照顾孩子哦。"我们正聊着，女婴发出"啊、唔"的声音。育世女士露出高兴的笑容："哎呀，她能发出声音了。以前都不会这样的。"在此期间，工作人员总是耐心陪在她们身边。

不一会儿，到了午饭时间，工作人员说："育世女士，该吃饭了。""哎呀，我？那这孩子怎么办？"比起自己的午饭，她似乎更担心女婴。工作人员说："宝宝已经喝过牛奶了，所以不用吃。另外有名小朋友现在一个人，您要过去一块儿用餐吗？"闻言，育世女士便过去，和一名两三岁模样的小朋友一块儿坐在桌边吃饭。育世女士时常感觉膝盖处的关节疼，孩子一哭，她就急着抱住孩子哄慰，连疼痛都忘得干干净净。吃完饭，育世女士彬彬有礼地说："今天的饭菜很丰盛，非常感谢。"并用布巾将孩子弄脏的餐桌擦拭干净。

这里是东京都小金井市，闲静的住宅街区里坐落着一栋木造公寓，一楼被改建为专为痴呆症患者提供日间服务的设施，同时设有一家非认定托儿所，换句话说，"NPO法人 社区家园明天见"可提供三项服务，即"社区开放场所""认知症患者专门服务机构"，以及非认定托儿所"彩虹之家"。

负责人的运营理念是将这里打造为任何人都可以轻松地过来坐一坐的家园。于是租下这栋木造两层公寓一楼的5个房间，打通墙壁后，改建为一个大间，聘请专业工作人员，分别为大家提供痴呆症日间服务与保育服务，彼此独立，共同组成整个项目计划。房间里没有门槛，各种设备交错布置，显得十分自然。

创建之初，负责人的想法便是希望来到这里的男女老少不分国籍，不论身体是否有残疾，"只要想来，随时欢迎，把这里当成自己的家，与更多的人邂逅、交流。将来有一天，每个人都会愿意成为某个人的归属"。怀着这样的想法，森田和道、真希夫妇坚持运营着这个社区家园。NPO代表由曾是育婴师的真希女士担任，看护支援专员、看护福利员和道先生表示："在这里，我们不一定能为大家解决所有烦恼，然而希望当人们来到这里时，能注意那些遇到困难的人，建立起更多相互支撑的关系。"

大约20年前，和道先生第一次在一家兼营医院的养老院工作。当时，真希女士隶属医院儿科住院部，某一天，和道先生在养老院邂逅了社区家园"明天见"的诞生契机。

通常情况下，医院与养老院虽然相距很近，却是截然不同的两个世界，平日里只有医生或护士会利用二者之间的走廊。

那天，医院接了一个临时看护的紧急任务，一名罹患唐氏综合征的女孩来到医院，第一次沿着走廊从医院跑进了养老院。养老院里的老人看到这名女孩，神情各异，有的想抱她，有的想捏她的脸，女孩看起来也似乎放下了戒备。真希女士激动地想："果然大家都需要这样的地方啊。"和道先生则认为："那些接受看护服务的老年人看到小女孩，便想主动给予她关怀与爱。如此一来，不论女孩是在医院还是养老院，都能得到照顾。造访走廊对面的医院，老年人的心态也有了改变。在一般的养老院，日程表是工作人员制订的，老人按上面的要求安排作息，即便自己不愿意，也不得不365天24小时保持一成不变的生活习惯。在他们的一日时间表或复检安排表里，绝对不会有抱抱小女孩这一项。而那名小女孩的出现，让大家看到，一味接受别人照顾的老年人其实也拥有照顾别人的能力。我希望营造的便是这样一个地方。"

按福利行政的相关规定，婴幼儿是婴幼儿，老年人是老年人，残障人士是残障人士，各自设有专门的机构，并不统一建在一处。这就好比地方政府，彼此之间的横向联系也很少。"那些利用看护保险机构的人，是为享受看护服务而去的，因此在机构里总是处于被看护的位置。同样地，在托儿所里，婴幼儿总是处于被保育的位置。工作人员与利用者之间的关系模式是固化的，即施与与被施与。然而，人生并非只有这两样东西，正是在与家族、朋友相互支撑下，我们的生活才得以继续。或许可以这么说，一味地给予或者接受，都算不上好的人生吧？"这个疑问在和道先生的脑海里一闪而过，因此，在他创建的这处社区家园"明天见"里，老年人与婴幼儿共处一室，房间里没有门槛，每个人都需要彼此。

　　家园创建之初，和道先生与真希女士的运气就十分不错。两人找房子时，这栋公寓的屋主恰好也想运营一家看护机构，不料临时出了点状况，听完和道先生的构想，屋主立马赞同，双方顺利签约，打通一楼的5间房，确保拥有125平方米的宽敞空间。屋主还亲自陪着他们与附近的居民寒暄一番，结果无人反对，项目进展畅通无阻。"在社区做这样的工作，会感到自己切切实实生活在这里。"森田夫妇对笔者说，两人平时就住在公寓的二楼。附近一些身体强健的老年人还会上门为他们打理院子里的杂草，并表示说不定将来某一天，自己也需要来这里，到时候还得麻烦大家多多照顾。一些小学生平时也到社区家园玩，学着哄逗托儿所的小朋友。托儿所的保育费一律每月3 000日元，可谓入不敷出，因此缺口部分一般通过日间看护的服务费填补。婴幼儿里以0至3岁的待机儿童居多。

　　如本节开头提到的育世女士一样，大家看到有宝宝哭泣，会自然地站起身，抱着宝宝安抚。

　　某位女性平日里做任何事都喜欢依赖工作人员，还说："这些事我自己做不了。"比如，她会坐在椅子上对工作人员一个劲儿喊道："小姐姐，我要喝水。请给我倒杯水。"工作人员回答："某某女士，我现在正抱着宝宝，不能给你倒水。"她听完竟哭着说："那我该怎么办呀？"工作人员为了培养她的自主意识，便温柔地告诉她："成年人排在小朋友的后面，请您自己倒水哦。""我不去，好可怕。"她撒娇似的说。即便如此，在陪小学生玩手指相扑时，她也坐得端端正正。在这里，她总是能够积极地与孩子相处，潜藏在体内的守护孩子的本能也渐渐苏醒。

　　还有些女性的情况是这样的，听见工作人员说"饭菜已经准备好，请去那边用餐"，她们一面微笑地回答"哎呀，真不好意思，麻烦了"，一面动也不动。同样的对话会在她们之间反复出现5次，她们才慢吞吞地起身往餐桌走去。这里的气氛日日都是如此和缓。和道先生说："这里小朋友的父母，有的晚婚晚育，因此既要照顾双亲又要育儿，十分不容易。把孩子送来我们这儿，还能对我们倾诉照顾老人的烦恼。"由此可见，如今的时代，能在社区内拥有这样一处家园是多么重要。

营造能够生育的社会

想要营造能够生育的社会，需具备哪些必要条件？不妨参考一下来自生死一线的妇产科医生与儿科医生的看法。

东邦大学名誉教授多田裕表示，如今不少人都很关注孕期看护、产后新生儿访问等自治体保健所实施的育儿支援扩充计划。"让人担心的是，眼下缺乏持续性长的支援体制。一个原因是这些家庭分布太散，从怀孕到育儿的整个流程，育儿支援都是中途加入的，工作人员无法系统地深入家庭内部，这一点尤其不好办。"他认为这个问题应当引起重视："育儿不安并不稀奇，大家都可能遇上，但如果有常年为孩子看诊的儿科医生在，并告诉父母'哪怕是深夜，随时可以打电话找我'，会让人安心不少。但是呢，在日本生了病看医生，费用会计入诊疗报酬，而找医生倾诉孕期的育儿不安或在没有生病的情况下咨询某些问题，是不用付诊疗报酬的，所以医生们都不愿意提供免费咨询。"

假如父母在育儿期感觉不安，去儿科医生处咨询，医生告诉他们"没什么问题呢，真好"或是"孩子很健康，请放心吧",不知多让人欣慰。为了消除父母的不安,多田教授将目光投向"prenatal visit"(产前小儿保健指导)与"perinatal visit"(围产期小儿保健指导)。前者是指在孕妇分娩前予以指导,后者则包含产前产后的早期指导。厚生劳动省于1992年度开展产前小儿保健指导事业,给予参与该事业的自治体以相应补助。为了将该事业的税收纳入一般财源范畴,自2012年起,该项事业完全由自治体自主实施。日本医师会于2001年度开展了模范事业,3年后约30个市町村参与,现在,大分县委托医师会在18个市町村中的11个自治体实施该项事业,税收纳入大分县的一般财源。

该项事业旨在由儿科医生自孕期开始,为自己长期负责的孕妇提供保健指导,消除孕产妇的育儿不安情绪。普遍认为,在孕期,若夫妇共同去儿科医生处接受指导,效果将更显著,可作为孕期忧郁或产后抑郁的有效对策。目前,模范事业的具体措施尚不为人所知,也不曾在全国范围推广实行,因此值得业界重新审视。

此外,多田教授表示:"孩子是否健康成长,是否遭受父母虐待、闭门不出,诸如此类的现实都关系到未来日本的劳动力,希望企业经营者认识到这些问题,关注育儿支援。"他又说:"虽然当前社会比较注意让女性发挥自己的所长,但是创建托儿所,让孩子整天都待在里面,孩子也会感觉疲倦,无法健康成长。只有脚踏实地地实践保育政策,孩子才能茁壮成长,与生俱来的能力也会被挖掘出来。好的托儿所会吸引毕业后的小朋友回来玩耍。不同的托儿所会给中小学生带去不同的影响,直至他们升入大学,甚至成年。可以说,是否进入一家好的托儿所,将决定孩子的未来走向。不过要注意,长时间保育是不可取的。"

圣玛丽安娜医科大学名誉教授堀内劲也发表了类似对托儿所的看法："孩子在托儿所能获得与人交流的体验，这是他们在家里无法感受到的。在家里，他们和父母一对一地相处，而只有同时拥有这两种体验，孩子才会迅速成长。即便父母一边工作一边育儿也是一样，都需要他们真正拥有做父母的自觉，并确实把孩子当成自己的孩子看待。孩子在婴幼儿时期，父母既要育儿又要工作，尤其是当孩子生病需要照顾时，父母便容易招致企业的反感，一些人也因此被解雇。"堀内教授烦恼地说："将育儿放在天平上进行利益换算，这种认知方式多少让人感到失落。对父母而言，孩子只是孩子，并非工作对象，不过，即便是掌握了专业技能的育婴师、护士、儿科医生等，在面对自己的孩子时，也未必能够妥善处理亲子关系。在这方面，父母需要用到的不是知识或技巧，而是凭借直觉与主观意识去体会，为此在某些瞬间维系十分亲密的亲子关系是必要的。"

然而，每天只要跨入公司一步，一些父母便会到末班车发车时间才下班。原本他们在单身时代的工作方式便是被迫养成的，这种方式让人担心他们是否可以建立家庭，而有了孩子后，公司自然会反感他们将工作时间花在与孩子共处上。大多数女性在怀孕后辞职，不论处于哪个年龄层，最终都会失去自己的工作，导致出生人数减少、出生节奏放缓。在日本，只要女性因分娩而离职，之后想复归职场的话，大多只剩非正式员工这个选项了，收入也大不如前。越来越多的人考虑到高昂的育儿费用，选择了不生。

虽说在企业活跃的女性慢慢增多，但即使孕产妇克服了过劳、分娩、育儿期的困难，周围的未婚员工也会对其表示不满。

因为在她们休假期间，她们的工作需要有人代为完成。如果是可替代性的工作，部门可录用临时员工应急，如果是非本部门解决不可的工作，则只能交给同事去做。而问题在于，公司并不会支付额外的工资给代其处理工作的同事。

另外，传统社会观念认为，尽管生孩子是男女共同的事，然而育儿和家务却该由女性承担。男性只要"协助""帮忙"就行，这种观念本身便是错误的。妊娠与分娩、母乳喂养等始于孕期并持续到婴儿期的固定行为，必须有"母亲"这个角色在场，其他事情却是父亲可以代为分担的。一些人固守"3岁儿神话"的说法，强调"孩子在3岁前都需要母亲亲自照顾"，不仅让女性除了育儿一无所有，也扭曲了育儿的本质。根据御茶水女子大学的调查，首都圈（川崎市）家里孩子未满3岁的就业群体与非就业群体，并不存在母亲养育方式是冷是暖、是否抑郁以及生活质量是高是低等差别。可见母亲即便外出工作，也不会给育儿带来恶劣影响。一些职业母亲会被周围人说："为了工作把孩子送进托儿所，孩子真可怜。"但其实在美国，托儿所对贫困家庭而言，是提供良好保育服务的保障，针对育婴师配置等决定保育质量的研究是必须的。东京女子大学的柏木惠教授强调："这个时代，女性首次作为独立的个体而生活，并不是任性的体现。排斥女性怀孕的企业之所以那么多，是因为社会根本没有意识到孩子的价值。为了增加托儿所、创造让女性安心工作的环境，必须提升育婴师的待遇。不过，孩子的存在即意味着需要抚养，一味将孩子丢给托儿所照顾也是不行的。父母有责任抚养自己的孩子，为了让自己'做好父母'，实现工作生活的平衡，必须让男女共同参与育儿。"

就现实情况来看，不管女性是否拥有就业意愿，都会遭到劳动市场驱逐，做了母亲后更是容易被社会孤立。进退两难的育儿事业变成消费市场的饵食，妊娠、分娩、育儿成为消费对象，而父母对此束手无策。这些负面的现实都进一步固化了"无法成为父母"的社会环境。

智能手机中面向孩子开发的应用日渐增多，只要触碰画面，动物等图案就会出现在眼前，前述多田教授担忧地说："比起实物，孩子先一步接触、记住的是一个完全虚拟的世界，这就是问题所在，孩子会无法分辨现实与虚构。比如他们不是通过眼见、触摸、耳听狗吠等实际体验了解狗狗这种生物，而是经由映现在屏幕上的虚拟形象去认识狗狗，那么孩子长大后将缺乏社会性，甚至自闭地躲在家里。"

此外，堀内教授也说："父母教导孩子时，不要给他一张画着苹果的卡片告诉他这是苹果，而应该在他面前亲手削一个红苹果，待苹果露出白色果肉时，孩子便会惊喜地感叹：'哇，好神奇。'对孩子而言，苹果为自己展现的是一个广阔而不可思议的世界。在日本，这种教育方式渐渐从家庭消失，以至于孩子不能从本质上认识一件事物。仅仅通过看电视的方式教育孩子是危险的，孩子看不见实物，只能凭借死知识制造某种概念。现代育儿的困难便在于，作为教育辅助工具的实物越来越稀少，孩子的认知顺序被颠倒，他们先看过虚拟物，然后才去认识实物，这种状况非常可怕。"

为了让肩负着日本未来重任的孩子们茁壮成长，无论企业抑或国家，都必须加大投资，思考如何营造以孩子为中心的社会。日本红十字会医疗中心的杉本顾问担忧地表示："整个日本变得越来越以自我为中心，在扭曲的精神状态支配下，育儿支援意识格外薄弱，我希望女性怀孕后不再被企业解雇，希望全社会都对拥有小孩的家庭投去体贴的目光。"

如今，大人为方便出行，在孩子年满3岁前，会用婴儿车带他们外出，之后是自行车或汽车。多田教授警告说："孩子处于爬行期时，倘若不让他们好好运动、正常摄食，骨骼密度便无法提高，等他们到了三四十岁，多走几步路都会觉得累，50多岁便罹患骨质疏松症，以后瘫在床上无法行动的老人将越来越多，看护与医疗费用则日渐昂贵。按照如今的育儿方式，未来各家企业迟早崩溃吧。"

孩童时期在人的一生中具有重要地位。对社会而言，孩童时期投入抚养经费的多少决定着今后必须接受看护的老年人是增加抑或减少。多田教授提议："就像针对老龄群体那样，国家制定了相关医疗确保法（旧《老年人保健法》），今后也必须制定小儿保健法，让整个社会迎接 expected baby（被期待的孩子）的诞生。"另外，杉本顾问语气强烈地表示："一些大人自以为孩子会按自己的规划过完一生，这种现象实则反映出孩子的意愿与为孩子而存在的人权毫不一致。现实生活中有不少这种想要小孩、看待事物却以自我为中心的人，怀孕只是为了满足自己的私欲，根本未曾想过如何支持新生命的成长。当前，胎儿的人权尚未得到法律保障，仅仅以孕期22周能否堕胎为界限，但其实怀孕即意味着赋予一条生命以崭新的人权。当前，关于生命的教育，我们必须改变对它的看法了。"

人类的妊娠期较长，爬行、走路、学会说话所花的时间更长，孩子是在父母投入心血、倾注爱意后才开始了真正的成长。无视这一事实，随意怀孕、分娩，是无法良好育儿的。大人在育儿过程中，倘若只图自己省事，总有一天会结出扭曲的恶果。投入心血的早与晚，所带来的结果也大相径庭。投入得越晚，纠正错误的机会越少，而这恰恰体现出人类的本质，不是吗？

堀内教授批评道："强迫撒娇时期的孩子离开父母，这种所谓的自立育儿法，源于人们错误的认知。"后果之一便是婴幼儿猝死综合征（SIDS）。堀内教授认为，母亲与婴儿睡在不同的床上或房间里，婴儿会感到孤独。尤其当他们仰躺着睡觉时，会哭闹不止；一旦让他们趴着睡觉，他们立刻变得乖巧。这是因为趴着睡觉时，他们的脸直接接触床单，自身的体温与被母亲拥在怀里的温暖十分类似，于是他们能安然入眠。然而，婴儿呼出的二氧化碳滞留在口鼻周围，这种缺少新鲜氧气、二氧化碳浓度却较高的状态很容易导致 SIDS 的发生。而且这种状态会给婴儿回到母亲子宫的错觉，让他们误以为自己在子宫内，从而主动停止呼吸。

至于母乳育儿，一些母亲准备以后把孩子寄养在托儿所，其实是她们在不堪重负之下出现的抗拒反应。然而，如最后一章所讲到的，一旦她们了解到母乳育儿的优点，而且企业与社会也为母乳育儿提供必要的支援，就会有更多孩子能够靠喝母乳长大，这原本便是孩子与生俱来的权利。横滨市立大学的关和男医师说："在美国，最近举国推广母乳育儿，有的公司甚至制订了母乳支援的检查清单。虽说目的在于减少肥胖所致的糖尿病患者，削减医疗费用，但不管怎么说，由于给出了明确的目标，因此赢得了更多企业的理解。"

健美沙龙渡部的渡部信子院长说："'智人（即现有人类）'与类人猿不同，母亲产下婴儿后，除了哺乳，不负责其他事情，育儿是整个家族或亲戚的任务，因此，母亲能够生下一个又一个婴儿，人类便是依靠这样的方式传承下来的。'母亲单独抚养孩子'的历史其实很短暂，大正时代①上班族家庭出现，而后渐渐发展为由父母和子女组成的核心家庭，母亲才开始独自抚育孩子。"这便是为什么现在的母亲很难用母乳喂养婴儿，以及育儿本身为何变得困难重重。在上一辈，顺应经济高度成长的趋势，邻居之间、亲戚之间的关系比如今亲近得多，即便是核心家庭，育儿也没有太多困难，如今却不一样。渡部院长提议说："国家和自治体应该为育儿投入足够的财政预算，并且数额要与赡养老人的财政预算等同。此外，母亲在产后与婴儿一样需要接受看护，因此，与之相关的家族支援服务也是必要的。如果行政支援能得到加强，让祖父母那一辈参与育儿、帮忙打理家务，那么父母和孩子的生活会变得更加健康。"

对我们而言，"抚育下一代"本是自然而然的人类行为，然而如今的社会却在疏远、排斥它。不管是自己的孩子，抑或他人的孩子，作为父母都无法给予他们良好的成长环境，就好像日本丧失了可持续发展的希望，雇用环境逐渐恶化，社会构造日益复杂，结婚也变成困难的事，或者即便结了婚，也不愿意要孩子，又或者即便要了孩子，也有父母放弃育儿甚至虐待孩童——种种社会现实刺目至极。一如最后一章所提到的各种积极的解决方案，哪怕周围人仅仅给予这些家庭很少一点关注或支持，都能让他们看到希望之光，而这也恰恰是社会存在之意义。

不管孩子出生时家里是怎样的状况，也不管他们出生于什么样的环境，单纯希望为孩子们营造一个能够健康成长的社会

---

① 大正时代：1912—1926 年。

环境。

　　——如果有更多人怀着这样的想法，大概未来的日本才会变为"能够生育的社会"吧。

后　记

　　当前雇用形势日渐恶化，女性即使怀孕、分娩，也无法像从前一样得到职场上司、同事的祝福。不如说，"妊娠解雇""职场流产"等现象已经在职场泛滥，无论是不是公司正式员工，都会遭遇这些问题，而男性竭尽全力，只为保住自己在公司的立足之地。因此男女双方都处于被迫超负荷工作的状态，内心深处总认为"孩子"这种存在或者说"育儿"本身，属于与自己毫不相干的世界。

　　原本妊娠或分娩都是"值得庆贺"之事，理应得到职场同事等身边人的祝福，自己则在日常生活中倾听身边人的建议，耳濡目染下慢慢做好成为父母的心理准备。然而，现在的工作环境没有给予我们这样的机会，我们离"优质育儿"越来越远，下一代以及再下一代只会持续受到各种观念的负面影响。

　　此外，国家也不愿意为育儿事业提供财政支持。托儿所的增设需要较多资金，于是国家选择强化育儿假制度，试图回避问题。即便增设托儿所，也是放宽政策，允许民间资本参与，民营企业也会为了一己之利，无视薪资要求较高的资深人士，数年来始终以低廉的薪资聘用年轻新手，导致保育质量低下，如此一来，孤独育儿的父母无法向资深育婴师请教问题，优质保育渐渐消失，仿佛整个社会环境都在对女性说："这么担心小孩的话，自己（母亲）在家守着吧。"

事实上，某些学者的工作与本书主题所涉及的某些点直接相关，他们身处重要职位，有决定政策法规的权限，原本该为政策制定献计献策，但当被问及看护职位的低工资现象时，竟然毫不避讳地回答："因为毕竟是看护嘛，想挣钱的话就去当护士吧。"其他学者也皮笑肉不笑地说："如果觉得派遣社员收入不稳定，那女性可以去做小姐啊。"既然上面的人都抱着这样的想法，也难怪国家不可能为需要获得育儿支援的人出台必要的政策措施。

虐待儿童的现象始终有增无减。一些孕妇由于经济原因，没法定期去医院体检，而这些"未体检孕妇"早已成为不容忽视的群体。对儿童的虐待，可以说始于"孕妇孕期从未参加体检（大阪妇产科医会）"。假如母亲在孕期积累过多精神压力，那么很容易早产或生下体重过轻的婴儿。丹麦曾进行大规模调查研究，发现妊娠期母亲精神压力过大的话，孩子在9岁前往往情绪不稳定，据说此项结论有相关科学数据予以证明（筑波大学大学院，宗像恒次教授）。最近，日本国内有研究指出，超负荷工作且情绪不稳定的女性员工更容易早产。然而，只要社会给予这些女性多一点支持，情况便会大不一样。

本书撰写过程中，笔者遭遇诸多意外情况，因是私事，此不赘述。在为本书《不让生育的社会》做采访过程中，笔者处于"如果是一般人，一定会放弃这本书吧"的困境里，然而有幸得到来自家人的帮助，以及读者与各位受访人士的支持，最终，在耐心等待笔者完稿的编辑武田浩和先生的鼓励下，这本书终于与大家见面，就个人而言，感激之情溢于言表。书写的两年，笔者再次体会到，无论身处怎样的困境，竭尽全力做好分内之事才是最重要的。

执笔过程中，笔者内心的一个想法日渐强烈，那便是：不管孩子出生时家里是怎样的状况，也不管他们出生于什么样的环境，未来日本都必须营造一个父母与孩子均能健康生活的社会大环境。亟待解决的问题堆积如山，但若能怀着沉重的心情接受书里提及的现实，并产生共鸣、感到担忧，对身边那些渴望生育小孩的男女、对孕期和育儿期的男女投去温暖的目光——哪怕大家只是这样做，不少家庭也会因此获得战胜困难的勇气吧。

最后笔者想说，相信个体意识的改变终将改变整个社会。

2013 年 5 月 5 日

受访者的职位、称呼、年龄等，均为2013年4月前采访所得信息。

REPORTAGE UMASENAI SHAKAI

By MIKI KOBAYASHI

Copyright © 2013 MIKI KOBAYASHI

Original Japanese edition published by KAWADE SHOBO SHINSHA Ltd. Publishers
All rights reserved.

Chinese (in Simplified character only) translation copyright © 2020 by Shanghai Translation
Publishing House

Chinese (in Simplified character only) translation rights arranged with KAWADE SHOBO
SHINSHA Ltd. Publishers through Bardon-Chinese Media Agency Taipei.

图字：09-2019-293号

图书在版编目（CIP）数据

不让生育的社会/（日）小林美希著；廖雯雯译
. 一上海：上海译文出版社，2020.7（2024.10重印）
（译文纪实）
ISBN 978-7-5327-8493-6

Ⅰ.①不… Ⅱ.①小…②廖… Ⅲ.①纪实文学—日
本—现代 Ⅳ.①I313.55

中国版本图书馆CIP数据核字（2020）第106067号

不让生育的社会

[日]小林美希/著 廖雯雯/译
责任编辑/常剑心 装帧设计/邵旻工作室

上海译文出版社有限公司出版、发行
网址：www.yiwen.com.cn
201101 上海市闵行区号景路159弄B座
上海新华印刷有限公司印刷

开本890×1240 1/32 印张9.75 插页2 字数187,000
2020年8月第1版 2024年10月第4次印刷
印数：20,001-21,000册

ISBN 978-7-5327-8493-6
定价：45.00元